雪岭

孙立森 作品集

孙立森 著

中国林业出版社

图书在版编目（CIP）数据

雪岭 / 孙立森著. -- 北京：中国林业出版社，
2025. 3. -- ISBN 978-7-5219-3162-4

I. I247.5

中国国家版本馆CIP数据核字第2025UK5645号

责任编辑：何　蕊
封面设计：北京大汉方圆数字文化传媒有限公司

出版发行：中国林业出版社
　　　　　（100009，北京市西城区刘海胡同7号，电话010-83143666）
电子邮箱：cfphzbs@163.com
网　址：https://www.cfph.net
印　刷：河北鑫汇壹印刷有限公司
版　次：2025年3月第1版
印　次：2025年3月第1次
开　本：710 mm×1000 mm　1/16
印　张：21
字　数：280千字
定　价：90.00元

序

在大兴安岭林区,森林防火瞭望员是一个特殊群体,他们的主要职责是在高高的瞭望塔上用手中的望远镜监视周边山林里的一草一木,发现火情火警立即通过对讲机向森林防火指挥部汇报,并指明起火位置的坐标点,便于指挥部组织调动扑火力量入山作战,及时迅速地扑灭森林火灾,实现"打早、打小、打了"的目标,确保茫茫绿色林海不受到火魔的侵害。可以说,筑牢祖国北方生态安全屏障,他们是一支不可或缺的重要力量,肩负的使命十分光荣。

美丽富饶的大兴安岭,素有祖国"金鸡冠上绿宝石"之美誉,是中国唯一的寒温带生物基因库、国内仅存的寒温带明亮针叶林区、国家重点国有林区、天然林主要分布区和重要生态功能区,是黑龙江、嫩江等水系及主要支流的重要源头和水源涵养区,对松嫩平原十年九收起到重要保障作用。据统计,大兴安岭集团森林和湿地生态系统服务功能总价值量为8021.44亿元/年,居五大重点国有林区之首,为维护国家生态安全作出了突出贡献。这其中,也包含着那些默默无闻的森林防火瞭望员们沉甸甸的功劳。但是,实事求是地说,森林防火瞭望员工作其实并没有多少人愿意去做,因为其中的艰苦远远超乎人们的想象。由于工作性质需要,瞭望塔必须建在远离人烟的密林深处、高山顶上,交通非常不便,难免造成住房条件简陋、无法用电、吃不上新鲜蔬菜等一系列困难，甚至就连日常生活用水都成了问题。为了解决吃水难题，有的瞭望员把房檐滴落的雨水收集起来，有的隔三岔五花费几个小时去几公里外的山下河里背水，有的干脆用沟塘里浑浊的"空山水"做饭。如果这些困难还可以克服，最难的莫过于瞭望员们每年春季进入森林防火期开始上塔，直到冬雪覆盖群山后才能下塔回家，一年中要在深山里坚守七八个月的时间，一座瞭望塔、一架望远镜、一部对讲机就是他们的整个世界，照顾不了年迈的父母、幼小的孩子，享受不到家人团聚的天伦之乐，朝看云卷云舒，暮看月缺月圆，只与孤独寂寞为伴，有时还要面对野兽的侵扰，这种坚持需要多么大的勇气和毅力啊？因此，大兴安岭林区的每一个森林防火瞭望员，都是了不起的英雄，他们的事迹对得起这个光荣的称号！

　　本书的作者孙立森就是大兴安岭林区众多森林防火瞭望员中的一员，他工作的瞭望塔坐落在大兴安岭集团阿木尔林业局局长山林场施业区内海拔 800 多米的海亚鲁山上，呼号是阿-16 塔。一个普通的森林防火瞭望员竟然能够写出一本几十万字的书来，尽管称不上是思想性和艺术性俱佳的上乘之作，但单凭这一点，就足以让此书具有不同寻常的意义。值得每一个关注大兴安岭林业工作、想要了解林区人的生活状态、走进一个森林防火瞭望员内心世界的读者去阅读和欣赏。

　　孙立森今年五十三岁，却已经在瞭望塔上工作了 24 个年头，在这之前还从事过林场机械维修工、山场装车工等工作。熟悉山林，林业经验丰富，了解这里的风土人情。因此在他的笔下，描写的都是大兴安岭的人和事，具有浓郁的林区色彩。无论是叙述大兴安岭开发初期故事的长篇小说《雪岭》、赞美英雄的铁道兵敢于牺牲、勇向高寒禁区挺进的短篇小说《重生》，还是回忆林场火热生活的短篇小说《山林里的唢呐声》、追忆两个老林业人跨越生死友情的短篇小说《一张火车票》、表现一个迷山的扑火队员面对生死抉择时绝不用打火机生火自救以免引发山火的短篇小说《一个打火机》，都是将背景置于广袤的大山林海，从中不仅能读到发生在林区里的故事，了解这里的人的粗犷豪迈、热情淳朴、乐观向上，还能领略到这里山的巍峨、水的秀美、林的茂密、花的芳香。孙立森的作品里没有刻意塑造出来的高大形象，主人公都是一个个平凡的小人物，《雪岭》里的林松、连海平、谷云峰、侯德海、施彤、靳红梅，《山林里的唢呐声》里的张大喇叭、老二、老三、小六子，《一个打火机》里的程文林，《一张火车票》里的老程头、吴为国……这些人活脱脱就是这个林场的老张、那个林场的小李、隔壁的王二叔、西院赵哥家的大儿子、当年在一个单位的孙大爷、现在的同事刘姨、周姐，那些故事就是他们的曾经，而且如今仍在林区上演。这些人走进了小说里，林区的故事也就变得分外精彩。孙立森虽然只是一个技校生毕业，文化水平不高，但是他很会讲故事，小说的谋篇布局颇有章法，非常善于抓住读者心理，吸引人的眼球。《雪岭》里用两只白熊作为一条线索串联起故事，描写林区开发时期的艰辛；《重生》里从一个创业失败欲寻短见的企业家和偶遇的一个推车老汉的对话中，引出当年铁道兵为将铁轨铺进千年林海而英勇牺牲的感人事迹；《一张火车票》通过主人公求别人为一个离世多年的人购买去北京火车票的惊人举动，不仅写出一位老林业人对一位老同事几十年的承诺和怀念，还写出了林业工人一起创业的激情豪迈……这些娴熟的手法和精妙的构思，让人完全看不出这是出自一个大山里的瞭望员之手。读者往往会不由自主地随着他的落笔轨迹，走进多彩的故事里，走进神奇的大兴安岭。

孙立森走上文学创作道路，一开始只是为了打发大山里的孤寂，爱读书的他每日从书籍中寻求慰藉，天长日久，故事读多了，慢慢就萌生了自己编故事、尝试写作的想法。同时他也清楚地知道，他的作品不一定有读者，他只是写给自己，但这并没有打消他的"文学梦"。直到有一次，当时还是阿木尔林业局局长的我去他工作的那座瞭望塔走访，偶然看到瞭望塔简陋的桌子上放着一本指导如何写小说的书，细聊起来，才知道他对文学的这份热爱和痴迷，于是感动之余，嘱咐随行的人多多关注他。后来，在林业局宣传部门和林场的大力鼓励下，他的作品陆续问世，被人们争相传看，引起了很大反响，他的名字也渐渐被许多人所熟知。

如今，林业局联系出版社，将孙立森的作品正式出版。这既是对一个热爱文学的瞭望员的认可和勉励，也是为弘扬时代精神，丰富企业文化，通过抛砖引玉，激励更多的干部职工加入文学队伍，书写和记录林区人新的伟大实践，创作出更多有风骨、有道德、有温度的文艺作品，以文化为号角传播林业局的好声音，引导职工群众积极践行"踏实、奋发、苦干、为先"的新时期阿木尔精神，为建设现代化林业局提供丰富的"精神食粮"，把文化"软实力"转化为推动发展的"硬功夫"。

阿木尔是一片神奇的土地，它的名字鄂伦春语意为"黑水"，蒙古语寓意为"平安吉祥"。它怀揽额木尔河，北依黑龙江，拥有北极岛、萨布素、北极冰蓝莓酒庄三个国家3A级景区和香獐岭湿地、双妃湖、藏宝山等二十七个景点，风光秀美。同时，这里有古代"奏捷之路"首站二十五站，有"黄金之路"首站二十六站，有中国最北古战场古城岛、最北界江半岛——北极岛，有传说当年黑龙江首任将军萨布素为赢得雅克萨战役而建的军马场，历史文化底蕴十分厚重。多年来，阿木尔林业局以"文化活局"为动力，实施"文化+旅游"战略，促进文旅深度融合，出版了《阿木尔的传说》《放歌阿木尔》等书籍，取得了双促、双赢、双收的良好效果。孙立森作品的出版，不仅为阿木尔文化事业又添盛事，也必将为"八局建设"，即党建统局、生态立局、改革兴局、旅游强局、产业富局、文化活局、民生稳局、纪法治局蓄能助力，推动林业局各项事业高质量发展。

最后，再借此机会告诉大家，瞭望员、管护员、扑火队员等林区一线人员艰苦的工作生活条件已经引起国家林业和草原局、大兴安岭集团的高度重视，并采取有力措施予以改善和解决。现在管护站、扑火营房发生了翻天覆地的变化，高山之巅上瞭望员居住的塔房和工作的瞭望塔也开始旧貌换新颜，阿木尔林业局的二十六座瞭望塔昔日的彩钢房换成了砖瓦房，修上了阻拦野兽的铁栅栏，安装了太阳能板，配置了冰箱、彩电、电饭锅，开辟了小菜园，并于2023年秋天全部打出深水井，最深的291米。孙立森和他的战友们从此安居乐业，喝上了甘甜的地下水。

请相信，无数孙立森这样的林业人，一定会牢记习近平总书记"要树立增绿就是增优势，护林就是护财富"的理念，凭着对这片绿水青山的无限深情，用执着与信念守护好大兴安岭，筑牢祖国北方生态安全屏障。

是为序。

大兴安岭集团阿木尔林业局党委书记：

韩凤彩

2025年2月28日

目录

雪岭 / 1

重生 / 241

山林里的唢呐声 / 253

一张火车票 / 287

一个打火机 / 303

雪岭

第 一 章

林松第一次看见那只白熊的时候,是1970年10月21日的下午,只是那时的白熊还是一只幼崽,浑身黑得发亮。

十月的大兴安岭,白桦树已经变得光秃秃,就连落叶松都开始显露浓浓的秋意,叶子泛出灿烂的金黄色。凄冷的风掠过,吹得树林发出萧瑟的声响,并不时卷起地上的桦树叶子四处飘舞,有的一会儿又重新沉落大地,有的落到湍急的额木尔河里,随水漂流。天气很明显地开始变得寒意逼人,早晚之间穿上冬日里的棉袄也不会觉得热,尤其是站在河边,河水泛起的寒气更是让人忍不住打起寒战。只残存着一丝暖意的夕阳靠在西山头,就在这时,林松发现了正在河边嬉戏的两只黑熊幼崽。同时,在不远处河滩的草地上,一只体型硕大的黑熊正在休息。

河水湍急的波涛掩盖住了林松的脚步声。他把自己藏身在粗大的白桦树后,透过枝丫的缝隙,看到两只小熊正在抢夺的物具时,心里暗暗叫苦。两只小熊正在抢夺的正是他放到河水里用来捕鱼的地笼,那是他费了半宿的时间,用柳条编织成的捕鱼工具。

两只小熊争夺了半天,眼见着地笼里的鱼儿就在嘴边,却怎么也吃不到,急得"呜呜"叫唤。大熊打了个哈欠,懒洋洋地站起来,走到地笼旁,闻了闻里面的鱼,用爪子扒开了地笼,里面的鱼涌了出来,四处蹦跳，两只小熊立即围拢抢食起来。大熊体态臃肿，身上厚厚的脂肪已经为即将到来的冬季做好了准备。它吃掉一条半尺长的鱼后，目光盯在了河水里，那里有个更大的地笼吸引了它的注意力。它慢慢向河水中走去，想要把那个地笼也抓上来。

远处的林松却很焦急，一个地笼里的鱼已经没有了，要是另一个地笼里的鱼也被熊吃了，那么他和另外十四个人今晚以及明天都要饿肚子了！他知道带着幼崽的母熊最危险，护崽心切的母熊会与任何有威胁的动物或人进行殊死搏斗。此刻，他也顾不得那么多了，从地上捡起一块鸭蛋大的鹅卵石，向着河水中扔了出去。"扑通"一声，河水溅起的水花让大熊吓了一跳，转身上了岸，领着同样受到惊吓的小熊钻进岸边的树林中，转瞬间没了踪影。

林松听着林子里的脚步声跑远之后，长出一口气，他又静待了片刻，直到半个夕阳已经沉没在西山里，才放心地走出来，把河里的地笼拽上来后，将里面的鱼倒在麻袋里，重新布置好地笼，向他们的驻营地走回去。

10月21日这一天，并没有什么特别的意义，但即使是若干年后，林松仍然记得这一天，这是他们一行十五人来到额木尔河畔断粮后的第五天。

10月14日那一天，他们沿着铁道兵刚刚修建出来的简易路，从清早坐着两辆解放牌卡车出发，一直到下午四点多才来到额木尔河畔，找到三个月前砍的标桩。六十多公里的路途，他们走了将近十个小时，与其说是坐着车来的，倒不如说是推着车进来的。好在天黑前，他们总算搭建好了帐篷，也就是在那一天，北川林业局正式成立了。

让他们没有料到的是，接连下了两天的秋雨，河水暴涨，新修建的简易路有两座桥梁被洪水冲垮了，把他们阻隔在山林里，与外界失去了联系。只够三天的粮食很快见了底，却仍然没有听到铁道兵前来修建桥梁的机械轰鸣声。

没有了粮食，最先慌了神的是司机侯德海，他嘟嘟囔囔："这下完蛋了，铁道兵要是偷两天懒，我们就得饿死在这深山老林里了。"连海平也坐不住了，他是北川林业局筹备组的副组长，这次就是由他带领众人先行来到这里，进行最初的筹建工作。

作为领头人的连海平自恃游泳技术还可以，经过一番考虑后，决定冒一次险，从被洪水冲垮的桥梁边泅渡过去，到最近的铁道兵营地借些粮食回来，但他的这个冒险想法被林松制止了。

"水流太急了，人很容易就被激流卷走。再说了，就是能过去，背回了粮食，也无法把粮食运过河，这个险不值得去冒。"

连海平知道他说的是实情，没办法，只能等洪水消退后再做打算。

侯德海继续发他的牢骚："来时我就要拿军代表老赵的枪，这家伙当成了心肝宝贝，说什么也不让拿！这要是有枪，还用犯愁没吃的吗？满山都是狍子和鹿，这可好，只能眼巴巴地看着。"

林松看出了连海平眼里的焦虑，提议说："没枪怕什么？河里有鱼。大家忍耐一天，我编两个地笼。"

大家的希望都寄托在他的身上，看着他把砍来的柳条横一道竖一道地编织在一起，渐渐地就有了地笼的轮廓，大家的心才有了安慰。看来这个个子不高、二十多岁却长得像三十多岁，脸色黝黑的林松，并没有说大话。时间紧，任务重，连海平举着马灯，替他照着亮，直到夜半时分，两个地笼终于编织好了。接下来的几天里，大家就是靠着每日林松捕回来的鱼，度过没有粮食的日子。

林松走进帐篷，把袋子里的鱼"哗啦啦"倒在大盆里，引得众人又围过来观看，辨认着鱼儿的种类，只有侯德海躺在木杆铺成的床上，长长叹了口气，竟似有无限的哀怨之意。这让一旁正在察看地图的连海平又是好气又是好笑，他知道这家伙的哀怨从何而来。眼下有了"粮食"，而且还是味美鲜香的河鱼，可是却没有了酒，带上来的六瓶酒四天前就被他喝了个底朝天。

看着林松每日带回来的鱼，连海平放下了心，把全部心思都放在北川局的筹划上。这几天，他走遍了附近的沟沟坎坎，勘察地势；爬上了最高的北面山峰，俯视地形地貌，北川林业局的初步轮廓在他的脑海里渐渐成型。

连海平身形瘦高，三十八岁，正是精力充沛的年纪。原来他在地区检察院工作，在开始开发大兴安岭北坡后，急需干部充实到开发建设中，他毫不犹豫地报了名，分配到北川局的筹建组任副组长。组长姓刘名魁，是一名老林业干部，最早在小兴安岭伊春工作。1964年开发大兴安岭时，他报名参加了工作队，跟随着铁道兵一同来到大兴安岭。眼下由于他的年纪较大，已经到了快退休的年龄，于是就留守在地区的筹建处，负责物资以及人员的调配。

开发大兴安岭，其实早在1955年就已经开始了。当年指挥部设在呼玛，开发大军从佳木斯沿着黑龙江乘船溯流而上，来到北坡筹建。筹建工作是艰苦的，人员进入莽莽林海，由于没有道路，只能用马来回倒运生活物资。到了冬季，厚厚的积雪以及彻骨的严寒，根本无法保障物资的供给，开发人员只能无奈撤出这里。1958年，开发队伍再次沿江向密林深处挺进，结果仍以失败告终。直到1964年的这次开发，国家林业部吸取了前两次的经验教训，决定直接从大兴安岭的腹部直插北坡，由铁道兵在崇山峻岭间先修建一条简易公路，然后再修建铁路。道路的问题解决了，才能保证生活物资的供应，这是进驻北坡人员在当地极寒气候下能否生存下来的关键。由此，英勇无畏的开发建设者们最终打开了"高寒禁区"的大门。1970年，随着林区开发步伐向更远的大山中迈进，额木尔河畔的北川林业局被摆上建设日程。林松一行，就是这么来到这里的。

林松没有把在河边看见黑熊的事告诉大伙儿。在这片原始森林中碰到黑熊，是一件很普通的事情，连海平在勘察地形的时候就几次碰到过黑熊，却也相安无事。这里的黑熊从未见过人类，对人类有着互不相干的陌生感。

晚饭自然是炖鱼。将鱼儿放在大铁锅里，舀上一锅水，再撒上一把咸盐，看着通红的火焰把铁锅烧开，随着热腾腾的蒸汽，泛出鱼香味。只是一种食物再鲜美，连吃了几天后，也会觉得发腻。往日能吃掉一盆的侯德海吃完了半盆鱼后，又蹲在帐篷外，仔细地聆听着山里的动静。这一次他的虔心没有白费，刚出去蹲在树桩上没有一会儿，连蹦带跳地跑回帐篷内，高喊着："有声音了！有声音了！"众人却不相信他的话，这家伙就是山林刮一阵风，也会叫嚷着"有声音了"。大家都知道，被洪水冲垮的桥梁绝不会在短时间内修好，铁道兵也不是天兵天将，洪水不退去，谁也没有办法修复桥梁。只有连海平从侯德海激动的脸庞上感受到了不一样，放下碗筷，走出帐篷，闭上眼聆听了片刻。果然，在一阵阵风掠过林梢的声音中，听到了其中机械发出的轰鸣声，顺着晚风飘荡在群山中。

连海平走进帐篷，平静地对大家说："铁道兵在修建桥梁了。"

大家再也顾不上吃鱼，一窝蜂地跑到帐篷外，饭盆掉在地上也顾不上捡，仔细地聆听起来。这一次大家都听到了，确定不是往日令人失望的风声后，一起欢呼了起来。

入夜后，风静止下来，让大家在帐篷中也能听到山林间回荡的机械轰鸣声。看来铁道兵也知晓他们眼下的困境，正在日夜不停地修复受损的桥梁，这让大家同样一夜无眠。

第二天，林松去河边取鱼，没有见到那三只熊的踪影，他的地笼完好无损地摆放在河里。看来是黑熊受到了人类的惊扰，母熊带着幼崽远远地离开了这里。但实际上这只是林松的一厢情愿，此时的他还不知道，这三只熊今后会给北川林业局带来多么大的困扰，也就此让很多人改变了命运。

两天后的下午,当晌午的温热慢慢消退时,大家在帐篷里听到了一阵由远及近的轰鸣声,连忙纷纷挤出帐篷外,果然声音渐渐近了。终于,一辆推土机出现在众人的视野里,更近些时,看见北川局的军代表赵双喜挎着一杆枪,抓着推土机的门把手站在上面,正笑呵呵地瞧着他们。

第二章

十月末,秋意已经完全笼罩大兴安岭的北坡,曾经翠绿的山岗树叶落尽,宛如繁华一梦后的萧索。只有山林里终年常青的樟子松,仍然守着一份绿意。

自从通往北川局的道路被打通后,铁道兵又对道路状况进行了修缮,参加建设的人员和各类物资每日源源不断地运来,北川局里每一天都在发生着变化。目前,北川林业局分为三部分:一部分是局址,一部分是北川局物资中转站,设在白桦岭林场,那里是火车进入北坡的最后一站;而另一部分设在地区,那是北川筹备组正式办公的地方,由组长刘魁负责。

寂无人烟的这片原始森林里,开始有了人类的气息和机械的轰鸣声。帐篷几天里就从一栋变成两栋、三栋……来自全国各地的建设者们从四面八方向这片原始森林汇集。北川从最初的十来个人,眼下已经变成了一百多人。

自从1964年国家开始开发大兴安岭,全国就有大量的知识青年相继来到这里,但都分配到大兴安岭的南坡,那里的气候相比之下要比北坡好很多。

即使是在大兴安岭森林里生活了很多年的林松,也没有想到北坡的气候竟如此多变。一大早从北川局址出发时,天空尚秋高气爽,蓝得犹如一块宝石。在经过了四个多小时的颠簸后,林松与侯德海来到了白桦岭火车站。时间很紧凑,他们俩刚到车站十来分钟,火车就进站了。当火车震耳的鸣笛声充盈着林松的耳膜时,西山后翻滚的乌云带来了满天的鹅毛大雪。

这雪来得很急。刹那间,白桦岭车站笼罩在一片白茫茫之中。

大雪纷纷扬扬,沾到人的身上和头发上,瞬间融化,变成细微的水珠,沁凉着肌肤,空气中充盈着湿重的气息,让林松不由自主地打了个寒战。

世界上的事情就是这样,一切习以为常的事情从眼前掠过,人们从来不会在意,直到经历了很多事情之后,再回过头来,曾经经历的事情在内心里已经升华得变了样,恨不得时光能够倒流,让那些依依不舍的过往重新来一遍,那样人生一定会变得完美,没有缺憾。

只是,这世间没有"如果"。

当一群拎着笨重的行李、扛着大小不一的包裹、眼神中充满好奇、衣着明显与当地人有区别的一群年轻人,神情忐忑地跳下火车时,林松知道,他们就是自己要来接的这批下乡知青了。

来车站接下乡知青,是个重大的政治任务,即使连海平不来,军代表赵双喜也要来的。原因在于这批支边的下乡知识青年来得突然,他们原本是要被分配到南坡农垦局,由于北川局新建,急需人员,地区的刘魁向革委会提出要这批知青。就这样,这一批知青连火车都没有下,直接坐到白桦岭火车站。此时的北川局还没有电话,刘魁利用铁道兵的师部内部电话,打给了距离北川最近的三团,三团又派人通知连海平。一来二去的,连海平接到消息时,这批知青乘坐的火车已经离开加格达奇,再有七个小时就到白桦岭车站了。这导致连海平措手不及。原本的计划是要在十二月中旬才会有第一批知青来到,本以为时间还很充裕的他,为下乡知青搭建的帐篷还没有完工。

连海平只好带领着职工，天还没有亮就开始搭建帐篷。而赵双喜在食堂里转了一圈后，发现食堂只有白菜、土豆和青萝卜，想着头一顿就用这些菜来招待支边知青，有些太寒碜，就背起枪进山了，看看能否打个狍子回来。

连海平只好把林松派去了。

其中的另一个原因，即使连海平不说，林松也明白，局里的这些人，能看住司机侯德海不让他喝酒的，除了副组长和军代表，也只有林松了。

大雪漫天飞舞，天地间变得混沌一片。林松高举着一只手，大声喊着："分配到北川林业局的知青们，到这边来。"

林松喊完这声后，雪花飞舞中，一名女青年背负着行李，手上拎着两三个包裹，踉跄着向他走来。刚要向他询问，手上的一个包裹终于不堪重负散开了，散落了一地的物品。林松在帮助她捡拾物品时，首先将两本书从地上拾起，在身上擦去上面的雪水，匆忙中他只看到书的封面上有着"中医"两个字。

将物品散落一地的施彤，却无法掩饰内心的窘境，一些私人物品就这样坦荡地呈现在一名陌生男子面前，脸色不知是雪水刺激的，还是因为窘迫，变得通红。幸好这时另一个穿着一身绿军服、围着一条红围巾的女知青，帮她捡拾起来。

前来护送知青的是北川局筹备组驻地区的职员，和林松碰头后，两个人交接了一下，下一站的任务就交到了林松的手上。

从名单上，林松知道了眼前这两名女知青一个叫施彤，一个叫靳红梅，都来自上海。

望着满满一车的人和行李，林松犯愁了。每个人身上的衣服都被雪水浸湿，而长达四个小时的路途，不都得感冒了吗？权衡一番后，他让侯德海将车直接开到北川局设在这里的物资中转站里。

这阵雪来得急，去得也急，汽车刚驶进中转站的大院里，铅样的乌云散去了，重新露出蔚蓝的天空，只是空气中仍旧散布着雪带来的寒气。

看守中转站的是林松的父亲林山东和妹妹林鹃，看到新来的知青们湿漉漉的脸，他们连忙把知青唤到屋里，暂时暖和暖和。

林松从仓库中借出一栋帐篷，蒙在车厢上，简单地支个架子，然后让知青们坐在里面。问了一下时间后，他知道不能再耽搁了，路滑道险，他们必须要在天黑之前到达北川。

在他们颠簸了四个多小时，饥肠辘辘地到了北川局址时，已经等得心急火燎的连海平，在天要黑时终于见到车回来了，心里的一块大石头才算落了地，尤其在看到车厢被帐篷布包裹得严严实实，不禁在心里叫了一声好。以后冬季彻底来临时，运送人员的车就改装成这样，再在里面安装个铁炉子，也算是个管用的土办法。

招待知青们的第一顿饭还是很丰盛的。这要归功于赵双喜，今天他的运气很好，进山没有多远，就在一片沼泽地里发现了三只狍子。上过朝鲜战场的他枪法很准，最大的那只狍子在枪响后跑了两步，就栽倒在草地上。

北川局紧挨着黑龙江边，属于中苏边境，此时"珍宝岛事件"过去没多久，边境形势依然危机四伏，每个林业局里都要派驻军代表，是代表军队和地方进行联系的枢纽。

食堂是由两栋帐篷合在一起建成的，里面摆放着排状的桌子，所谓的桌子就是把小树干剥去皮，拼凑在一起，组成长方形的条桌，而椅子就是用粗些的木头截成的木墩。七八盏烧柴油马灯，火焰调到了最大，发出浓厚的柴油味道。简陋的环境，让新来的知青们有些瞠目结舌，自然而然地想到了人类在远古时代的生活方式。知青中有个叫张寒秋的，中等身材，文文静静，同样来自上海。他猫腰钻进食堂的帐篷后，对着先进来的靳红梅小声地说："这就差茹毛饮血了。"靳红梅却不同意他的看法，说道：

"你别忘了，我们就是来向贫下中农学习的，他们能受得了，我们也能受得了。"

欢迎仪式很简单。连海平讲了几句欢迎的话后，简单介绍了一下目前这里的情况，并就一些安全上的问题提出要求，尤其强调新来的知青们不要一个人进入山林中，然后让新来的知青们介绍一下自己的名字和来自哪里。

施彤声音不高地说出自己的名字时，侯德海高声问道："是同志的'同'吗？"

看着施彤连忙纠正时的窘态，侯德海笑嘻嘻地对身旁的林松说："这城里来的女人就是和山里的不一样，个个长得真水灵。"

靳红梅的介绍同样引起他的询问："是进门的'进'吗？"

在众人的哄笑声中，靳红梅平静地回答道："不是进门的'进'，是进化的'进'。"

众人再度哄笑。侯德海却不知道大家的笑从何而来。

连海平微笑了，在心里为这个机智的姑娘叫了声"好"，这句话既回击了侯德海的挑衅，又嘲笑了他一番。

连海平在晚饭时，夸赞了林松想出来的保暖设施，顺便也将一旁的侯德海赞扬了几句。

在中午时分，白桦岭那里下了场急雪，北川这里同样也来了场雪，虽然雪落在地上不久就融化了，但经过的白嘎峰那里山高入云，气候寒冷，道路曲折陡峭，雪却短时间内不会融化，即使是经验老到的司机也会心惊胆战。连海平担心的就是那里，铁道兵的运输车已经有两辆滑进过沟里。这次还好，一切都很顺利。

侯德海在表扬声中将半杯酒一口干了，意味深长地看了看林松。

连海平不知道的是：他派去主要监督侯德海不喝酒的林松作弊了，违背了他的意思。在路过白嘎峰时，要经过九道急弯，那里被铁道兵们戏称为"九拐十八弯"。经过第二道"拐"时，一层积雪下是融化的雪水，这让道路无比湿滑，汽车后轮滑移出去，险些跌入沟里。瞬间，侯德海额头上的汗渗了出来，手开始微微颤抖。深知他秉性的林松从坐垫下掏出了半瓶酒递给他，坐在两人中间的靳红梅惊讶地看着侯德海举起瓶子"咕咚、咕咚"地喝了两口，还想喝时，却被林松抢了过去。侯德海长出了一口气，一股热流散布到全身，顿时握着方向盘的手不抖了，脸上也不冒汗了，将车子驾驶得稳稳当当。

第三章

　　1970年的11月8日,这一天是个普普通通的星期天,但是因为有了新来知青们的加入,北川的人们竟然过得有声有色、热气腾腾,甚至许多人久久不能忘怀。这一半得归功于筹备组组长刘魁,他在地区借来铁道兵的运输车,给北川局运来了一车大白菜和两头活蹦乱跳的猪,让已经吃了很多天土豆和大碴子的众人欢欣鼓舞,终于可以开顿荤了。另一半则要归功于连海平,他看到大家连日来没白天没黑夜地劳作,已经疲惫不堪,就决定让这个休息日真的成为休息日。

　　吃完晚饭,连海平趁着大家的热闹劲儿还没有过去,组织了一场庆祝建局联欢会,会唱的上来唱,会跳的上来跳,也没有什么章法,只是让大家相互推举着。可是平日里那些大嗓门的男人们到了这时候,全都扭捏起来,一个劲儿地向后躲。侯德海被众人推到了食堂中央,却又火急火燎地跑了回来。倒是那些新来的知青们一个个大方得很,能唱能跳。一场庆祝建局联欢会,几乎变成了新来知青们的个人才艺展。

　　靳红梅和施彤的二重唱《北京的金山上》唱得声情并茂,她们的声音嘹亮、高亢中透着柔美,尤其受到大家的欢迎,掌声十分热烈。

　　施彤与靳红梅是中学同学,两家在上海离得很近。

　　施彤在来到这里之前的半个月,从来没有听说过中国还有个叫"大兴安岭"的地方，她的生活圈子很小，可以用"两点一线"来形容，每天从家里到学校，生活平静没有波澜。即使后来被靳红梅拉进了学校里的红卫兵队伍里，她却也是蔫声蔫气，连一句完整的口号都喊不出来，完全是队伍里可有可无的角色。在一批批青年响应国家号召，向"贫下中农再学习"时，她幻想着自己也能像其他知青一样，被分到内蒙古千里大草原上。那种景色，是她向往了很久的。在接到分配通知书时，她望着上面的"大兴安岭"几个字，愣了好一会儿，她认为这一定是新疆的某个地方，心里好一阵失望。但想着即使看不到千里大草原，能够看到千里大戈壁，也是不错的。直至靳红梅来找她，两人趴在中国地图上用放大镜找了好一会儿，才在"鸡冠"上找到了这几个小得不能再小的字迹：大兴安岭山脉。

这么偏远！

那里该是怎样的一番景象呢？既然是山，就不会有草原的景象。

在没有到达北川局时，她和所有被分配到这里的知青们一样，预先对这里有个大概的印象。但随着火车不断地向大山里挺进，每个人心里最初的印象一点点地破灭了。除了无边无际的山岭，就是眼前一晃而过、永远没有尽头的树木。即使看到一个村庄，也小得不能再小，仅有几栋房屋稀稀疏疏地散布在林子里，更多的是铁道旁数不清的帐篷和正在维修铁路的铁道兵。种种迹象都在告诉他们，不久前，这里一定是人迹罕至的原始森林。

在火车终于到达白桦岭终点站时，知青们望着车窗外散落的帐篷和稀疏的房屋，心里想着也就是这样了。但令他们没有想到的是，下了火车后，还要坐上汽车，还要有一段漫长的路要走。

"也许坐完汽车，还要坐牛车呢！"靳红梅小声对施彤说。

知青们在林松的指引下，每个爬上汽车的人，那一刻心里都是一种听天由命的态度。命运的风暴将他们卷到这里，除了听天由命，似乎也没有别的办法了。

在汽车开始攀爬白嘎峰时，施彤看到一个叫张寒秋的男知青似乎在疑惑汽车怎么走得这么慢，便掀开帐篷布的一角向外望了一眼，但很快就将头缩了回来。施彤见他脸色竟有些惊恐，方才还因寒意而变红的脸竟在刹那间变白了，眼睛也闭上了。

他究竟看到了什么？

施彤想着，森林里也许会有老虎、熊或者狼，但坐在车上很安全，即使看到这些野兽也不用害怕呀！她忍不住学着张寒秋的样子，也将帐篷的一角掀起来，向外面望去，只一眼，她立即将头缩了回来。她终于知道张寒秋为什么感到惊恐了，她的心脏也"咚"的一声跳了起来。方才看到的景象让她终生难忘：汽车竟然行驶在断崖边缘，四五十米深的沟壑紧挨着车的轮胎，只要一不小心就会……她不敢想下去了。

当他们终于到了北川局时，跳下车，望着眼前的景象，几乎有些不敢相信。靳红梅在她身旁小声地嘀咕了一句："这哪里像个林业局呀？还不如咱们坐火车看到的那些林场呢！"

新近砍伐出来的一片空地上，连一栋像样的房屋都没有，只是横七竖八地伫立着十来栋草绿色的帐篷，周遭被无边无际的森林包裹着。暮色掩映下，枝叶料峭，竟有一番凄凉的景象。

若不是众人的热情，让她们感到了一些安慰，否则真有一种被这个世界抛弃的感觉。

她们来到后的几天里，在经过了第一天那场大雪后，天气突然变得好起来，晴空万里，气候宜人，就连瑟瑟的风也如春意般体贴。每日里到林子边缘采摘一种红通通、酸甜沁人的野果子吃，倒也很是惬意，心里因为离开家而郁积的烦恼也渐渐消散了。

眼下，连海平趁着暂时难得的好天气，抓紧向北川局运送一车又一车的物资，以应对马上就要来临的冬季。知青们的主要任务就是卸货，每天卸完几车货后就可以自由活动，还是很清闲的。只是初来乍到的他们并不知道，这里的秋季每当遇到气温回暖的时候，都是在不远的天边悄悄地孕育着一场风雪。

庆祝建局联欢会后的第三天，从上午时分起，空气中泛起了一股湿润的气息，微微拂动的秋风有了凄厉的味道，带来阵阵凉意。从西北方向涌过来的乌云，让天空变得灰暗，最后，连太阳都被遮挡得没有了一丝光芒。

林松望着满天铅样厚重的云彩，想着这场雪终于要来了，好在眼下北川局已经储备了足够的物资，即使大雪封山一个月也能应付过去。特别是前天，地区革委会分配给北川三匹马，这可是应了大急。冬季里住帐篷最不能少的就是柴火，有了马匹，就不用人力去雪中拉拽木柴了，一匹马最少顶十个人的劳力。

中午刚过，大家从食堂中出来，天空中就飘起了细碎的雪花，时下时停，窥不得心事似的，有些扭捏的气态。到了下午，天空终于放开了束缚，漫天的雪花飘飘洒洒，无所顾虑。极目山岭间，都笼罩在白茫茫中。到天黑下来时，地面已经积存了二十多公分的雪。这么大的雪，让那些本地来的职工忧心忡忡，这是典型的"关门雪"，不下一夜，雪是不会停的。但对于那些从上海来的知青们来说，这是新奇的。在他们的生命过往中，还从来没有见过如此肆无忌惮的大雪。李白所说的"雪花大如席"，看来也并不全是夸张。

施彤站在帐篷外，看着硕大的雪花从黑暗的天空中倾泻而下，绵密而纯净，落到扬起的脸上，马上变成一滴水珠，泛起丝丝凉意，从皮肤渗透到心灵。这应该是来自天国的、特殊的一种问候。她将手电照向天空，光柱中只见雪花迎面而下，迎面撞来，但又转瞬间从眼前消失，无声中变成地面上白茫茫的一片。

"瞧你那没有见过世面的样子。"刚刚跑回帐篷里的靳红梅抹去头上湿滴滴的雪水，冲着帐篷外的施彤喊着。

夜半时分，林松被帐篷中一阵如雷般的呼噜声吵醒，屋内漆黑，只有从帐篷中央的铁炉子缝隙中不时闪现出一丝光亮，斑驳地照亮帐篷内的景象。

呼噜声是侯德海发出的，这家伙只要晚饭时喝上两杯酒，夜里的呼噜就会打得震天响，一些人已经不堪其扰，搬到别的帐篷中去了。剩下的都已经习惯，可以在震耳欲聋中安然睡去。一些人则准备了棉花来应付这种情况。林松从床下摸索出了一块棉花，塞到左耳朵里，在准备将另一块棉花塞进右耳朵时，一阵清脆的响声从不远处传过来。

林松怔了片刻，确定自己没有听错，这应该是木棍类被折断的声音。而这声音并不孤单，在稍远一些的树林里，也可时时听到小树被雪压弯后断折发出的声音，在雪夜里分外清晰。

这场雪可真不小！这从下午天空中的乌云就可以看出。一些幼龄小树在这样严苛的环境里最后能够活下来，并长成材，都是历经过霜侵冰冻、雪压火烧的劫难。

呼噜声依旧如雷般轰鸣，遮盖住帐篷外"沙沙"的落雪声。塞好了耳朵，正准备重新睡去的林松，又听到了一声木棍折断的声音，即使是耳朵堵着棉花也听得清晰。不过这声音却不像不堪重负的树木发出的，因为它太近了。蓦然间，三年前他听过的一件事在心头浮现，那也是在一个雪夜里发生的。这个念头让他瞬间睡意全无，急忙爬起来摸着黑点亮马灯，简单地套上棉袄走出了帐篷。

呈现在他眼前的是一片迷茫的雪的世界。天上是纷纷扬扬、绵密无尽地向着大地倾泻的雪花，地上是已经积存齐腰深的积雪。柴火垛、木架子，皆被雪掩埋成臃肿奇特的模样。虽然他常年生活在大兴安岭，但那是在南坡，像北坡此刻这样的大雪，他也很少见。

"咔嚓"声音继续传来。他听出了声音的来源，那是不远处的另一栋帐篷发出来的。林松连忙奋力地蹚过大雪，高举着马灯，还未走到帐篷前，昏暗的光芒已经让他看清了眼前危险的一幕：这栋帐篷上面积存着厚重的雪，重负下木头支架已经严重变形，中部的脊梁向下塌陷，整栋帐篷已经向东边开始倾斜，摇摇欲坠。这栋帐篷支撑不了多久了。

这是一栋女知青们居住的帐篷。

危险迫在眉睫，林松顾不了太多，猛地一拽，门上的插销断为两截。他向里面高声呼喊："都别睡了，这栋帐篷快要被雪压塌了，麻溜地赶紧出来。"随后他将马灯挂在帐篷内，来到帐篷门边的支柱旁，用身体紧紧地靠住，暂缓它倾倒的速度。

蓦然被惊醒的女知青们一时发蒙，不晓得发生了什么事情，但在昏暗的灯光中，也看清了眼前的形势：帐篷中部的脊梁已经严重向下塌陷，不时发出"吱吱扭扭"的响声。靳红梅第一个认清眼前的严重性，一边急急忙忙地穿衣服，一边喊着让大家快出去。慌作一团的人们叫喊着、慌乱地穿着衣服。

"出来再穿！"林松感受到了帐篷的颤动，提醒着她们。一些人抱着衣服和棉被，率先跑出了帐篷。

看着跑出来在风雪中急忙穿着衣服的女知青们，林松松了口气，刚想开口问问里面还有没有人时，里面却传出急迫的呼喊声："哎呀，我被压住了，谁来帮帮我！"

第 四 章

　　帐篷摇摇欲坠，明显就要倒塌的样子，没有人敢冒险进去。

　　林松顾不得支撑帐篷柱子，急忙冲进了帐篷中。见到最后一名女知青穿完衣服后，还没来得及爬下床铺，却被骤然落下的篷顶压住了后背，还好枝干没有完全折断，还可以勉力支撑。她无助地用手推着床板，身子向上顶着，然而却无济于事，帐篷上厚重的积雪把她牢牢地束缚在床铺上。林松看准一个较大的空隙钻了进去，用肩膀顶住一根杆子，一咬牙，手与膝盖一起用力，终于将篷顶支高了一寸，同时也认出这名女知青是施彤。

　　被惊恐笼罩的施彤，半个身子已经麻木，在难得的机会中却无力向外爬。林松只好奋力腾出一只手来，抓住她的衣领猛力向外拉扯，把施彤拽到床铺边。机会是稍纵即逝的，这时他的后肩像火烧一般疼痛，又一阵重负猛地向下压来，木杆发出"吱嘎"的声音。这栋帐篷就要坍塌了。

　　此刻想要跑出去，却已经没有可能了，况且还有个女知青在身后。电光石火间，他想到了一个主意，猛地缩身后退，抱起施彤一同跳到地上，借势卧倒。

　　随着"咔嚓"的一声巨响，伴随着外边众人的惊呼声，帐篷终于在厚重的大雪下支撑不住倒塌了。

　　喧哗声中，周围帐篷里的人们跑出来，手电、马灯照射着纷扬的大雪和一群在寒风中瑟瑟发抖的女知青们。倒塌的帐篷和周围的积雪融为一体，只是一个硕大的雪包。

匆忙赶到的连海平见到眼前的一幕，吃惊不小。听闻倒塌的帐篷中还有人在里面，登时心凉半截：知青们哪怕有一个出了闪失，自己都有推卸不掉的责任。三年前，南坡的大顶山林业局就有个山上作业点，夜里帐篷被雪压塌，导致两名职工死亡，当地负责的领导被判了三年刑。这栋帐篷里居住的都是刚分配来的上山下乡知青，若是出了意外，又怎么对得起她们，还有她们的父母？

众人找来铁锹，一边呼喊着，一边在慌乱中清理上面的积雪。

林松想要回答外面众人的呼喊，却被背上一阵刺骨的痛意所遏制，好半天他才明白过来，帐篷杆子上露出一截铁钉扎进了后背。在自己已经支撑不住，却又无法和施彤一同跑出去时，他想到了床铺下面，床铺都是用木杆铺成的，木杆下面是粗壮的木墩，它们完全可以抵抗住倒塌帐篷的重负。这是个没有办法的办法，至少眼下来看是有效的。帐篷带着厚重的积雪压下来后，结实的床铺撑起了一些微小的空间，正是这些微小的空隙让他没有被压住。

没有听到施彤发出的任何声音，这让他不由得慌张。

漆黑中，他用手向周遭试探着，她就应该在自己的身边啊！在摸到一堆衣物时，从手上感受到的热量，他知道这就是施彤了。他推了推她，问道："你没事吧？"

骤然的变故，让施彤已经忘了自己身在何处，迷迷糊糊地躺在冰凉的地上，狭小的空间让她翻身都难。直到听到了林松的问话，才想起方才的变故。

"我……我没事！"除了感到地面的冰冷，她并没有其他的不适。

林松舒了口气，后背上的疼痛开始袭来。

这也不知是哪个懒人，搭建帐篷时，锤完钉子后也不将露出的钉子尖折弯。

"林松，林松，你还活着吗？"侯德海呼喊着，奋力地扬起上面的雪。只是这个莽撞的家伙在倒塌的帐篷上方踩过，搞得钉子又向林松的后背扎进了少许。

"不要在上面踩！"憋了半天的林松总算喊了出来。

大家感到了莫大的惊喜。"林松，你没事吧？"连海平喊道。

"我没事！"

"那……那个施彤也没事吧？"

"她也没事！"林松替她回答了一句。

大家在林松说话的地方铲净了积雪，用刀子割开帐篷布，在手电和马灯的照耀下，把两个人拉扯出来。靳红梅抱住施彤，不由喜极而泣，"嘤嘤"地哭了起来。

大雪仍旧纷纷扬扬地飞洒着，自顾自地全然不顾这群人的感受。

这场雪直到天色开始放亮，才缓缓地停了下来。中午时分，太阳终于探出头来，极目望去，所有的山岭都换上了银白色的披装，在阳光下熠熠生辉。

忙活了半宿又加一上午的连海平，疲倦地坐在办公室的帐篷内，将已经湿透的棉鞋脱下来，放到火炉边，又将冰冷麻木的脚放到火炉边去烤，心里一个劲儿地后怕。

帐篷倒塌的事故，都怨自己的麻痹大意。当初给知青们盖这栋居住的帐篷时，由于他们来得突然，自己还没有做好迎接的准备，只得带领职工们匆忙地盖起来，质量上明显有了问题，让不该发生的事情发生了。

还好没有出更大的事故，否则……

连海平在内心里对林松充满了感激。看来当初自己执意要将他收进北川林业局里，而完全不顾媳妇的反对，是非常正确的，他简直就是自己的贵人。建局初始，当时他的手里有三个可以进局的人员名额，他媳妇的意思是要将老家里的外甥一家人，借此机会从农村调进局里，也好弄上个城镇户口。但他执意要将这三个名额都给了林松一家。为此，两人吵闹起来，即使差点闹到离婚的地步，他也没有松口，最终他将林松和他的父亲，还有妹妹林鹃调进了北川，让他们从"盲流"的身份变成了林业职工。连海平这样做自有他的原因，因为林松曾经救过他的命，他不能知恩不报。

那是在北川林业局成立之初，作为北川筹备组副组长，他责无旁贷地要先到局址所在地去确定一下具体位置，考察一下地形，为后期进入做好准备。但那时，即使是铁道兵也只是刚刚推进到白嘎峰下，正在那里勘察开凿隧道的前期工作。而他们需要翻越高耸的白嘎峰进入北坡，这是一项艰苦的勘察工作。以前有三批勘察者曾经进入过北坡，但都是从黑龙江沿江而入，并没有直接从大兴安岭腹地直插而进，那里的具体情况没有人知道。在这种情况下，一个经验丰富的向导是必不可少的。

在地区附近的靠山屯中，连海平经人介绍，找到了一个曾经翻越过白嘎峰、进入过北坡的鄂伦春猎人。但与这个猎人接触了两次后，他感到很不满意：一来是这个鄂伦春猎人对汉语一知半解，只能说一些简单的词汇，相互交流起来很不方便；再就是他嗜酒如命，每天不吃饭可以，不喝酒是绝对不行。就这两点，让连海平决定将他辞掉，他不能让这次的勘察任务出一点差错。

被辞掉的鄂伦春猎人并没有表现出一丝不满，相反又向他推荐了另一个也翻越过白嘎峰的猎人，而这个猎人是没有他这两个缺点的，这个人就是林松。

初次见到林松，连海平望着这个中等身材、面容黢黑，看起来老成持重的人，心里就比较满意了。听闻他今年只有二十四岁，连海平心里却是着实吃了一惊，因为林松怎么看都像已经过了三十岁的人，即使自己已经三十八岁了，可自我感觉都要比他显得年轻些。当问起林松的过往，心下也就释然了：他常年在野外狩猎，一进山就要半个多月才能回来，霜侵冰冻，风餐露宿，让风霜过早爬上了面容。

　　一行六人先是坐火车来到白桦岭林场，而后又乘着铁道兵的车来到白嘎峰下。在铁道兵的营地休息一夜后，带着足够的干粮开始翻越白嘎峰。在林松的带领下，一行人一路上还算顺利，准确找到了地图上标示的地点。

　　意外发生在他们勘察完北川局址后。在密林中穿行了一天，他们来到白嘎峰下。天已是黄昏，只好在峰下宿营。大家在搭建简易棚子的时候，连海平被附近的野鸡吸引，拎起枪去打野鸡。野鸡很狡猾，在树丛间穿来穿去，连海平不会站立着打枪，只好把枪架在一截木桩上，眼睛只顾盯着林子里的野鸡，却没有看到木桩下隐藏着一条蛇。他的脚踩到了蛇的尾巴上，被激怒的蛇对着他的右腿狠狠地咬了一口。

　　众人听到他的叫唤，连忙赶过来时，见疼痛已经让他的脸上布满了汗珠。

　　林松查看了他腿上的牙痕后，确定这是大兴安岭特有的一种蛇，鄂伦春人都叫它"绊绊倒"，意思是被这种蛇咬伤，走不了多远就会倒下。林松让他忍住疼痛，先是用刀将伤口划开，用嘴将一部分毒液吮吸出来吐在草地上，黑色的血迹让众人感到心惊肉跳。看着吐出的血终于显示出红色时，林松匆忙跑到附近的草丛中寻找了一会儿后，薅回来一把不知名的草药，用嘴嚼烂后糊在伤口上，又用一条绷带绑在伤口上方。

　　看着连海平的面色有了好转后，大家悬着的心才放下来。

　　就在众人以为已经没有了危险，松了一口气时，林松用砍刀快速地砍来两根木杆，把休息用的篷布撕扯成一条条的布条，三下两下地用木杆捆绑成个担架。

　　"他必须尽快送到山后的铁道兵营部去，我听说那里有专门治蛇毒的药。"林松用不容置疑的语气说。

其他人面面相觑。天已经要黑下来了，在夜色里攀爬高耸入云的白嘎峰？但眼下救人要紧，其他的也只能走一步瞧一步了。

白嘎峰山势险峻，岭高坡陡，即使是白天，大家来时翻越也是费尽了力气。六月中旬时的峰顶，依旧是白雪皑皑，而山下早已是草木繁茂，鲜花盛开，是不折不扣的一山有两季。当初铁道兵勘察到这里，发现铁路无法绕过这片绵延的峻岭，唯一的办法就是将白嘎峰凿出一条隧道，穿行而过，而这项巨大的工程也成了铁路铺设到北坡最大的障碍。

大家轮换抬着连海平向山顶攀爬，没有走多远，太阳沉了下去，林子里更是阴沉，转瞬间就变得漆黑一片。为了省电，大家只用一只手电筒指路，不时地有人绊倒，磕磕碰碰地前行。在攀爬到三分之一的时候，大家的力气就已经耗尽，这时才有人想起晚饭还没有吃，而带来的食物都在匆忙中遗落在山下，就连救命的水都没有带上一壶。

山势愈来愈陡，众人气喘吁吁，汗如雨下。看着脸色蜡白的连海平，谁都明白，他们是在和死神赛跑，无法停下来休息片刻。

踉跄的脚步踩在一块活动的石头上，担架前面的人"哎哟"一声跌倒在地，让担架上的连海平顺着山势向下滚去。

紧跟在后面的林松见势不妙，连忙抛掉担架，一只手抓住一棵小树，另一只手扯住了连海平的裤脚，才没有让他继续滚落下去。

此时的连海平额头上已经开始发烧。他看出了大家的疲惫不堪，提议道："我还是自己走吧，现在身体还可以。"

"不行！"林松坚决地拒绝了他的好意，"眼下你不能让血流加快，那会让蛇毒散发得更快。"

六月夜里的白嘎峰依旧寒意侵人，虽然如此，大家还是气喘吁吁，汗如雨下。林松把连海平放置到担架上，催促大家赶紧赶路。无奈大家只有爬起来，可是踉踉跄跄，腿脚发软，再无力气行走半步，瘫倒在山坡上。

林松别无他法，只好把连海平放下担架，将担架拆开，扯出布条，把连海平背在身上，用布条牢牢捆住后，对其他人说："你们在后面跟着，若是跟不上，人别走散了，就在原地待着，到时候我来找你们。"

大家又是敬佩，又是惭愧，林松的拼命架势让他们再度鼓起力量，跟随着他向峰顶继续攀爬。

林松将手电筒咬在嘴里，照着眼前的路，手脚并用艰难地越过这片最陡峭的坡面。跟在身后的人们看着他像一只猿猴，左兜右转地渐行渐远，众人使出吃奶的劲儿也无法跟上，不一会儿的工夫，众人就看不见他的身影了。

快要到峰顶时，手电筒已经没有了光亮，林松只好将它扔掉。好在天无绝人之路，东山上升起了一轮月牙，让山间有了凄冷的光亮。一阵阵狼嚎声从远处传来。

望着峰顶，林松的喉咙要冒出烟来，身上的衣服已经被汗水浸透，连他自己都能听到心脏发出的蹦跳声，几乎要冲破胸膛，喘出的气息中明显有着血腥的味道。快了，就快了。他不停地安慰自己，到了峰顶就有积雪了，就可以润润喉咙了！

雪的召唤，让林松又有了力量。抓着眼前能抓住的一切，草、石头，尽力攀爬。而后背上的连海平，已经感觉到昏沉，伤口处火炽般的疼痛，眼睛变得昏花，他知道林松的体能已经到了极限，林松后背上滚烫热量熨贴着他的心。他几次提议林松歇一会儿再走，都被拒绝了。

峰顶上是光秃秃的山石，上面常年刮大风，很少有植物能在这种环境下生存，只有一种苔藓依附在岩石上。冬季存下来的雪还没有融化，此刻正在月光下泛着微弱的冷光。林松一边走，一边抓起一把雪吞咽下去，让冒烟的喉咙得到了滋润，也让燥热得到了缓解。他要尽可能多吃些雪，才能维持住下山后的路途。他没有忘记身后的连海平，抓起一把雪攥成团，递给了连海平。

连海平含着他递过来的冰雪，凉意让他感到清醒许多，一路上的头昏脑涨减轻了不少，清醒过来的意识让他感到腿上的疼痛正在向上蔓延。他在心里感叹，也许自己真的不行了，挺不过这一"劫"了，心里不由得一阵悲凉，真是应了那句话："出师未捷身先死"，尤其半空中的那轮弯月，更是像极了自己的心情。但不管能不能挺过去，自己都要感激林松的这番举动。连海平知道像林松这种"无业游民"，心里的盼望是什么。在他当上北川局筹备组副组长后，就有很多人来找过自己，希望借着新建局的机会能变成正式的林业职工。他思索了一下，看着身旁晃动而过的皑皑白雪，对林松说："如果我不行了，你去找筹备组的刘魁组长，你……你就说是我说的，是我最后的遗言，让他一定要将你接收进北川局里。"

说完这句话，连海平安心了。是啊，对于像林松他们这些原住户，最大的愿望就是能进到国营单位里，那样就可以有个户口，摆脱掉"盲流"的身份，眼下自己能做的也只有这些了。

"别想那么多，你会没事的，蹚过这片雪地就是下坡了，山底就是铁道兵的营地。放心吧，你会没事的。"林松安慰他说，至于他的这份承诺，林松此时此刻却没有放在心上，虽然这也是他渴望了很久的。

下山的路同样难以行走，陡峭的山坡，一不小心就会让两人滚落下去。虽然步履轻快了些，林松依然不敢大意。他借着惨淡的月光，努力认清脚下的地形，直至来到长有低矮偃松的林子后，山势才缓和一些。有了树木的依托，他才加快了脚步。在来到铁道兵用来勘察山峰的简易路上后，他背负着连海平奔跑起来。

直至很多年以后，连海平只要抬头看见天空的月亮，都会记起这个夜里，记起林松气喘吁吁地背着他，爬过陡峭的山岩，钻过茂密的丛林，在崎岖中奔跑，粗重的呼吸声、狼嚎、月光，都镌刻在记忆里。

养好伤后，他不但将林松调进北川局，连同他的父亲、妹妹，一同给安排上了户口，暂时在中转站工作。他不能食言。

第五章

  大雪过后，天气瞬间就变冷了。凛冽的寒冬已经开始初露端倪，奔流的河水每天都在缩小着流淌的面积，很快就要被冰封住了。

  连海平眼下的工作，就是要带领职工搭建更多的帐篷。随着第一批知青的到来，后续会有更多的人员进入。在向地区的汇报中，他着重提议要尽快调进来一批林区工作经验丰富的职工来。这一点非常重要，只有那些在林区生活工作了一段时间的职工，才会更有经验，更有抗寒的能力。地区革委会给他的指示也很简单，就八个字：克服困难，稳打稳扎。看着这简单的八个字，连海平领会了背面的含义：北坡开发的第一个冬天，是一定要想尽办法在这里驻扎下去，绝不能像前几次一样，被迫中途退出。

  刚刚进入十一月下旬，西伯利亚涌来的寒流，彻底将北川林业局笼罩在彻骨的寒意里。随着建设的深入，一批批的人员和物资不断涌入，如今已经变成了七百多人。除了接连进入的三批上山下乡的知青，又从内蒙古林区和小兴安岭抽调来了不少林业方面有经验的职工，北川局每日都在发生着变化。

  随着人员的增多，局址所在地不断向外围延伸，周边的树木成片地被伐倒，搭建起一栋又一栋的帐篷。局址用来办公的帐篷门外有些特殊，特殊在别的帐篷周围的树木都已经被锯倒，唯有这栋帐篷外伫立着七棵高大的落叶松，它们生长得高大挺拔，枝干笔直。连海平第一次看见这七棵松树，就喜欢上了，特意嘱咐众人要保护这七棵松树，并给它们起了个名字，叫"七君子"，还打算等将来北川局建设好时，给这七棵树围个栅栏保护起来。

和连海平在一栋帐篷里办公的是军代表赵双喜。赵双喜分配到这里，可是有了用武之地，曾上过朝鲜战场的他喜爱狩猎，平日里只要有空闲，就会背起那把已经陈旧的56式半自动步枪，进到山林里狩猎，给大伙改善伙食。这片人迹罕至的原始森林，动物资源十分丰富，"棒打狍子瓢舀鱼"这句话并不是夸张，而是那些刚来到这里的职工们的亲身体验。

自从下了大雪后，赵双喜不但猎到了十来只狍子、三只驼鹿，还打死了两只黑熊，收获颇丰。这些猎物在很大程度上改善了职工们的伙食，让每天吃着大碴子和冻白菜的身体有了力气。职工们给赵双喜起了个亲切的外号，叫"伙夫长"。人员增多以后，赵双喜索性直接在民兵连里抽调了四个人，组成了狩猎小队。平日里除了进行军事训练外，他们就进到山林里狩猎。从言谈中，赵双喜知道了林松也是个狩猎的能手，曾极力让林松加入狩猎小队，但被林松拒绝了。狩猎小队打到最多的，是如羊般大小的狍子，这里的这种动物在漫长的进化过程中，很少见过人类，常常在猎人来到它们面前时，还在大眼瞪小眼，痴痴愣愣，完全没有意识到人类手里那个闪着寒光的家伙，可以在一股青烟中要了它们的命。

赵双喜只知道林松曾经是个狩猎的能手，却不知道他的遭遇，他不明白放着眼前这些动物，林松何以能无动于衷？

对于熊，林松是有着深刻的记忆。在靠山屯时，那里居住着很多鄂伦春人，他们常年以狩猎为生，林松从八岁时，就跟着这些鄂伦春猎人学习狩猎技巧。十六岁那年，他就独身一人用火铳猎杀到了一只熊，他的狩猎技巧，即使是多年的鄂伦春猎人也会自叹不如。这主要得益于他有一个师傅，就是靠山屯中最有名气的老猎人拉夫凯。鄂伦春人素来豪爽，狩猎了一辈子的拉夫凯把自己的那些本领，都传授给了林松。

但后来林松却突然厌倦了狩猎，事情发生在他二十岁的那年春季。靠山屯中的一名鄂伦春猎人进山狩猎时，捕获到一只幼熊，他将幼熊用铁链拴在屋前，随后又和一群猎人搭伙进山狩猎了两天。在他回来后，自家屋子里发生的事情几乎让他发疯：老婆和孩子都已被熊咬死，而那只小熊已不知去向。拉夫凯看了现场痕迹后，长叹一声告诉他，他带回来的小熊引来了母熊，为自己的家人招来了杀身之祸。这名猎人怎肯罢休，发誓要杀了那只母熊为家人报仇，他顺着小熊身上带着的铁链痕迹，一路追踪，进到山林深处后就没了消息。拉夫凯组织屯子中的猎人进山寻找，林松就是其中的一个。三天后，他们在一处山坳处找到了已经死去的猎人，在他的附近，一只母熊也死在那里。

这件事对林松的触动很大。现场是惨烈的，雪的白，血的红，两者鲜明地交织在一起。他从死去的熊身上，感受到了一种动物尊严。但让他彻底远离狩猎这一行的，却是另一件事。

林松在秋天看到的一大两小的黑熊没了踪影，虽然知道它们的洞穴就在附近。赵双喜曾经猎回来的两只黑熊，他都去看了，但都不是他所看见的那三只中的，想来应该是随着人员的增多，受到惊扰的母熊已经带着幼崽远离了这片山林。时间久了，他就忘了这件事。

但该来的总会来的，并以一个你意想不到的方式出现在眼前。

漫长的冬季来临后，由于火车没有通车，满山的木材无法生产、外运，职工们只能干一些生产前的准备工作，而对林业工作不熟悉的外地知青们，主要从事一些后勤工作。因此，为供应众多帐篷取暖，需要去采伐烧火柴，这项工作就落到了这些知青的身上。

不知是有意还是无意，连海平把林松和施彤分到了一组。也许是因为连海平也听到了那些传言。

施彤所在的捡烧材组有七个人，四男三女，七人中除了会使用油锯的林松，其他都是从上海来的知青。每天太阳一冒头，七个人就要拉着三个爬犁，进到山林里去找寻一些已经死亡、干透的树木。日复一日，寒冷的天气，成排的帐篷，每日都要烧掉大量的柴火，附近山林里的枯木已经找不到了，只能向山林的更深处搜寻。

经历了帐篷倒塌那件事后，施彤成了众姐妹们常常打趣的对象，弄得她每次看到林松都要脸红，急忙闪避。林松看出她的尴尬，便有意在人多的场合和施彤说上一些关于工作上的事，声音很大且若无其事、坦坦荡荡，几次下来，施彤内心的尴尬消散了。

在另一个当事人用坦荡的态度或已经遗忘的态度来对待你心头的尴尬时，你又怎能没完没了地郁结于心？反倒是一同和她来的那些姐妹们，特别是靳红梅，常常拿这件事来挪揄她。

"施彤，人家救了你的命，你要怎么样报答人家啊？"施彤只有默不作声，被问急了，只好说："那要是你，你该怎么报答人家？"

"我嘛，那还用说，当然是一命报一命，嫁给他。就像古书上说的那样，以身相许了！"

"那你就去嫁给他吧！"

"呦！他救的是你，又不是我，我倒是想被他救，只可惜老天安排的是你呀！你要是有报恩之心的话，我就去给你说媒，怎么样？"

被问急的施彤憋出一句话来，开着玩笑说："要是他能救我三次，我就嫁给他。"

本是一句戏言的话，却在北川局里传了出来，弄得众人皆知了。

第 六 章

  捡拾烧柴并不是一项轻松的工作，顶着严寒，蹚着大雪，进入山林中，找到干木后伐倒，锯成三米多长的木段，两人用铁钩抬出来，放到爬犁上，等到够载量了，再由两人齐力拽回局里。即使是滴水成冰的严冬，将爬犁拽到局里后，每个人都会累得一身热汗，摘下帽子来，头顶会像烧着了似的冒出腾腾热气。不过话又说回来，若是和局里其他一些需要进山建造楞场、贮木场的职工比起来，捡烧柴的工作无疑又轻松了很多。因为那些职工们晚上回来后，脱下的棉裤被汗水浸透后冻成冰，竟可以站立在地上。

  原本进山捡拾烧柴的活是由北川局里的三匹马来运输的，只是眼下建设贮木场是首要任务，马匹分配到那里去了。

  "等到拖拉机分配来就好了，那就不用人力去拉烧柴。"连海平说。

  今天的工作进行得挺顺利。一大早，七人来到山林里后，张寒秋在没膝的大雪里没有走多远，就找到了两棵又高又粗的干木，光秃秃地挺立在山林中，这两棵树就够他们这一天的工作量了。

  由于木材粗重，搬运的工作就由男的来做，三名女知青负责在来往的山路上清理一下碍脚的树枝。

  林松和张寒秋搭伙，用掐钩把木头向外抬。

张寒秋虽然长得比林松高大，身材也比他魁梧些，但他哪里从事过这种繁重的工作？在没膝深的大雪中走路都费劲，更何况还要抬着粗重的木头。他身子歪歪斜斜，肩上被压得青肿。他与林松抬着木头向外走时，林松要极力控制着肩上的杠子，才能让自己不被他拉扯到雪沟里。

　　看着两个男人在雪地里抬一会儿，靳红梅冲着施彤使了个眼色，她明白了，这是两人之间的暗号。来到山林里工作，身边又有男同志在场，小解就成了一件麻烦且恼人的事。两人向林子里蹒跚着走去，走了一会儿，回头仍能看到不远处的同伴，无奈只好继续向前走。

　　冬季的山林中，乔木和灌木的叶子已经落尽，显得空旷，唯见棵棵树木挺立在雪中，活树与死树掺杂着，也不知延续了多少个世纪。

　　靳红梅发现了一个好地方，一块隆起的雪包伫立在空地上，她对着施彤招招手，两人来到雪包后面，这真是一块天然的、遮挡视线的好地方。

　　这块雪包和两人平日里看到的雪包，并没有任何异样，只有那些常年在林子里活动的林区人或老猎人才能看出这个雪包的不同，因为雪包上布满了蜂窝状的细孔。

　　刚来到雪包后面，走在前面的靳红梅只觉得身子一沉，向下滑去，她下意识地抓住身后的施彤，这却导致两人齐齐地向下滑去，跌进一个约有一米半深的坑洞。靳红梅懊恼地拂掉脸上的雪，平坦的雪地上居然出现一个大坑，她站起来抬头望去，还好雪坑不算太深，只要将周围的雪清理一下，两人就可以爬出去。

　　"好凉啊！弄得我脖子里都是雪！"靳红梅说。

　　她的话并没有引起施彤的任何回应，她好奇地扭过头来，看到施彤呆呆地坐在雪坑里，两眼直直地看着前方，面容惊恐。她心里一哆嗦，寒意从脚底升起，鼻孔中蓦然冲进一股腥膻之气，不由自主地顺着施彤的目光瞧过去，只见在塌陷下去的雪坑旁，呈现出一个洞穴，洞内一只黑沉沉的熊正怒视着她们，庞大的身躯旁，两只小熊侧卧在那里，也在不知所措地盯着她们。

　　黑熊发出一声低沉的吼叫，露出森白的尖利牙齿。这声吼叫犹如炸雷在两人耳边响起，靳红梅只觉得两腿发软，心脏狂跳，几乎要和施彤一样瘫坐在雪坑里。

　　黑熊站了起来，用鼻子搜寻着面前这两位不速之客。

　　想要叫喊，却发不出声音的靳红梅，求生的本能让她转身向坑外爬去，在接连蹬空了两次后，她终于用手抓住了坑上的一株小树，手脚并用爬了出来，用她最后的一点力气向来时的方向跑去。

　　施彤完全被恐惧笼罩，瘫坐在雪里，动弹不得。刚来到这里时，就听到过一些人谈论熊，议论过它们的凶猛。只是无论如何都想不到，有一日自己真的会遇见熊，并且近在咫尺。她也想像靳红梅那样爬出去，腿却没有了知觉，站立不起来。想要喊，却只发出了嘶哑的声音，只有瞪大着眼睛看着熊站立起来，一步步向自己走来。待到一股腥膻之气扑到她的脸上时，她唯一能做的就是把眼睛闭上。

　　生命是这般无常啊，悠悠晃晃的魂魄漂浮在云端，生死之际，就连她自己也没有想到，无端的一句词句却在脑海里浮现出来，清晰、刻骨。

　　"一番风雨路三千，把骨肉家园齐来抛闪！"

　　那是多久以前的事啊！那时她还在扎着两条小辫，每日蹦蹦跳跳地去学校，有一日无意中看到父亲偷偷摸摸地从地砖下抠出一本书来。过后，当她打开地砖，见里面摆放了三四叠的书籍，她随意拿出一本，将自己反锁在房间里看起来。那是一本《红楼梦》，她看得有些稀里糊涂，并没有从书中体味到更多，只是单纯地替林黛玉感到悲伤。时间过去了这么久，她早就将书中的细节忘得差不多了，只是没有想到，在这里，在这种时候，书中的词句居然以这种方式回忆出来。

　　"恐哭损残年，告爹娘休把儿悬念。"

　　原来一切都是命呀！原来自己就是那个苦命的贾探春。不，自己连贾探春都不如，人家最不济也没有让熊给吃掉！而自己的结局，居然最后变成一摊熊粪，滋润着这片山林草木。

自己要变成熊粪的念头，让她悲从中来。不，她不甘心！她睁开眼，看到熊龇着牙，正在自己的眼前，腥膻热气喷到脸上。她睁开的眼睛让熊感到了愤怒，感到了某种威胁，伸出爪子向她的头部拍去。求生的本能让她将身子一缩，将头歪到身后的雪里。她倔强地抓起一把雪，扬到熊的脑袋上。

一阵痛楚从脸上蔓延开，一股热流在脸上流过，洁白的雪地上蓦然出现了鲜红的血迹。她的脸上出血了。绝望彻底地包围了她，她不想再做无谓的抵抗，刚想再次闭上眼睛，一声呼喝在耳边响起，她看到曾经救过她一次的林松出现在眼前，站在坑上用那根用来支倒树木的杆子刺着眼前的黑熊。

杆子头上那个亮闪闪的金属尖刺让黑熊有了怯意，后退了几步，龇牙咧嘴地向林松咆哮着。

杆子不停地在熊的眼前晃动着，他要迫使熊向后退去。熊被激怒了，直起身来，一掌拍向木杆，林松轻巧地将杆子闪过，继续刺向熊的眼睛，熊被迫向后退却了。

他跳了下来，站在施彤的身边，将身上的棉袄快速地扯下来，掷向熊身后的洞内。黑熊不明所以，生怕飞进洞内的棉袄伤害到熊崽，咆哮着冲进洞内，咬住棉袄撕扯。这是一个好时机，趁着难得的空隙，他双手抓起施彤，举起抛到了坑外，沉声喝道："快走！"

清醒过来的施彤，踉踉跄跄地向远处跑去。

咬住棉衣的熊知道自己上当了，转过身向他逼过来，只是忌惮眼前的铁刺，不敢径直扑过来。熊向东，那根刺也指向东；熊向西，铁刺跟着向西，一人一熊，在狭小的坑内周旋着。

远远的油锯声由远及近地响了起来，林松悬着的心终于有了底，这家伙应该能镇住黑熊。跑来时，他只是向张寒秋喊了一声："把油锯弄着了！"急迫中也不知他能不能领会自己的意思。

张寒秋将油锯油门开到了最大，声音震耳欲聋，咆哮声震得树上的积雪簌簌落下。他心惊胆战、犹犹豫豫地向熊洞处走着，他明白林松的意思，他要将启动着的油锯送给熊洞中的林松。他害怕得手直颤抖，在看到迎面跑过来、满脸是血的施彤时，几乎让他扔掉手中的油锯，远远地跑掉。但仍在坑内的林松和高速旋转的锯条给了他勇气，锅盖粗的木头转眼间就能被油锯锯成两截，熊也会害怕这东西的。

果然，咆哮的油锯声终于让熊有了怯意，直视着这个莫名其妙、声如洪钟的家伙，不敢再向前扑，退回到洞内，守着洞口。

林松趁此机会纵身跳出坑外，接过他手中的油锯，示意他先跑。有了这家伙，他放下心来，一步步后退，注视着熊坑的方向。

黑熊跃到坑外，看着他们已经远去，吼了两声，宣示着自己的领地。也许是因为茫茫的大雪和透骨的寒意，让熊放弃了前去追赶的想法，它甩了甩爪子上的雪，钻回了洞里。

林松这才放下心来。

施彤脸上的伤看起来很严重，血流不止，前胸都已被血浸湿。林松扯掉衬衣，又从张寒秋的棉衣里扯出一把棉花把整个脸包裹住，伤口一旦被冻到就很难愈合。而后，将她和已经不会走路的靳红梅放到爬犁上，林松和张寒秋合力拽回了局址。

新成立的北川卫生所只有一名医生，四十多岁，是刚刚从双河林业局调过来的。她用酒精清洗了一下，施彤脸上被熊爪划出的两道伤痕显现出来，其中有一道要严重些，皮肤完全被划开，从耳垂划到了嘴角处，露出了里面鲜红的肉。卫生所条件简陋，只能做一些简单的缝合和包扎，医生一边处理着伤口，一边在心里叹息：好好的一张脸，就要增添一道明显的疤痕了。

闻讯赶来的连海平见到施彤的伤势，又惊又气，连忙让人去找赵双喜。局址附近发现熊窝，这会对大家时刻构成威胁啊！

西山里发现了熊窝的消息，很快传遍了北川局，这不禁让刚刚驾车回来的侯德海感到惊喜，他早就想拥有一张完整的熊皮了，那熊皮垫在身下，暖和极了，简直像小火炕一样。以往猎到的熊皮都被赵双喜给了别人，而今天狩猎小队所有的成员都进山了，还没有回来，自己带着两个哥们前去，不就可以熊肉随便吃，熊皮归自己了吗？侯德海打听到了具体的位置后，借了一把双筒猎枪，又跑到修路队那里拿了一把雷管，喊上一个叫王波、一个叫刘峰的两个职工就进山了。

顺着雪地上的脚印和血迹，三人很容易就找到了熊洞。此时的洞口却已经被熊用雪挡住了，在外面观察了好一会儿，三人也无法看到里面的情况。侯德海心里着急，万一赵双喜他们回来，赶到这里，熊皮可就没有自己的份了！想到此，他决定用雷管来炸熊。这东西威力大，一下子就能将整个熊洞给掀开，轰它个七荤八素的！美中不足的是熊皮很可能会有损伤。管他呢！有损伤的熊皮总比没有熊皮好。

打量好位置，侯德海让王波拿着猎枪，对准熊洞，防止熊突然冲出来，而他将两个雷管捆在一起，连上长长的导火索，引燃导火索后，他站在熊洞的上方，将雷管用力掷进洞中。

三人躲在一棵树后，就等着爆炸后轻松地前去捡拾胜利果实。

导火索"滋滋"地响着，冒出阵阵青烟。

三人捂住了各自的耳朵。

但随后发生的一幕，让三人目瞪口呆，不知所措。洞口处探出一只熊的脑袋，嘴里居然叼着"呲呲"直冒青烟的雷管，熊将雷管抛到洞口外，退缩着又回到了洞里。

三人面面相觑，望着越来越短的导火索，三人中谁也没有勇气去将雷管重新抛回熊洞中。

随后一声巨响，腾起的雪雾弥漫了半个天空，巨大的冲击波将周围树冠上的雪震落，纷纷扬扬。雪雾散尽，三人睁大眼睛望去，见原来狭小的洞口如今已经完全被掀开，洁白的雪地上出现了一片褐色的土坑，看来虽然雷管没有在洞里爆炸，但效果看起来还可以。

侯德海犹豫着，正在想着该不该凑上去看看时，却见被蒙上了一层雪的洞中，一只巨大的、身上覆盖了一层雪的熊，摇摇晃晃地站了起来。

"我靠！这都没炸死它！"侯德海很吃惊，赶紧拿过猎枪，对着熊的方向开了一枪。待他手忙脚乱地将枪重新填上子弹时，眼前的熊却没了踪影。

"跑了！跑了！"王波指着远处的一片树林告诉他。

"到底打没打中它？"侯德海对自己的枪法从来没有自信。

"好像打中了，你看那雪地上还有熊毛呢！"

"可惜了，居然让它跑了。他娘的，这不是瞎子点灯——白费蜡嘛！"侯德海愤恨不平。

"哎！洞里还有两只小熊呢！"

刘峰站在熊洞旁，向两人喊叫。走进去一看，果然洞穴的最里面，有两只小熊躺卧在枯草上，却没有任何动静，也不知是被炸死了，还是被震晕了。

大熊没有打到，三人只好用绳索拽着两只小熊回到了局里，也算是有了成果。

第七章

十二月初的时候,北川林业局遭受了一场严重的降温,河水一夜之间彻底被封冻住,太阳在严寒中显得无精打采,整个天空暗沉氤氲,总有一层薄雾笼罩在山林间,这是冷空气凝结成的冰霜散布在大气中。这让初到这里的人们体会到了"高寒禁区"的威力。也就是在这时,最大的一批建设者们来到了北川林业局,有五百人之多。这批建设者们大多是从大兴安岭南坡各个林业局抽调来的,他们不但有熟练的林业作业技能,更可贵的是带来了各种林业机械,油锯、拖拉机、运材车摆满了临时搭建起来的机库中。除了这些机械,还有两匹马和三头牛,这样一来,这些大牲口就被用上了平日里的拉运烧材,节省了很大的人力。

让林松没有想到的是,在给新来的职工们安排营地帐篷时,他居然看到了从小时候就相识的伙伴,他叫谷云峰。

二十年前,两人穿着开裆裤时,就常在一起玩耍。他们两家都住在靠山屯中,彼此相隔不远,不但他们两个小孩互相玩得来,就是他们的两家大人相处得也很融洽。只是在五年前,谷云峰的父亲将一家人调进了商河林业局,率先摆脱了"盲流"的身份,变成了林业工人,从此两家天各一方,也就断了来往。

人世间最纯洁的情谊,一个是初恋,一个是青梅竹马。林松的童年记忆里若是少了谷云峰，便无法去回忆。相对来说，谷云峰也是这样。那些懵懂少年的青涩回忆，都在两人的心里留下很重的分量，曾经的过往，也让两人彼此间有了兄弟般的感觉。虽然几年未见，这份情谊却没有消失。对于林松来说，在北川局里看到谷云峰，确实感到很意外。这几年来，断断续续地从别人口中得知，他在商河林业局采伐队里工作，据说两年前已经从一名拖拉机助手变成了正儿八经的司机。要知道，没有过硬的本领，在人多机械少的采伐队里不熬个十年八年，是很难接手机械，变成采伐队里人人羡慕的拖拉机司机的。

为尽地主之谊，林松当即拽着他回到所住的帐篷里，给自己的童年伙伴来个接风宴。只是时间仓促，弄不到像样的下酒菜，只好让侯德海将他的备用菜——四盒罐头拿出来。

"他是谁呀？"侯德海小声问询，他心疼自己用来压箱底的罐头，那可是从地区带来的，用来夜半时分睡不着时喝酒用的。

"这是我兄弟！"林松很郑重地说。

侯德海明白了，他还从未见林松说过哪个人是他的兄弟，他明白这里的分量。他说："老哥，你兄弟就是我兄弟，我再去食堂蹭俩硬菜去。"

实际上侯德海要比林松大一岁，但林松看上去却要比他显得年长些，他就顺理成章地管林松叫上了"老哥"。这几日侯德海的心情不痛快，前去猎熊，到嘴的熊却跑了，成了局里职工们的一个笑话不说，还被赵双喜狠狠训了一顿，弄得灰头土脸的。

谷云峰身材高大，看上去就有一膀子力气。特别是这几年进了采伐队，常年的重体力工作更是锻炼得膀大腰圆。此刻，他正好奇地蹲在帐篷边，仔细瞧了好一会儿，才认定眼前铁笼子中黑黑的两个小家伙不是狗，而是幼熊。

"等它们长大了再吃！"侯德海说。他手上端着冒尖的一碗海带炖黄豆，顺便把从食堂顺来的两个面饼扔进铁笼中。

他定下了一个长远的计划。

本来就因心情郁闷，想要借酒消愁时，恰好赶上林松的兄弟来了，正好来个一醉方休。

林松看到谷云峰，感到意外之喜，但谷云峰却不感到意外，他知道林松就在北川。在商河林业局召开动员大会，号召一部分职工前去支援北川局时，他第一个就报了名，弄得他们采伐队的队长很为难。不让他去，明显有不顾大局的狭隘思想；让他去，好不容易培养出来的骨干力量走了，今年队里的木材产量肯定会受到影响。权衡之下，只有对他撂下一句话："你想什么时候回来，我们采伐队随时都欢迎你！"

表面上，谷云峰和他们交杯换盏，谈笑风生，说着一些小时候的趣事，例如偷着向大人们的酒瓶子里倒水，好换出些酒来，躲在树林里偷摸喝掉；将邻居家里还未成熟的苞米掰走，在河边拢起火堆来烤。说起来那些事，仿佛还是昨天发生的，近在眼前，但恍惚中，一切都改变了，变得面目全非，甚至无法理顺。

谈到童年时的往事，有一个人是绕不过去的，就是林松的妹妹——林鹃。

谈笑风生的谷云峰，表面上沉浸在和兄弟相逢、认识新朋友的喜悦当中，但内心里却无时无刻不在咀嚼着一汪苦涩的心事。他之所以执意要调来北川局，而不顾父母和队里的反对，就和这件事有关。模糊中，林松也意识到了一些，但他只猜对了一半，还有一半是他所不知道的。

刚入冬时，也就是下了头一场雪的三四天后，谷云峰趁着采伐队里清闲时，瞒着父母跳上了商河开往白桦岭的火车。他不能再等了。这些天来，父母每天都在张罗着给他相亲，都被他用各种借口拒绝了。他的心里始终放不下一个人，这些年来，这个人牢牢地占据着他的心房，他的心里已经容不下别的人了。

若说青梅竹马，那他和林鹃才是真正的青梅竹马。

坐在火车上，看着窗外的树木倏忽而过，心里却全是从前的往事，一个笑脸，一句话，他都曾玩味再三，也对自己的这趟出行充满了信心。

他知道父亲是反对自己和林鹃相处的。

在他们十三四岁的时候，他的父亲谷三河与林鹃的父亲林山东喝酒时，喝得开心之际，谷三河说：

"林老弟，今个借着点酒劲儿，我说件事，你可不能卷了大哥我的面子！"

"嘛事？你就直说。"

"林老弟，我是看着鹃子这丫头长大的，在心眼里我是把她当成自己的亲闺女一样，稀罕得不得了，你看能不能在今个咱们定个娃娃亲，等孩子们长大了，让鹃子给我当儿媳妇？"

林山东一拍炕桌："行，俺看着你家的云峰也是个仁义的人，鹃子跟了他，俺也放心了。"

就这样，两家定下了娃娃亲，弄得靠山屯里人人皆知，就连一些同龄大的孩子也会在胡同里看到林鹃后，喊着"云峰他媳妇。"弄得原本两小无猜的两人，却有了害羞之心，无法无所顾忌地凑在一起玩耍了。

就在两人长大后，快要谈婚论嫁时，却有了变故：谷三河一家弄上了户口，变成了吃公粮的。身份的变化，也导致了眼光的变化，谷三河对仍然是"盲流"身份的林山东一家就有了成见，搬到商河林业局后，就再也不曾提起这桩娃娃亲，一心想要给儿子找个门当户对的媳妇。

谷云峰是拒绝的，他提醒父亲，不要忘了娃娃亲的事。

"这都什么年代了！这是新社会、新国家，娃娃亲那是封建思想，那是过时的老传统，早就该扔掉了。"

谷三河拍着桌子，教训着他。

谷云峰的心里是委屈的，心里想着你能扔掉，我可扔不掉啊！鹃子已经住在心里了。他决意把这件关系自己一生的大事给解决了。

火车驶进白桦岭，正是快临近中午时分，不用打听，站在火车站上，他就看到了不远处北川林业局的中转站。他满怀憧憬，毫不犹豫地走了过去。

林鹃刚刚清点完站里新来的一批物资。对于谷云峰的到来，她也很意外。姑娘的心从来都是很敏感的，即使两人已经有几年没有见面了，她的心里也隐约猜到了他来这里的原因。唉！若是半年前来，不，哪怕是一个月以前来，自己该有多么欣喜，结局也会不一样。

这世上的事情就是这样，有些事情耽搁了一天或一小时，结局就向着相反的方向疾驰而去，再也回不来了。

看到林鹃的父亲林山东并没有在中转站里，谷云峰松了口气，一切都在向着好的方向发展，这是个好兆头，他要速战速决。时间长了，他怕自己一路上积攒起来的勇气消失了。

"鹃子，有件事我想对你说。"

"哎呀！云峰哥，你还没吃饭吧？我去给你做顿饭吃。"

"不！"谷云峰一把扯住了她的衣角，又连忙放开。

"有件事若是不说，我心里憋得慌。"

林鹃这个时候已经知道了他想要说什么，怎么办，自己该如何回答？同时，一股怨气也在心底里升起。自己等了这句话，已经等了好几年，偏偏在自己不想听的时候，你来说了。当初你们家嫌弃我家是"盲流"，看不上我，如今我们家也吃上了公粮，又想起娃娃亲的事了，这天下的好事咋都让你们家占了呢！当我是什么呢？

"鹃子，我今天来，就是……就是想说娃娃亲的事，我想咱们俩的事，也不用去找媒婆来说了，因为……因为咱们以前是很要好的，今天……今天我就正式说了，咱……咱俩结婚吧！"

说完这一番话，简直要比他在山林里拉上三车木头都要累，中转站外寒意侵人，他的额头上沁出了汗。但总算是说出了口，这些年来压在心里的石头终于落了地,他感到无比轻松。接下来可能的发展,他已经预想了几千遍,无外乎看着她娇羞地转过头,一脸通红,或难为情地跑到远处,再或者,很有可能扑到自己的怀里……

可惜的是,他预想的好多个结果,一个都没有出现。

林鹃静静地站在面前,脸上居然没有出现任何变化,仿佛方才的那番话是说给别人听的。林鹃的冷静,倒让他感到手足无措,心里排演了不知多少次的场景,却没有出现,这让他不知接下来再说什么才好。

时间一分钟、一分钟地过去,两人都静默着。终于,林鹃开口了,却是斩钉截铁般地说:"云峰哥,事情已经过去这么多年了,难为你还记得娃娃亲的事,那只是一句戏言,难不成你还当真了?我们都长大了,还能把当年的幼稚事情当成真事吗?这件事,就别提了。"

谷云峰有些发蒙。她这是在拒绝我吗?好像是的。自己来时的种种预想中,怎么也没有这个啊!

被拒绝所产生的羞恼,让他有了勇气,他不甘心。

"你……你怎么说话不算话呢!当年小时候,我从家里偷油饼出来给你,你还说过长大了要给我当媳妇的,你都忘了?你咋能说话不算话呢!"

"我说话不算话?可你还偷过俺们家兔子呢!"

"胡说,我什么时候偷过你家兔子了?"

"就是那次,俺在后山下个套,明明套了个兔子,可就没了,俺顺着脚印找到你家,你们一家正在炖兔子吃呢!"

"你说的是那次呀!我说那次你去我家,神情怪怪的。告诉你,那明明是我自己套到的兔子。"

"就是你偷的,雪地上的鞋印出卖了你。"

"我发誓,我真的没偷你的兔子。"

"不是你还能有谁,难道是我自己偷自己的兔子?"

谷云峰彻底懵了，垂头丧气地走出了中转站。

自己是来干什么来了？提亲来了嘛！可怎么就和该死的兔子扯上了关系？这都是哪里跟哪里的事儿呀！

虽然有些云山雾罩的，但有一件事却是他知道得清清楚楚，就是林鹃拒绝了他，拒绝了他的提亲。一想到这件事，他心里原本落下的石头又漂浮起来，不但起来了，还碎化成了锯齿状石块，磨砺着他的心。

回去的火车要到晚上才有，气恼的他无法再在这里待下去，顺着铁道迷迷糊糊不停地走，直到半夜时分才走到了商河林业局。第二天，他乖乖地跟着母亲前去相亲了。

半个月后的动员大会上，他鬼使神差地第一个举起了手，响应局里号召，前去支援北川局，他知道自己还是不甘心，印在心里的人不是说没就没的。

就在他离开中转站的时候，林鹃看着他的背影，心里何尝不是五味杂陈，想哭又想笑。当她用胡搅蛮缠的方法，借兔子的理由拒绝了他时，她从心底里也在鄙视自己，一段美好的过往被硬生生地描画得粗陋不堪。但不这样做，又能怎样？她的心里已经有了别人，这个人已经将谷云峰的位置完全挤了出去。这倒不是她薄情寡义，有新人忘了旧人，而是在她还是"盲流"时，谷家的态度让她感到失望。特别是去年父亲林山东不远百里坐了一夜的火车，前去谷家想要商议一下儿女的亲事时，被谷三河不咸不淡地打发了回来，这让她更是生了几天的闷气，心底里断了对谷云峰的念想。只是她并不知道，对于这些，谷云峰在采伐队里完全不知晓，他的父亲也从未对他说过。

就在这时，一个人恰到好处地出现了。

在北川局中转站的旁边，是铁道兵九师三团的物资中转站，三团驻守在白嘎峰山下，负责凿挖隧道，吃的用的都要用汽车从中转站转运到白嘎峰下。闲暇时，林鹃常常坐在房檐下，看着铁道兵中转站里车来车往。

韩建国是三团运输连的一名汽车司机，经常来到中转站拉运物资。当他第一次看到不远处的林鹃时，好似冰天雪地中见到一株开放的蜡梅，心头涌起了悸动的涟漪。他来自山东，以前一直随着部队建设"嫩林"线铁路，自从见到林鹃后，便将她放到了心里。每次来到中转站，要是没有见到她的身影，便会若有所失；只要运输连里有来中转站拉运物资的任务，他都会抢着来此。至于是否能有更深一步的发展，他却不敢想，因为部队里有明文规定，战士是不能跟驻地附近的姑娘谈恋爱的。

　　四目遥遥相对时，彼此都有些暗生情愫。林鹃这里却只是有些猜疑，看着身着笔挺军装的军人，高高的个子，风驰电掣地驾驶着一辆擦得铮亮、能映出人影的汽车。从那身军装上，她感到了自己的卑微。一些事情只能暗自想一想而已。但不久发生的一件小事，让她内心的卑微一扫而空，事情有了质的变化。

　　秋末的一天，天空中飘了一阵雪，弄得地面湿滑，韩建国的汽车刚出中转站，就被困在泥地里打起了滑，动弹不得。

　　林鹃看着他跳下车，向自己院落里走来，心不禁"怦怦"直跳。

　　"大妹子，能不能把你的铁锹借我用一下，我的车陷在泥里了。"

　　她有些发慌，却也装作若无其事地将屋檐下的铁锹借给了他。

　　事情都很正常，借锹，还锹，彼此都很客气。可在接下来的两天里，林鹃始终感觉这件事有些不对劲，但哪里不对劲，却又想不出来。直到两天后的清晨，可能是由于睡了一夜大脑分外清晰的缘故，她想到了哪里不对劲：他来她这里借锹？可他的汽车上明明装了半车的铁锹和尖镐嘛！

第八章

　　连海平第一次见到谷云峰时，从心底里就喜欢上了这个年轻人。从他的身上仿佛看到了当年的自己：热忱、利落，对未来抱着很大的信心，干起工作来有板有眼，眼神中时不时地透露出一股忧伤。这样的人干起工作来，一定是很细心的，方方面面都能照顾到。新成立的北川局，万象更新，一切都要从零开始，缺少的就是像他这样懂业务而又有雄心的人。连海平在粗略地看了下他的档案后，直接就将他安排在采伐二队，担任队长之职。

　　采伐二队是连海平最看重的一支骨干力量，他把局里最能干的人和最好的机械直接或间接地都分配到了二队。目前局里最紧要的任务是建设贮木场，由原先负责此项工作的一队移交给了二队。两年后的铁路开通后，贮木场将承担木材贮存、加工、外运的重任。

　　在用人方面，虽然他是副职，却有着决定性的权力。组长刘魁由于身体的原因，一到冬季全身每寸骨头都胀痛不已，这是长期在严寒中落下的风湿病，只好长期驻守在地区筹备组，负责地区里的大小事务，只在刚入冬时，陪着地区革委会副主任来过一次。今年已经五十九岁的刘魁以前在小兴安岭，而后又在商河林业局工作过十年，拥有丰富的林区工作经验。也正是因为这一点，新开发的北川局才交给他。刘魁心里清楚，北川局建设有了眉目的那一天，也就是自己退居二线的那一天，所以很多事情上他都是在培养副组长连海平，一些具体的事务也完全交给连海平去处理。

　　此时正值组织考验的关键期，连海平心里很清楚。昨夜他熬夜写了篇文章《将无产阶级革命进行到底》，今早又润色了一遍，心里才感到满意。等过两天，他回地区革委会汇报工作时，打算将这篇文章拿到大兴安岭日报社去。事在人为，他必须要在自己的政治前途上加上些筹码。

　　另外有件事让他感到后怕，就是上海来的知青靳红梅和施彤遇到熊的事。这是一件多么危险的事啊！幸好没有出大的意外，有惊无险，否则自己难辞其咎。他从心底里再次感谢林松，同时觉得自己可以从这件事中为林松做些事情，他懂得名声和荣誉在这个年代里对一个人意味着什么。标题他都想好了，就叫《熊口脱生》，写上一篇通讯稿，一同拿到报社去。如果这篇通讯稿能在报纸上发表，相信在来年春季的知青转正上对林松是有利的。

　　此时的林松并不知晓连海平正筹划着对自己的好意，他正裹着大棉袄行走在刺骨寒风中，身后跟着两只颠儿颠儿的小熊。

　　天气太寒冷了，被关在笼子里的小熊不出来活动一下，会被冻死的。

　　眼下林松在后勤工作，负责各个帐篷的烧柴。现在条件好了，进山拉烧柴全部用拖拉机和马了，林松带着四个人只要用油锯把原木锯开，抱到各个帐篷中就可以了。这工作很清闲，他闲暇时常常来到铁笼子前，把从食堂捡拾回来的食物喂给小熊。渐渐地小熊对他有了依赖。每次只要一看到他，它们就在笼子里欢闹雀跃。为了让小熊住得更温暖，他把搭建帐篷剩下的篷布盖在铁笼子上，遮挡夜里的寒风。

　　林松的心里是有一个打算的，就是等熊再大些，能够独立在森林里生存时，就把这两只熊放回到山林里。当然，他的这个想法从来没有对别人说起过，即使是对侯德海也未提起过。

　　在他十六岁那年，他用十张狐狸皮、二十张兔子皮，从靠山屯里一户鄂伦春猎人手里换来了一杆猎枪，猎人们称作"老洋炮"，威力很大。也就是在那年的冬天，他第一次猎到了一只熊，让他的狩猎师父拉夫凯都感到很惊讶，说他从此是个真正的猎人了。唯有他的父亲林山东对此不以为然，说他是不务正业，耽误种庄稼。

林松的爷爷是清末从山东逃荒过来的，拖家带口地先是在嫩江一带落脚，后期战火蔓延到那里，只好继续向偏远地方迁徙，最后来到了大兴安岭的靠山屯。靠着一身勤勉，开荒种地，算是落下了脚，扎下了根。给他的父亲起了"山东"这个名字，既是一种念想，也意味着不能忘"根"。林山东勤勤恳恳，一心秉承着祖先传承下来的手艺，将田地伺弄得生机勃勃，倒也维持了一家的生计。却不曾想，到了林松这里，却对庄稼不感兴趣，反倒对狩猎上了瘾，这岂不是数典忘祖嘛！

自从有了"老洋炮"，五年间，他已经猎到了七只熊。很多年纪比他大很多的鄂伦春老猎民还没有猎到这个数。只是如今，那杆"老洋炮"被他束之高阁，放在父亲那里，已经落满了灰尘。这里的原因，不只是目睹靠山屯里的那个鄂伦春猎人与熊同归于尽，更多的原因是他跟着鄂伦春猎民们翻越过一次白嘎峰，在那里发生过一件事，回来后他就对狩猎失去了兴趣。

当有别人好奇地看着熊，想要走过来逗逗小熊时，小熊就会惊恐地退缩，退缩到林松的腿下。

林松领着两只小熊在北川局里散步的场景，留在了人们的记忆里。即使很多年以后，一些人提起这件事都不由得感叹不已。

侯德海很是羡慕带着小熊散步的林松，这简直就是"森林之王"的气派。有几次喝完酒后，他也效仿着想要带领小熊去散步，但他打开笼子门，任他如何吆喝，小熊就是退缩在笼子的角落里，不肯出来一步。

"早晚有一天炖了你们下酒。"侯德海气愤不已。

就这个问题，他特意请教了林松。

"也许是你曾打死过它们的母亲，它们对你有了消除不了的隔阂。"林松说。根据侯德海的描述，那只母熊受到了枪击，在这样严酷的环境里是挺不过三天的。

"不可能，我用枪打大熊的时候，这两只熊崽子都被震晕了。"侯德海辩解道。

林松只能不置可否，他不能说是由于侯德海面相凶狠，整日醉醺醺不像个好人的话。

冬季的白昼很短暂，才三点多钟，日已西斜，马上就要隐没在山后。轰隆隆的拖拉机从山中回来了，拉着一车的烧材，一路冒出的白烟形成一片巨大的云朵，漂浮在山林间。

该到自己工作的时间了。林松把小熊领回到笼子里，工作之前，他要先去一趟施彤那里。

施彤的脸被熊抓伤后，连海平用他的吉普车把她送到了地区医院。地区医院面对这种伤势也没有太好的办法，只能消炎，买些药回来养伤。看到施彤的脸部依旧肿胀，林松告诉她，自己有一个土方子，用来消炎最好不过了。这个方子是林松从鄂伦春猎民那里学来的，常年狩猎为生的鄂伦春人发生跌打损伤是件再平常不过的事，千百年来一直与大自然作斗争，他们总结出了一些治疗跌打损伤的方子。

"你可以试试看，若两天还不见效，你就可以不用。"林松拿着自己配制的方子对她说。

施彤面对林松的热心，更何况他又是自己的救命恩人，她是无法拒绝的。

靳红梅看着林松揭开施彤脸上的纱布，敷上他自己配制的草药，忍不住上前看了看。一段时间的林区生活，让她也认出了草药中的一些成分。

"这个白色的好像是桦树上的嫩皮吧？"

林松点点头，示意她说的完全正确。

"那这黄色的粉末呢?"

"是灵芝。"林松说。

施彤听到草药里面有灵芝,这可是听起来很神奇的一味中药,不由得心里燃起了一丝希望。她问道:"可以把疤痕也消除掉吗?"

林松摇摇头,直截了当地告诉她:"不能。这些是用来消炎的。"

施彤的眼里掠过一阵失望,独自在心里叹息一声。在地区医院治疗时,那里的医生已经告诉她,她的脸上将要终生留下一道长长的疤痕。

施彤心底里的那声叹息,林松感受到了,并且感受到了其中的痛彻心扉。正是这一阵阵的痛彻心扉,把他身体里的某个神经点打开了。他的手小心翼翼地触碰着施彤的脸庞,在上面轻轻地敷着草药,这是他有生以来第一次触碰异性的皮肤。

冰冻了很久的冰河终于开始流淌,冰排相互挤压着,发出"隆隆"的响声。

林松的手不由自主地开始颤抖,缠着纱布的手不听使唤,弄疼了她。

施彤疑惑地看了他一眼。四目相对,林松连忙把头转过去,他感到自己的脸烧得发烫。

一旁的靳红梅察觉出了他的异样,不但他的脸,就连脖子也变得发红。这不会是帐篷内的火炉烧得太热了吧?

"有一种配方,可能……可能可以把疤痕消除。"林松的话说得有些笨拙。

"真的吗?"施彤惊喜地询问。在她的心里,若说还有个完全值得信任的人,那就是林松了,毕竟曾经救过她两次命。

"只是……"林松挠挠头,"我还不太了解具体的配方,我得回地区一趟,问问师父。"

"那就拜托你了。"施彤的眼里充满了期望。

林松走后,帐篷中只剩下两人,空气中又有了些许凝固的氛围,只有火炉不时地发出"噼噼啪啪"的烧柴声。

靳红梅说:"施彤,若是他真的将你脸上的疤痕治好了,你说这算不算又救了你一命呢?加在一起,可就真有三次了。"

很明显,她的这番话是对应着以前施彤说的玩笑"救三次就嫁"的话。

她是用严肃的口气说着这番话,丝毫没有往日调侃的含义,她知道目前施彤的心境。

沉默了好一会儿的施彤说:"一句玩笑话,瞧你还当真了。"

靳红梅真是猜不透她的心思了。

第 九 章

　　进入三九以后，北坡的严寒终于显露出来，空气中始终弥漫着氤氲的气氛，雾蒙蒙的让人看不清远处的山林，天空中显现的是铅样的白茫茫。

　　即使人们穿着厚重的棉袄棉裤，走出帐篷外，马上就如浸在冰水中，浑身打起了寒战。在冰面上用炸药崩开水面，负责挑水的工人走上一个来回，十来分钟的时间，水面就重新被封冻上了。无奈，只好在食堂中摆放几个大铁桶，让职工用麻袋装冰回来融化。

　　连海平终于明白，为什么前两次的开发建设都以失败告终：在这样寒冷的天气里，人是很难长时间待在外面的。

　　今天早晨，他特意来到帐篷外，看了看放置在角落里的温度计。好家伙，居然零下48度，难怪昨夜半夜时分他被冻醒了。原以为是炉子没有柴火了，披着大衣下床一看，炉子里的火燃得正旺。

　　自己这里尚且如此，那些职工们居住的大帐篷里更不用说了。听说那些职工在夜里睡觉时，都要戴上棉帽子，早上起来，被褥上都会蒙上一层霜。

　　得想想办法了！

　　去食堂打饭时，他见到了林松，于是让他一会儿和自己出去一趟。连海平想到了一个主意。

原打算九点多钟就出发，却因为司机发动车用了一个多小时，又是人推，又是浇开水地一番折腾，才将汽车发动起来。这是一辆地区革委会给北川局配发的北京吉普212，虽然已经很陈旧，掉了好几块漆，但它有着出色的爬坡和雪地行走能力，给他们的出行带来了很大的便利。

直到坐车走出了北川局，连海平才告诉他此行的目的。原来，不久前在一次与铁道兵们的接触中，连海平听说了他们的一种取暖方法，据说如此这般后，铁道兵们居住的帐篷内，每夜里都可以光着膀子睡觉。听起来很让人羡慕啊！此番，他们就是要前去"取经"。

这个季节，太阳即使升起来了，也低垂在南山的凹处，有气无力地和天上的雾气融为一体，山林里冷雾迷蒙。汽车里的暖风"呼呼"地吹着，却也吹不开车玻璃上的冰霜，司机只有透过很小的缝隙瞧着道路，小心翼翼地驾驶着。

在吉普车快要驶进白嘎峰的山脚下时，林松透过蒙着一层霜的玻璃间隙，看到前方矮林丛中似有一个黑影一闪而过，再想要细瞧时，却被树丛遮挡。

"哎！什么过去了？"连海平坐在前排，对那个一闪而过的黑影比他看得清晰，连忙喊道。

"什么呀？没看着啊！"

司机小王一脸茫然，在这样的天气，道路如镜子般滑溜，开车时容不得半点走神。

车子驶过那个地方不远处，林松让司机停了下来。对于常年生活在山林里的他，对眼前的这个现象很不解。大雪封山的冬季是不会有熊的，可方才他看到的，明明就是个熊一样的家伙。

"你们就待在车上，不要下来，汽车别熄火。"

林松走下道路，在没膝深的大雪中并没有走多远，一行清晰的印迹显现在他的面前，不容他过多怀疑，他马上就认出这是熊的脚印，方才他并没有看花眼,那黑影就是一只熊。

坐上车后,他将看到熊脚印的事和连海平说了。连海平不以为然,山林中到处都有熊,在这里看见一只熊就好比在城市里看见人一样,是很正常的事情。无奈,林松只好将自己内心的担忧说了出来。

"熊在冬天都要冬眠,在冬季里是看不到熊出来活动的。要是看到了熊,那只能说明了一件事,就是这只熊受到了打扰,无法再冬眠了。"

"你是说这只熊很有可能是侯德海没有炸死的那一只?"

林松点点头,说:"有可能是,但也有可能不是。这里驻扎了这么多的铁道兵,受到打扰无法冬眠的熊,应该也是有的。"

"回去告诉赵双喜,他会高兴的。上次侯德海私自去打熊,结果让熊跑了,他生了好几天的气呢,恨不得让侯德海赔他一只熊。"

吉普车缓慢地爬上了白嘎峰。铁道兵推出的雪路,在路两旁堆起高耸的雪堆,这样可以起到护栏的作用,防止汽车滑进山沟里。

林松再次将自己内心的担忧说了出来。

"冬天里不再冬眠的熊,鄂伦春猎人管它叫'走驼子',特别是经受过枪伤的,它们都很凶狠,即使是遇见人也会主动上前攻击。"

"这可挺麻烦!看来回去后,要提醒一下局里上山的职工们了,让他们都带着枪。"连海平点头说。

汽车上山、下山,翻过白嘎峰后,一片宽阔的铁道兵营地出现在面前。白嘎峰的山脚下,已经完全变了模样。从隧道中挖出的岩石,将巨大的山坑填充了一半;山坳处露出一个黑漆漆的洞口,车水马龙,人流不停地穿梭着,把碎石用手推车推出来。

白嘎峰隧道是大兴安岭铁路建设中最长的一条隧道,全长预计三千多米。冬季的泥土冻得铁一般硬,更何况隧道内的岩石。每前进一米,都要用炸药开路。

听到他们的来意后,三团团长周世宁将他们领进了临近一栋战士们居住的帐篷中。周世宁也是上海人,由于十多年来一直在东北修建"嫩林"铁路,如今说起话来也是一口大碴子味道。

"瞧瞧,就是这个样子的,战士们都管它叫'地火龙'。你们看,很形象嘛!"

林松从帐篷外走到帐篷里,看清了这个叫作"地火龙"的构造。不得不说,构造很巧妙,居然将炉子放置在了帐篷外边,然后用砖头顺着战士们的床铺下横穿而过。至于效果嘛,眼下就是证明,虽然外面寒意刺骨,帐篷内果然温暖如春。

"这是我们一个战士发明的,自从用上了这家伙,再冷的天都不怕了。"

"我感觉,这就是把炉子的烟囱给放倒了。"连海平猫下腰,看着床铺下的所谓"烟囱"。

"你这么说,也是可以的。"

连海平很兴奋,有了这个方法,可就不怕寒冷了。解决了冷的问题,也就解决了北川局开发中最大的难题。

回到驻地后,他下了个命令,所有的工作都先搁置,所有的职工都去雪地里刨黄泥。然后他给地区的刘魁打去了电话,让他尽快弄一火车的红砖上来。到时候砖头一到,就将每个帐篷中都改造成"地火龙"。

刨黄泥的工作很艰难。尖利的铁镐砸下去,却只在上面砸出个白点,酷寒将黄泥冷冻成了水泥板。大家只好先架起火堆来烤化黄泥,一层层地向下剥。原本很简单的事儿,此时此刻变得异常艰难。

变故是在猝不及防的时候发生的。

很多年以后,当时局里的职工们谈起这件事情的时候,无不感到庆幸。幸亏那只熊报复的是牛马,而不是在帐篷中睡得正沉的人们。

老丁头是局里的马夫,据他说,十多岁时就给地主家赶牛放马,是个正经八百的老车把式。夜半时分,他被马厩里的一阵嘶叫声惊醒,却也没有放在心上，看看马灯旁的马蹄表，时间还早。披着棉被，慢慢吞吞地卷了根旱烟，吸了一半时，马厩附近一声巨大的"扑通"声，让他感觉有些异常，连忙披上油腻腻的大衣，提着马灯向马厩走去。

还未走到马厩旁，里面传来的嘈杂声里，夹杂着马儿的一声哀鸣，以及猛烈的撞击声。马棚出事了。老丁头举着马灯，壮着胆子高喊一声："是谁？是谁在里面？"

马厩里依旧传出撞击声和马儿的哀鸣。

这一刻，老丁头想到了凶恶的敌特分子，于是不敢独自进到马厩里去。他转身跑到了距离最近的职工帐篷，喊起了几个平日里说得来的朋友，待大家拿了杆猎枪，壮了胆，这才走进马厩里。

眼前的景象，让在场的人都吸了一口凉气。

一股浓重的血腥气扑面而来。映入眼帘的是三匹马倒卧在地，腹下已被撕开，内脏随着垂死前的挣扎流淌了一地，惨不忍睹。另一边的一头牛也发出瘆人的"哞哞"叫声，跪在地上，从肋下不断流出血液，显然也不能活了。

连海平闻讯赶到时，见到眼前的景象，心上一凉。牛、马都是革委会分发给他们的生产工具，到北川还没有多久，就出了这么档子事，自己该如何向上级交代啊！可眼前的惨状究竟是怎么造成的呢？还未等他开口问，赵双喜从马厩角落里的一个窟窿中钻了进来，跟随在他身后的是林松。

"我和林松去看过了，是熊瞎子干的，俺们俩循着脚印走了趟，熊瞎子跑后山里去了，没有进入到居住区域。"

连海平想到了白日里看到过的熊影，连忙问林松："难不成就是咱们白天时看到的那只？"

"应该是的，眼下这季节，不冬眠的熊是很稀少的，它应该是为了那两个熊崽子而来的。"

连海平叹了口气,这可真是心里想着啥就来啥呀!事情已经出现了,想想怎么应对吧!

"这可怎么办呢?它在暗处,咱们在明处啊!"

"赶紧告诉侯德海,让他把抓来的两只熊崽子马上放山里去。母熊得到了幼熊,就应该远离这里了。"林松提议道。

"不能放!"赵双喜制止道,"若是将熊崽子放回去,咱们局里的马就白死了。将熊崽子留下做诱饵,只要崽子在这里,那只熊就跑不远。我明个天亮就带狩猎小队上山,不将这只熊打死,咱们无法向组织上交代。人不犯我,我不犯人,这只倒霉的熊不会跑出我的手掌心的。"

是呀!不将这只熊打死,这心头上始终是个疙瘩。用来搞生产的马儿被熊咬死,怎么也得给上级一个交代。况且,谁知道这只熊得到幼崽后,还会不会回来,始终是个隐患啊!连海平同意了赵双喜的建议。

马、牛被熊咬死,对连海平来说是个不小的挫折,不知道会不会由此受到组织上的处分,这种想法让他一天都闷闷不乐,始终在琢磨着该怎样向地区革委会汇报此事。与他心情相反的是局里的职工和知青们,三匹马,一头牛,这么多的肉,让平日里只吃冻白菜、大碴子的他们,着实感到兴奋,这回可开了荤。

连海平没有阻拦他们的开荤,虽然也曾想把肉冻起来,留着以后细水长流,但这些职工们能来到这里,平日里的生活条件也确实艰苦,若能有给他们带来欢乐的机会,他是不会拒绝的。除了将半头牛送给铁道兵的三团外,剩下的都给了食堂,并告诉食堂的管理员,牛肉、马肉不要收取大家的伙食费。

这是一件很让大家兴奋的事情,只是这样的高兴并没有持续多长时间。

第 十 章

循着昨夜那头黑熊留下的雪印,赵双喜带领着民兵狩猎小队一路追踪。

一大早,天刚蒙蒙亮,他就召集起民兵狩猎小队,一行七人简单吃了口饭。他特意吩咐大家都要带上干粮,和他进山去猎熊。

寒冷很快就在众人的眉毛、帽檐上凝结成霜。

看到大家脸上的冰霜,赵双喜不由得一阵感叹。这种景象,他在朝鲜战场上曾经经历过。在一次阻击战中,他所在的团在雪夜中一夜急行军,黎明前到达了指定的地点后,每名战士的脸上也是布满了冰霜。只是那场阻击战太惨烈了,战斗结束后,他们团只剩下了十二名战士。

赵双喜是从死人堆里爬出来的。

不知是怎么回事,这次去猎熊,赵双喜竟然有了上战场的感觉。

这次局里的马和牛被熊咬死,局里最感到丢脸的就是赵双喜。虽然大伙儿和连海平他们都没有说什么,也丝毫没有表示出责备他的意思,他仍然感到很难受。他的职务不是地区革委会任命的,而是地区边防部队任命的。因北川局毗邻苏联国境,"珍宝岛事件"虽然已经结束,但两国的紧张对峙局面仍然存在。每个林业局中都要派驻一名军代表负责军事任务,训练民兵。

可现在，他没有起到保境安民的作用。北川局里用来保障生产任务的马、牛被咬死了，他有失职之嫌。

这只熊一定要打死！这次他是下了狠心。但从另一个角度来说，他的心里有着隐隐的喜悦：多少年了，自从从朝鲜战场上回来后，他已经很久没有遇到过挑战了，日子过得平淡无奇。此刻，这只熊给了他一个机会。

昨夜里那只熊的足迹清晰地印在雪地上，沿着山林，向长满了白桦的西山蜿蜒而去。

赵双喜下达的任务很简单：要大伙沿着熊的足迹不停地走下去，总会找到熊的踪影。冬季里，满山的大雪会让熊无法躲藏。这是他们的优势，也是凭着这个优势，赵双喜对这次的猎熊行动信心十足。

"打死这只熊后，今儿晚上就炖熊掌。"

他的玩笑话让大伙开心地笑起来，大雪中走得发酸的两腿也有了力气。

"那我得多喝一杯了。"一名大家都叫他小李子的民兵兴奋地说。

翻过西山后，眼前的熊脚印却多了起来，三四条被熊走过的雪印呈现在大家面前。这让人很挠头。赵双喜俯身查看了一下，这些熊脚印都是新近走过的，附近还有熊趴伏的痕迹。看来，这只熊躲藏在这一带有段日子了，它一直没有离开北川局太远。

思虑一番后，赵双喜给大伙下达了新的任务。

"大家分散开，沿着这几条熊脚印齐头并进，谁要是发现熊后，都可以开枪，其他的人听到枪声后，立即向那里靠拢。如果下午三点多钟时，谁也没有发现熊，就可以回局址了。"

赵双喜干脆利落地分派任务，手势铿锵有力。有一瞬间，肩上的枪，地面的大雪，让他有些恍惚，仿佛时光倒流，这里仍然是朝鲜的战场，他仍然和战士们一次次向敌人发动冲锋。

赵双喜顺着走的是一条向山下延伸的熊脚印。这道脚印看起来要比别的新一些。这只熊若是让别的队友打死了，他心里会有些遗憾。

山下是一片密密的灌木丛，夹杂着稀疏的白桦，熊的脚印向灌木丛深处延伸过去，这让他警觉起来。若是熊藏在灌木丛中，自己看不到它，但它却能偷窥到自己，出其不意地冲出来，自己岂不要落了下风？他将枪拿下来，将子弹推上膛，这样即使它突然蹿出来，自己也不会手足无措。他对手中的这杆半自动步枪很有信心。

走进灌木林，走出灌木林，没有发生任何事情，只有一只色彩斑斓的野鸡受到惊吓，"扑腾腾"飞起，落到不远处的白桦树上，瞪着眼前的不速之客。若是往日，这么好的视线和距离，只要他举起枪，这只野鸡就会成为他的盘中餐。但今日不行，他还有更重要的任务，此时贸然开枪，会惊动藏匿在这片山林里的黑熊。

狩猎和上战场一样，很多时候，双方比试的是看谁更有耐心。在这一点上，从死亡的战友堆里爬出来的赵双喜要比谁都更清楚。他的细心带来了收获，在两棵白桦树之间，他发现了一摊熊粪，用脚捻了一下，熊粪只有外皮冻上了一层。他兴奋了起来，自己的判断没有错，这样冷的天气，熊粪只冻上了一层，说明这只熊就在不远的地方。

沿着熊走过的痕迹，继续向山下追寻。山下是幽深的林沟，里面长满了四季常青的鱼鳞松，形成一个天然的屏障，挡住西北凛冽的寒风。他谨慎地端着枪，慢慢地蹚着雪，尽量让自己发出的声音小一些。就在他左寻右顾时，远处的鱼鳞松丛中，一道黑影猛然闪过，向着林沟外急奔而去，身后扬起一阵飞雪。

是熊，果然是它！赵双喜端起枪。

距离太远了，树丛挡住了视线，无法保证能打到熊。这次绝不能再让它逃跑了。赵双喜背起枪，用尽可能快的步伐跟随过去。林沟外是一片开阔的草地，当初茂密的枯黄草丛被雪掩盖，人走起来很费劲。就在他以为很难追上熊时，那只熊居然停了下来，似乎还回过头来张望，而后靠在一棵粗大的落叶松后，蜷伏在那里。赵双喜放心了。端着枪，猫下腰，抄着近路，向前靠拢。只要再走进百八十米的距离，他绝对有把握一枪将熊击毙。

在残酷的大自然面前，经验绝对是最可靠的保命符。仅从眼前的情势来判断，那只熊的生命只在旦夕之间，处于劣势，但真实的情况却正好相反。赵双喜不知道自己所走的近路，是一条危机重重的雪路。上过战场的他，对这里的山林环境却知之甚少。

在山林中的林沟里，都是几条山脉的水系通道。冬季来临后，极度的严寒将大地封冻，地下的水无法沿山流出，只有沿着林沟的方向穿岩而过。彼此的力量到了一定的程度，就会在开阔处渗出，形成积潭似的水坑，但水坑的上面却被厚厚的积雪覆盖，并不显露出它的险恶，只有在接近春季时，随着水量的增多，才会喷涌而出，不断冻结，形成布满林沟的冰湖。

赵双喜眼下所走的近路，就是这样一条布满暗潭的林沟。

迹象在他一走进林沟时，已经显现出来。在他走过的雪印后面，一层浮水慢慢从雪中渗出。只是他的心思正全神贯注地盯着林子里的熊，没有发现雪下的险恶。

前方有棵倒下的树木，那里正是架枪的好地方。

他奋力加快了步伐。

蓦然间，一只脚在雪中踏空，雪下的一层薄冰碎裂开来，将他的整个身子随着浮雪浸入到冰水中。

一阵彻骨的寒意瞬间包裹住他。

惊慌中，他连忙翻身，向后靠在雪上，让身体不再继续下沉，同时用手抓到一把草梗，借力爬了出来。

看到身上湿漉漉的冰水正在寒风中很快凝结，他暗叫一声"糟糕"。深谙其中利害的他，顾不得再打熊，转身向来时的方向快步走回去。

但他并没有走多远,身上湿透的棉袄、棉裤已被寒风冻得如铁般坚硬,尖锐地磨着皮肤,每迈开一步都要费很大的力气。身上的冷,让他觉得自己是在光着身体走在寒风中。这样下去,用不了多久自己就会被冻死。

　　赵双喜决定不走了,他费力地行动起来,捡拾了一些枯枝堆在一起,他要先烧起一堆火来,把衣服和鞋烤干才是最好的办法。他将内衣兜用力撕开,掏出火柴盒来,却发现火柴已经被水浸湿。他接连划了几根火柴,一丝火星都没有发出,这让他的心一步步地下沉。扔掉火柴盒后,他猛然间想到一个主意,这个主意几乎让他自己捶自己一拳:山林中还有同伴啊!按照先前的计划,谁开了枪,就说明谁发现了熊,只要自己一开枪,同伴们不久就会立即赶来嘛!

　　事不宜迟,他立即从背上拿过枪,准备鸣枪示警。但他只看了枪一眼,眼前一花,满山的白雪都变得昏暗,他的心更凉了:枪筒里、枪栓里已经被冰水彻底冻住,眼见得再也发不出一颗子弹。

　　黄昏时,更加深重的寒意笼罩住了山林。狩猎小队的民兵们前前后后地回到局址,却始终没有见到赵双喜的身影。感觉事态不妙的民兵们连忙将这个消息告诉了连海平,将连海平惊得好一阵心跳。这样寒冷的天气,即使穿得再厚实,也无法在山林里过上一夜啊!他立即让民兵们带着一些人沿着原路前去寻找,并在附近的山顶上拢起一堆篝火,还特意嘱咐负责发电的职工,过了九点也不能停下柴油机。他期望着赵双喜只是走迷了山,而这两个方法都可以起到指引方向的作用。

　　隆冬的季节,天黑得很早,才四点来钟,山林已变得黑蒙蒙一片。前去寻找的队友们走到一半,无奈只能返回,黑漆漆的密林中难以行走,呼喊了一通后,没有听到一点回声,向天空放了十来枪,同样也没有回音。除了返回,也没有别的办法。

　　这一夜,柴油机的"突突"声响了一夜。山顶上的火堆,林松和四名民兵守在那里烧了一夜。大伙望着黑黢黢的山林，除了时不时地放上两枪，却也无计可施，只有盼着天快亮起来。

天色刚刚透出一丝朦胧的光，连海平砸开了民兵军械库，将枪支分发到要进山的每个人手中。他已经隐隐感到了不妙。昨夜里他将熟悉山林的林松喊过来，将寻人的担子交给他，并试探着问了他将会有什么样的后果，得到的答案可真是喜忧参半。

"如果是迷路了，只要找个避风的场所，搭建个临时的窝棚，点起火堆来，是没有问题的。就怕没有火，这样的天气没有火，人是熬不过一夜的。"

连海平明白了，这样寒冷的冬夜，即使是在帐篷中，火炉子中的火烧得不旺，人都会被冻得瑟瑟发抖，更何况在野外的山林中。十有八九，人已经遇到了不测。

林松他们走的是昨天赵双喜走过的脚印，这是最直接、最可靠的办法。

这番寻找并没有费多大的力气。当他们翻下山去，循着昨天赵双喜的脚印，来到一处密布的灌木林里时，走在最前面的林松站住了，一个令他感到吃惊的景象出现在面前。

这绝不可能！

民兵们顺着他的目光望过去，一阵惊喜涌上心头：赵双喜半蹲在雪地里，将枪架在木桩上，正在对着远处做着要射击的模样。

"赵连长，原来你在这里呀，俺们可找到你了！"

"你可把俺们担心够呛啊！"

"我怀里还给你揣着马肉呢！饿了吧？赶紧吃上一口。"

赵双喜充耳不闻，仿佛没有听到他们的话语，依旧用枪指向远方，注视着远方，仿佛远处有他更重要的事情。

林松的心头一阵悲凉。赵双喜衣服上的冰已经说明了一切。走到面前，将他的枪慢慢拿了下来，想要把子弹退出膛时才发现，枪膛已经被冻住了。

没有了枪，赵双喜仍旧固执地保持着姿势，大家明白过来，他已经被寒冷夺去了生命。只是没有了枪的姿势，在古怪滑稽中透露出瘆人的寒意。众人不由自主地向四周望了望。

山间都是望不尽的白雪，绵延无际，只有寒风掠过树梢，发出凄厉的呜呜。

在大伙砍着树干，准备做一副担架，将赵双喜抬回去时，林松向着他用枪瞄准的地方走过去。他有个疑问，难以解开：凡是被寒冷夺去生命的人，都会在最后的时光里出现幻觉，感到身体燥热难耐，不由自主地将自己身上的衣服脱去，最终赤身裸体地冻卧在雪地里。在靠山屯居住时，他目睹过很多次这样的事件。

看到赵双喜跌落的那个雪潭后，他明白了事情的真相：一个浑身湿透的人不立即将衣服脱下来用火烤，是不可能活过一个小时的。他用枪瞄准的地方，在一棵粗大的白桦树旁，曾经有熊蹲伏过的痕迹，清晰可见。

原来这只熊在他落水后，一直跟着他，准备伺机出击。赵双喜肯定是看到了，无奈中只有用这种姿势，一直在迷惑着熊，让熊不敢靠近。

第十一章

那只熊消失了。

它似乎嗅到了某种危险的气息。

接下来的三天里,狩猎小队接连进山,搜寻它的足迹,都是一无所获,只看见一条熊的足迹,接连翻过了三座山。太远的路途让狩猎小队无法再追赶,只好作罢。

接下来的半个多月,全局近一半的人力都投入到取暖设施的改造工作中,把帐篷里面原来的铁炉子换成了和铁道兵帐篷中一样的"地火龙"。这半个多月起早贪黑的辛劳没有白费,改造后的"地火龙"发出烘烘热气,让帐篷中随时被暖意笼罩着。以往大家在夜间睡觉时,都要把棉衣、棉裤以及毛衣之类的尽可能地盖在被子上,以抵御寒冷。如今不用了,每个人床铺下发出的热量,让大家都似睡在热炕头上。

北川局的第一个新年来到了。新年的到来,预示着这个地区最寒冷的季节已经过去了一半。地区革委会向所有的北川局职工发来了贺电,祝贺他们以毛泽东思想为指针,以超强的革命意志战胜了北坡的"高寒禁区",用实际行动践行了毛主席"人定胜天"的伟大思想。

随着这封贺电一起来到的,还有新委派来的军代表陈忠国,三十六七岁的样子,方方正正的脸庞,不苟言笑的模样。在他把地区革委会的贺电和对连海平的处分决定一同交给连海平时，身体所呈现出的姿势，让连海平凭着直觉就知道自己和他搭班子共事，可不会像和赵双喜那样和谐。

看完革委会对自己的处分决定，他并没有感到丝毫冤屈。事情已经摆在面前，局里的马和牛被熊咬死就不说了，军代表赵双喜的牺牲，怎么说也不能脱责。甚至他觉得革委会给他的处分太轻了，只是个党内严重警告处分。唯一让他感到不安的，是他将北川局组长刘魁给连累了，害得他马上就要退居二线了，临了还弄个和他一样的处分，都是自己连累了刘组长啊！

前天晚上，刘魁给他打来了电话，两人唠了半个小时。刘魁告诉他，自己原本在一月就要退休，地区革委会已经拟好了文件，将连海平转为北川筹备组的正组长。谁料在紧要关头上出了这一档子事，革委会找他谈了话，让他再奉献个一年半载的，他只能应承下来。

末了，刘魁语重心长地说："小连啊，不要气馁。我也知道这北川局的大部分工作都是你干的，我这个病秧子只是挂个名而已，未来还是你们年轻人的天下。年轻人嘛，有点挫折是很正常的事，要有耐心。"

刘魁的话让连海平很惭愧，他连忙说："刘组长，千万别这么说，北川局能有今天，是离不开您的指导，说实话我还真舍不得您退休呢！"

连海平说的是实话，也是他的心里话。虽然刘魁大部分时间都在地区筹备组工作，很少来到北川局址，但这里的每一项工作，刘魁都了如指掌，常常在恰当的时机给他提出建议。

陈忠国意味深长地说："连副组长，地区革委会还有个决定，只是没有写在文件中，让我口头传达给你。"

"噢！您请说。"

"就是关于那只熊的事，我听说咱们局里还没有把那只熊捕到。不能不说，这是个遗憾，也会让赵双喜同志在九泉之下不瞑目啊！革委会的决定是，我们一定要将那只熊捕到，然后将熊皮送到革委会，将来在展示我们北川局的开发成果时，也算是一个与自然环境作斗争的例子，最主要的还是要以绝后患。"

"狩猎小队已经进入山林中很多次了，只是那只熊太狡猾了，进入到大山林的深处，找不到它的行踪，也是没有办法。"连海平为难地说。

"我们要相信'人定胜天'的唯物主义思想，更何况只是一只熊，怎么能斗过我们胸怀天下、拥有铁一般斗志的无产阶级战士？况且，眼下你的处境不妙啊！"

连海平对他先前说的豪言壮语并不放在心上，但对他用意味深长的语气说出的"处境"却心有体会。是啊，北川局筹备组正组长刘魁就要退休了，在这节骨眼上自己却背上个处分，这会让别有用心的人钻了空子。

他的心里有了主意。

在随后的工作中，连海平的预感果然没有错。首先在关于新年的安排上，两人的意见不统一。连海平原本打算利用新年快要来到的时候，鼓励大家将贮木场的场地建设彻底完成，为年后的贮木场索道安装打下基础。如此一来，来年的冬季就可以将木材生产提上日程。但陈忠国在看了计划预案后，给予了否定，首先他认为白嘎峰隧道距离通车之日遥遥无期，即使有了储存的木材，也是无法外运。

"思想，我们要狠抓广大职工的思想斗争，只有抓住了思想这个核心，我们才能在接下来的工作中战无不胜。毛主席教导我们'阶级斗争这根弦，什么时候都不能松'，尤其是北川局紧靠边境，我们更要慎重对待。我提议，眼下借着新年来到的契机，开展一次思想斗争的大汇演。"

陈忠国慷慨激昂。连海平只好同意了他的提议。因为军代表这个职务，虽然类似于书记之职，却又高于书记。在边境地区设立这个职务，是要为"备战"做准备的。

一时之间，职工们放下了油锯、斧头、土篮，以各个生产队为单位，开始了节目排练，革命的歌曲开始在各个帐篷中意气风发地传唱起来。

林松来到局里的卫生院，这里倒是静悄悄的，和别处的歌声几乎要掀翻帐篷顶比起来，这里静得有些不正常。

　　临行前，他来这里是想看看施彤。施彤受伤后，脸上的伤痕即使愈合后，也不能到外面工作，寒冷会让伤口重新溃破。连海平就把她安置在刚成立的卫生所里。

　　昨天晚上，连海平找到他。

　　"林松，在这局里，从来没有见过你进山狩猎。但我知道，你是这方面的行家。狩猎小队那些人，猎个狍子什么的还可以，去猎熊他们没这个经验。眼下地区下达了指示，让我们一定要把这只熊猎到，只有请你出手了。"

　　林松并没有考虑多久，只是沉吟了一下，点头同意了。他不能拒绝连海平的请求。

　　"你有什么要求，尽管提。"连海平说。

　　"没有什么要求，就是把赵代表用过的那杆枪给我使用就行。另外，如果我四五天没有回来，不用派人去找。"林松说。

　　"没问题。不过，你一定要注意安全。"连海平的手放在他的肩上，语重心长地叮嘱道。

　　狩猎这一行，进到山林中，时刻都有危险。俗话说：淹死的往往都是会游泳的。林松并不能完全保证自己能完好地回来。眼下，林松对施彤的感情犹如入冬后的积雪，一天厚似一天，不断膨胀，最后孕育成一朵柔嫩的花朵，开放在他的心中。

　　情感归情感，对于现实，林松是清醒的。两人的身份悬殊，让他只能把这份感情积压在心里，体会到了"门不当户不对"的真实含义。

　　施彤脸上的肿胀消退后，留下了两道疤痕，清晰地从耳朵旁一直延伸到嘴角，让她原本清秀的脸庞多了一份狰狞。这疤痕留在脸上，却长在了心里，让她固执地躲避别人的目光，将自己锁在卫生院里，很少出去。

　　"又在忙啥呢？"林松大声嚷嚷着，以一种偶然路过的姿态走了进去。

见到她正坐在一张用刨子刨平的木板桌子后面，看着一本厚重的书。

"是你呀！我还以为是老丁大叔呢，你怎么没有去排练？"

"他们不要我，说我唱起歌来还没有乌鸦唱得好听呢！刚才我去看了一会儿，不行了，再看下去就要被侯德海打了，这小子排练当伴舞，还没有老丁头养的那条狗跳得好呢！"

"瞧你说的，会有那么难看吗？"施彤也笑了，她想象了一下侯德海笨拙的样子。

"真是的，这小子居然说他虽然舞步跳得难看，但心是红的。他这番话还得到了那个……那个新来的军代表的夸奖，跳得更寒碜了。"

施彤心里默然。现在大家都知道春天时，局里将有一批知青转正的指标，至于谁能得到这样的好机会，谁也没有把握，只有好好地表现喽！看来这个侯德海也不傻。知青毕竟是知青，只有转正成了工人，才是最好的结果。

"看的什么书啊？哦，《人体解剖学》，我要是会这门手艺，就可以看看侯德海的心究竟是红的还是黑的了。"

"只是看看，毕竟条件在这里呢！也是没有什么大用。"施彤黯然地说。

"对了，我记得你来的时候，带来的书籍中就有关于医学方面的，看来你对医学一直情有独钟嘛！调你来卫生所工作，正是合了你的专业。"

"我父母都是干中医工作的。"

林松明白了，这是家传，属于基因里自带的兴趣。

两个人在一起，最怕的就是静默。这静默，会无限地放大尴尬的气氛。特别是对于施彤，因为脸上的疤痕，内心极度敏感。这也是为什么林松会用一种大大咧咧的姿态来到她这里，而他原本是个极度沉稳性格的人。

"你方才说，你要学解剖。我倒是有个主意，用人来解剖我们没有这个条件，但我们可以用动物来解剖啊！"

施彤的眼睛一亮："是呀！人家城市里的医学院，都是用小白鼠来做解剖实验的。"

林松点点头，这事他是可以做到的。既然已经答应了连海平的请求，以前的誓言已经被打破了。

接下来，两人商讨起了关于这件事的细节，关于如何避开人，都需要准备哪些物件。

午饭的时间到了。两人听着帐篷外人群闹哄哄地走向食堂，又闹哄哄地回来，继续排演节目。其间，两人都没有表示出要去吃饭的意思。自从施彤的脸上有了疤痕后，去食堂打饭，她从来都是在人群散去后才会去的。她很在意别人看她的目光，尤其受不了别人看她脸上的疤痕。

待到外面肃静下来后，林松对她说了句："等我一会儿。"然后快步走了出去。

片刻间，他端着一个铁盆回来了，径直将铁盆放到屋内的炉子上。填上两把干柴，将火烧得透旺，铁盆里冰凉的食物很快就冒出蒸蒸热气，不一会儿就沸腾起来。

这可真是一盆大杂烩啊！对于眼下食堂里可食用的食物很有限的情况下，这很可能是将每一样都拿来一份。看吧，盆里有冻豆腐、海带、冻萝卜块。这些放到一块来炖，并不能增加多少食欲，但里面加上一大块牛肉，所有食材的味道就不一样了。

"你猜，这牛肉是怎么来的？"林松问道。

"该不是你偷来的吧？"

林松摇摇头，说："食堂的老师傅想要一些用来引火的树皮，我答应了他。"

施彤明白了，这是等价交换。但她不知道的是，其实这些牛肉是连海平给林松用来进山狩猎的干粮。林松拿过来一半，他并不想把自己要进山猎熊的事告诉她。

施彤吃得很开心。不知道为什么，只有和他在一起的时候，她才能放松心情，感到自在。而其他人，都会或多或少、有意无意地盯视着她脸上的疤痕，或叹息，或惊讶。

事物都是有关联的。施彤吃着牛肉，自然想到了咬死牛的熊，而由熊又自然想到更多有关联的事情。

施彤郑重地说："来到这里，你帮助了我很多，想来真是惭愧，我竟然连一句'谢谢'都没有对你说过。今天借着这个机会，我要对你说句'谢谢，谢谢你。'"

"其实，应该说'谢谢'的是我才对。"林松说。

施彤不解。

"你们从大城市来到这里，来到这艰苦的环境参加建设，不应该我们谢谢你们吗？"林松的话说得很郑重，有些领导的语气，让施彤无法辩驳。但她也感到了林松的话里有话。

时间差不多了，他还要回去准备进山的行装。

临走前，林松看了眼她脸上的疤痕，想着她每次外出都要戴着口罩，把疤痕掩藏住，掩藏的其实是她的委屈。

"施彤，不要在意你脸上的疤痕，那并不代表什么。用不了两个夏天，它一定会消失的。我曾经看见鄂伦春猎人的脖子被熊抓开，比你的要严重得多，用一种偏方都完全治好了，没有留下疤痕。"

这一刻，林松放下了束缚他不再狩猎的誓言。连海平要求他将那只熊打死，他不能拒绝，既然有了"一"，就不在乎有"二"了。为了施彤，他决意去做连鄂伦春猎人都很少做的事。

还有十来天就是新年了，他想在新年之前把连海平交代的事情做完。

他确实无法拒绝连海平提出的要求，在连海平给予他们家的照顾上，自己怎么做都是不过分的，自己这一生也是难以报答的。至于当年自己立下的那个誓言，就让它暂时随着西北风飘散吧！

第十二章

　　临行前，不知出于什么样的想法，林松来到了那两只小熊的笼子旁。那两只小熊看见他，活蹦乱跳，雀跃不已，希望他能像往日那样，打开笼子，带着它们出去逛一逛。这让他感到感慨：若是这两只小熊知晓他马上就要去捕猎它们的母亲，还会欢呼雀跃吗？

　　直到看着小熊吃完他给的食物后，他才离开。心内五味杂陈，也许临行前来看小熊，并不是个明智的选择。

　　第一天夜间的诱饵捕猎失败了。这让林松感受到了这只熊的狡猾。看来经过家园被毁、幼熊被抓走的惨痛经历后，这只熊已经处处提高了警惕。

　　这次猎不到这只熊，他是不打算回去的。从连海平对他说的话中，他听得出来，眼下能否猎到这只熊对于连海平很重要。这次进山，他带够了备用的干粮和所需装备。

　　自从不再进山狩猎，也就才两年多一点的时间。可恍惚间，他竟觉得已经过去了一个世纪般长久。也许是因为当你厌恶某一行当时，心底的记忆就会选择性地将它遗忘，直至生疏。

　　第一天，他径直来到赵双喜出事的那座山，勘察了一遍熊的踪迹，循着熊的旧印，接连翻过了三座山。在太阳已隐在西山处时，在一片挺拔的白桦林里，他见到了雪地上不久前走过的杂乱的熊迹，还有被熊啃过的动物尸骸。这里山低林密，呼啸的寒风被挡在山外，明显是个适合动物们用来"躲冬"的好地方。凭着他的经验，这只熊就躲藏在这座山林间的某个角落。

他将刚进山时猎到的狍子放置在一棵树杈上，用绳子牢牢绑住，这里视线比较开阔，利于观察。他用刀划开狍子的内脏，让血腥气散布到林间。熊的视力不行，嗅觉却异常灵敏，十里外散发的尸骸味道它都能感知到。他走到迎风的二百多米外，把雪归拢在一起，形成一个较大的雪包，简单地拍了拍，让雪包变得硬实。然后对着诱饵的方向，掏出一个简单的雪洞，仅能容身大小，然后将全身置于雪洞中，只露出一处比枪口大不了多少的洞眼。为防寒冷，他把自己包裹在两层厚的狍子皮筒中。

这一招在鄂伦春猎人中被称作"打窝子"，专门用来捕猎比较大型的动物。虽然这里的冬季寒冷，夜里尤甚，但人处在雪窝里，厚厚的雪层挡住了外面的寒意。而厚厚的双层狍子皮，更是让身体的热量不再散发出去，起到很好的保暖作用。

在大兴安岭南坡居住的时候，林松跟随着鄂伦春的猎人们常常就这样住在野外。

忙完这些，天色已经彻底黑了下来。森林里笼罩着肃杀的寒意，一轮残月凄清地挂在天空，冷冷地映照着雪地。即使置身在雪窝里的狍皮中，林松也明显感觉到北坡的寒意确实要比南坡冷了很多。即使有两层的狍子皮，寒气也透过雪层，穿过毛皮，侵袭着身体的每一处。

狼的嚎叫从远处山林中传来，在山间回荡。这让林松很犯愁，这片山林里狼多，很可能就要来抢食他布下的诱饵，那岂不是白忙一场。

东山上的狼刚叫完，声音犹在回荡时，西山处紧接着传来一声熊的叫声，低沉而厚重，将狼的嚎叫压住。

他预料的不错，这只熊果然就在这座山间。接下来要比试的，就是看谁的耐力更多。

就着雪，林松啃了半块冰冷的牛肉，算是晚餐了。

该做的都做了，剩下的就是等。

一直到夜半时分，熊也没有来，却等来了一个不速之客——猞猁。它蹑手蹑脚、小心翼翼地循着血腥味，靠近了狍子的尸骸。先是站在远处观察了半响，觉得没有危险，堂而皇之地跑过来，跳上树啃起了已经冻成一坨的狍子肉。

若不是因为被当作诱饵的狍子肉被冻住，变得像冰一样硬，这点肉用不了多久，就会被它吃光的。林松也没有别的办法，只能在雪窝中看着，屏住呼吸，听着寂静的夜色中"吭哧、吭哧"啃食肉的声音。

猞猁闻到了血腥味找上来，那只熊也一定察觉到了，只是它在远处观察着，不敢贸然走过来。

若是在以前，这时的他只需将改装过的、异常明亮的手电筒打开，趁着动物发蒙发愣的空隙，用不上两秒钟，这只猞猁就会命丧枪口。而猞猁皮，是那些从内地赶来做皮毛生意的贩子们最喜欢收购的一种，尤其是隆冬季节，皮毛厚重细密，可以卖上个好价钱。两年多以前，他每年都要卖掉很多动物皮毛，挣到的钱要比父亲种地卖粮的钱多上一倍。

但此时，他只能等着，决不能开枪。那只熊一旦被惊到，便不会再来了。这个诱捕的方法，也会被熊识破。

冬夜漫长，好在寒意侵人，始终让他保持着清醒。一个多小时后，猞猁终于心满意足地跳下树走了，留下半具尸骸。

黑漆漆的森林静寂下来，唯有树梢吹过的风，发出"呜呜"的声音。

林松借机活动了一下全身，驱赶寒意。他让自己的思维处在一种静谧中，什么也不想，只用耳朵接触外面的世界。

当黎明终于来到，树林中有了微弱的晨曦时，又有三只乌鸦嗅到了味道，循味飞了过来。它们的喙是异常坚硬的，冰冻的尸肉对它们来说，不在话下,"呜啊、呜啊"地啄食起来。

除了苦笑,林松真是没有别的办法。趁着乌鸦啄食时的喧闹声,他啃了一块干肉,吃了两把雪,睡了一觉。唯有养足精神,才能应对下一个夜晚。而剩下的狍子尸骸,也就够支撑最后一个夜晚了。

夜晚如约而至,树梢上掠过的寒风发出阵阵尖利的鸣叫。如果今夜那只熊没有来,自己唯有明日再去捕猎一只狍子来当诱饵。若不是先前听到过熊的叫声,他都怀疑自己是不是判断失误,那只黑熊根本就没有在这座山中。很久没有出来狩猎,他对自己失去了信心。

对抗寒冷的方法,就是在皮筒中不停地摩擦双腿和双脚,让它们保持热度,这是他的狩猎师傅拉夫凯告诉他的。想起师傅,他才想起来,自从来到北川局里,就没有回过靠山屯,已经很长时间没有见到他老人家了。过完年后,怎么也得抽出些时间,回去看看他老人家。虽然自己在决定不狩猎后,拉夫凯只用蹩脚的汉话说了句成语"人各有志",再没有说什么,但总觉得自己亏欠老人家什么,毕竟这本事是他老人家教出来的。一日为师,终身为父,对拉夫凯的恩情,自己是很难报答的,除了去看望时拎上两瓶酒,也没有别的方式。

那是多久以前的事了?林松对狩猎这一行着了迷地喜爱。看着靠山屯中居住的鄂伦春人,背着枪进入山中,出山时拖拽着大大小小的猎物,让他羡慕得不得了。这才是靠山吃山最惬意的生活方式,充满了男人应该有的冒险精神。而父亲他们的生活方式,充满了平庸和单调,只是每天伺候着几垧地,从土中刨食而作,靠天吃饭。这样的生活,日复一日,他不喜欢,从心底里感到厌烦。

寒意十足的月光下,雪变得惨白,黑黝黝的密林中,巨兽般地吞噬着黑暗。映衬进雪洞里的月光,将卸下来的枪支和刺刀反射出一抹光亮。这支枪还是赵双喜最喜欢用的那支枪,虽然枪托木柄已经残旧,木漆掉落,赵双喜却很少让人碰这杆枪,视作宝贝一般。而枪械库里的其他枪支,民兵们都可以随便使用。

　　林松从连海平手里接过这杆枪时，明白了他爱不释手的原因：对于一名常年进山狩猎的人来说，枪就是命根子，使用起来是否趁手是很关键的一点。这杆枪，细微处已经被赵双喜精心处理过，手握处明显被刀刮去了一层。抵在肩头，竟有了人枪合一的感觉。

　　夜已经很深了，熊仍然没有踪影。让他感到疑惑的是，昨夜里的那只猞猁居然也没有来，这是一件很奇怪的事情：猞猁是不会轻易放弃剩下的食物的。只有两种可能，一是它又捕到了新的猎物，二就是附近还有比它更凶猛的动物在环伺着。

　　这个想法让他兴奋起来，侵袭而来的困意也消散了。这里的山林中，比猞猁还要凶猛的也就只有熊了。

　　两年多前，在一名鄂伦春猎人和黑熊同归于尽时，亲眼看见的他只是感受到了这一行当的残酷。常在河边走，哪有不湿鞋的？即使是狩猎经验很丰富的猎人，时间长了，也会有失手的一天。但这件事，只是在心里留下了阴影。让他真正萌生退意，彻底远离这一行的，还是在一次狩猎中遇到的事情。如果说鄂伦春猎人和熊的同归于尽，让他感受到了某种残酷，那接下来遇到的那件事，则让他感受到了这一行的残忍。万物皆有灵，他内心中被多年狩猎杀戮遮盖的善意发出了芽，长出了根。

　　那年，从内地来的皮毛贩子们突然出大价钱收购鹿茸。一根中等材质的鹿茸居然抵得上一张熊皮的价钱。而这两者之间，不论是从危险程度上，还是难易程度上，都是不能相提并论的。靠山屯里的猎人们都进山去猎取鹿茸了。出于对钱财的渴望，他第三次跟随着鄂伦春猎人们翻越过了白嘎峰。那里很少有人涉足，山里的鹿群犹如家里圈养的羊群一般，成群结队地散布在密林中。

　　一切要比设想的还要顺利。翻过白嘎峰后，三天的时间，每个猎人狩猎到的鹿茸都够分量了，可以准备回去了。

黄昏时，林松前去河边打水时，见到了一只前来喝水的母鹿。虽然母鹿没有鹿茸，但他迫切需要一些肉，用来充当往回走时近五天时间的干粮。他毫不犹豫地扣动了扳机。

中弹的母鹿一个趔趄，栽倒在草地上。

他对自己的枪法很自信。

就在他拔出刀向鹿走过去时，却见那头鹿歪歪斜斜地又站了起来，肋下的血液喷涌而出，油绿的草地上染上了一片惊心的色彩。

鹿向来时的方向蹒跚着走回去。伤成这样的鹿是活不了多久的。但此时若是贸然上前宰杀，很可能被它愤怒的蹄子伤到，再补上一枪，又浪费了宝贵的子弹。

他在鹿的身后，不远不近地跟随着。他知道，这头鹿不会走太远。

穿过草地，来到密林中，那只鹿再次栽倒在地上。随着血液不断流出，它已经耗尽了最后的一点力气。

但结果却让他很失望，片刻后，那只鹿居然又站了起来，耷拉着头，每一步都很艰难，摇摇晃晃，继续向林子里走，偶尔会撞到树上，却又顽强不已，蹒跚前行。

林松有些焦躁，眼看天快黑下来，割下肉还要赶到他们的宿营地去，那也是一段不近的路途。就在他不耐烦地架起枪，想要再补上一枪时，看着鹿倒在一片一人多高的草丛里。

还好，它终于倒下了。

他慢慢走过去，拨开茂密的草丛，眼前的一幕却让他犹如自己心脏中了一枪，划破天际地怅然：母鹿倒卧在地，失神的目光显示它已经不行了，但却又奋力将一只后腿伸开，一只小鹿正趴在那里，吮吸着母鹿的乳汁。

他的突然到来，让小鹿停止了吸食，睁着一双硕大的眼睛，惊恐地望着他。

他从小鹿的眼睛里看见了自己的身影。那一刻，悲悯之情破天荒地泛滥起来，犹如春季漫过山岗的雪水。他第一次感觉自己如此混蛋，第一次感觉到懊悔，觉得自己简直就是禽兽。

那一刻，他看见了蓝天，看见了草原，看见了星空，也看见了无边的森林在天际蔓延，春来秋去地唱着歌谣。

回到靠山屯后，他再不提进山狩猎的事，每日老老实实地跟着父亲下到地里侍弄庄稼。渐渐地，他看着庄稼每日里的变化，也体会出了一丝乐趣。

这才短短的两年多的时间，可怎么回想起来，竟是很遥远的事情。

夜很深了，那轮弦月已经快要隐没在西山处了，树林中变得更黑暗。虽然他的眼睛已经适应了黑暗，但狍子的尸骸处模模糊糊、影影绰绰。

也许今夜又是白等了。

浓烈的寒意，将空气冷化成细碎的雪花，飘飘洒洒，更加阻挡了他的视线。他感觉自己的双脚正在变得麻木，他努力让双脚活动起来，让血液畅通。

一阵脚踩雪地的声音传过来，犹犹豫豫，走走停停。

这会是那只熊吗？他想，应该是的。那只熊终于忍不住了，在这样大雪封山的冬季里，找到食物并不是一件容易的事，即使是一只熊。

用诱饵捕猎，比的就是猎物和猎人谁更有耐心。

一个庞大的黑影在林子里穿过，先是来到狍子尸骸附近，停留在远处，不时用鼻子嗅寻着空气。

林松屏住呼吸，只用鼻子保持着细微的呼吸。

观察一段时间后，黑影终于按捺不住食物的诱惑，窜了过去，先是立起身来，咬住树杈上的狍子，一把拽了下来，大口啃食起来。

眼下真是一个绝佳的角度。黑影的大半个身子呈现在眼前。

该行动了。

林松将枪口对准黑影后,另一只手迅捷地将手电筒打开。安置了凸透镜的手电筒射出雪亮的光芒,划破冰冷的寒夜,照射到尸骸旁的黑影身上。

果然是只熊!这个季节,不再冬眠的,除了他要找的那只,不会有别的熊了。

那只熊愕然望向光源处,半个胸部暴露在枪口下。电光石火间,枪口喷出的火焰让树林里一瞬间亮了起来,子弹急速出膛,打在熊的身上,发出轻微的"噗嗤"声。

突然的变故,让熊意识到中了圈套。熊恼怒了,不但没有跑开,反而向着他藏身的地点咆哮奔来。

林松迅捷地起身站立,撑破雪洞,像大树般地沉稳,目视疾速奔来的熊,肩抵枪托,连续开枪。

一枪。

两枪。

三枪。

……

一百米。

五十米。

二十米。

……

熊倒卧在他的脚下。

第十三章

今天是北川局基建工程处成立的日子，连海平显得心事重重。

工程处的成立，意味着北川局开始了大规模的基础建设。这个提议，自从来到北川局址后就一直摆放在连海平的桌面上。只是刚建局时千头万绪，各项事务一个接着一个。在经历了大半个冬季的摸索后，各项工作有了头绪，成立工程处就成了顺理成章的事。

马上就要来临的春季，也预示着今年大规模的土建工程即将开始。

计划中，连海平没有把北川局的办公场所排在第一位，而是把建设二十栋居民住宅房放在了首位。陆陆续续调来的职工中，有很多是拖家带口来的，不能让他们总是住在帐篷中。

在连海平办公的帐篷中加上了一张桌子，上面摆放着一个手写的小牌子：基建工程处。

第一任主任是从商河林业局调来的王福成，他在商河林业局就一直从事基建工作。

连海平和他围坐在火炉旁，就工程处下一步的重点工作商议了半天。

谈话间，连海平不时地把头望向窗外，有时沉吟不语，让王福成有些摸不着头脑。

林松两天两夜没有回来，他不时地想起赵双喜的事，感到心惊肉跳。

这么冷的天气，一个人怎能熬过去？在林松出去的第一个夜晚，他去了林松的帐篷，见到空空的床铺，那一刻他感到后悔，不应该让林松去冒这个险。

他感到惭愧不已。

为了迎合上级部门的意图，而让林松置于危险之中，这不是典型的自私自利吗？

这种心情随着第二天仍未见到林松回来而愈加深重。深夜中，他直捶自己的脑袋。当初怎么也不能让他一个人去猎熊啊！

第三天一大早，连海平下定了决心，今天若是林松还未回来就派人进山去寻找。若不是他临走时曾嘱咐过连海平，不要因为他几天没有回来，就派人进山去寻找，连海平第二天就要派人去找了。

电话铃声刺耳地响了起来，把连海平吓了一跳。

电话是林松的父亲林山东打来的，他让林松有空去白桦岭中转站一趟。连海平放下电话，心内纷杂不已，暗暗下了决定：今晚林松再没有回来，明天一早就组织人进山寻找。

晚饭时，连海平在食堂的人群中寻找了一番，没有见到林松的身影。他何尝不知道这是无用的举动，若是林松回来了，肯定会直接去找他的。

食堂里的人渐渐稀少了。对付着吃了半碗饭的连海平收拾碗筷刚走到门帘子前，与一个匆匆走进来的人险些撞个满怀。待看到这个人的脸时，连海平几乎要喊出声来，原来进来的人正是林松，脸被冻得通红，手里拿着个空饭盒。

看到林松回来，连海平惊喜过望，心头的一块石头终于落了地。当得知熊已经被打死的消息后，更是难耐心头喜悦。心情好了，也有了食欲，他陪着林松又吃了一顿饭。

第二天一大早，林松搭着局里的便车去了白桦岭中转站。进山去取熊的事，被连海平交给了狩猎小队，运输的车辆由谷云峰和侯德海负责。

侯德海是自告奋勇要求去的，昨天晚饭时听说林松打死了熊，他就嚷嚷着要去一雪前耻。由于这只熊是因为自己的疏忽大意才跑掉的，而后又闹出这般大的动静，咬死了局里的马、牛不说，害得赵双喜也为此牺牲，自己为此承担了多少的嘲讽、多少的埋怨！这次虽然是只死熊，但自己也要亲手将它运回来，亲手扒下它的皮，如此这般才能出心中的这口恶气。

山里的路不好走，拖拉机要不停地躲避前方粗壮的大树，在树间穿行。大家沿着林松回来时砍过的标记，直到下午天已经黑了下来，才将熊拉运回来。一天又半宿的时间，熊已经被冻成了一个冰坨子。众人费了好大劲，呼哈喊叫着把熊抬到侯德海居住的帐篷中，让它解冻。

这一夜，帐篷外笼子中的两只小熊嗅出了朝思暮想的气味，焦躁地在笼子里"呜呜"叫唤，用头撞击着铁笼，头上的皮毛撞破了，流出血来。

第二天一大早，天刚刚露出迷蒙的光亮，惦念了一宿的侯德海将众人喊叫起来，动手剥起熊皮来。帐篷外支起一口大铁锅，烧起火来。

谷云峰在山中见到这只熊时，很吃惊。这么多年在林区的生活，见到的熊不管是死的，还是活的，像这只熊这般大的，还是很少见。心里想着，也就是林松能把这只熊猎到。

"这只熊最少也得八百斤！"他判断道。

侯德海表示赞同。锋利的匕首在他手上快速地剥着熊皮，早饭他就要来个炖熊肉。自从在林松的介绍下，他和谷云峰相识后，他就认为谷云峰才是个东北汉子，喝起酒来从不耍赖，从不耍心眼，不像林松，喝下半碗酒就脸红脖子粗，再不肯喝了，弄得自己都没有了酒兴。但人家谷云峰端起碗来就干，他侯德海喝多少，人家就喝多少，喝完还脸不变色心不跳，酒后照常出工驾驶拖拉机，不耽误事儿，跟自己一样有能耐。侯德海想：啥叫知音，这就叫知音。

这回有了熊肉，又可以乐呵半个多月了。

"这个熊掌应该送给那个叫施彤的小姑娘吃，就是这个爪子把她的脸蛋弄花的。"谷云峰提着剁下的熊掌，若有所思地说。

"嘿嘿，想得美！昨儿个把熊拉回来时，连副组长就说了，熊皮一定要保存好，剥成整张的，晾干后送给地区革委会去。但能只送熊皮吗？这四个爪子咋也得送去啊！咱哥们儿想吃熊掌，等下次吧！"

侯德海说完很是怅然若失，若是有熊掌下酒，他还能多喝一碗。

剥下熊皮后，大家开始分解熊肉。

一个工友想起了什么，对侯德海说："想吃熊掌，还用等下次吗？你那里不是养着两只小熊嘛？再等一年就可以吃了。"

侯德海"呵呵"直笑，原来这些人早就惦记上自己养的小熊了。哼，想得美！

侯德海拖拽着把熊皮扯到帐篷外，费了很大的劲儿才把熊皮搭到架子上。回过头来，看见笼子里的两只小熊正惊恐地望着自己，望着自己手上的鲜血。

"瞅啥瞅？"侯德海呵斥道。一想到这张熊皮还要上交，心里就窝火，"再瞅把你们一块炖了。"

熊皮很快被冻得干硬，在寒风中呈现出一种奇怪的姿势，在风中呜呜着。

北川局的第一个春节，过得很热闹。每个生产组轮番上台演唱革命歌曲，担任主唱的都是那些从城里来的知青们，唱起歌来声情并茂，还不怯场，而本地的那些职工扭扭捏捏地只能担任伴唱，或者只在台上亮个相。

军代表陈忠国趁热打铁，将其中演唱得比较好的几个组，用汽车拉到白嘎峰下的军营里，和铁道兵战士们来了个"军民大联欢"。只是这样一耽搁，那些城市里来的知青们就没有时间回家了。以眼下的假期，很可能坐火车还没有走到家中，就得往回返。只有那些家在附近几个林业局的当地职工，能够回到家中待上四五天。

春节过后，大兴安岭北坡的寒意明显减退了不少，冷得常常直冒"大烟泡"的天气很少出现了。在这个冬季把北川局的贮木场修建完工，是连海平入冬时定下的既定任务。在节后的开工大会上，他再一次重申了这个任务的重大意义，号召所有职工积极行动起来，发扬小手斧、小爬犁、小土窑、小扁担、小土篮的"五小精神"，发扬艰苦奋斗的精神，争取在春初将北川贮木场基本建设完成。

除了烧炉子的和做饭的，剩下的职工不管是机关的，还是后勤的，都忙活起来。连海平自己也扛着把镐头，亲自来到雪地里清理树根、土包。

全局里唯一没有参加建设贮木场任务的，就只有谷云峰带领的生产组。连海平给他们安排了更加重要的任务：雪融化之前，攒够春、夏、秋三季建造房屋所需的木材，并要把木材加工成所需规格的各种板材。

这个任务是很繁重的。按照计划，来年北川局里要建成至少五十栋"板夹泥"土坯房，所需的木材数量是惊人的。上山伐木、拉运，谷云峰是不愁的，自从参加工作，干的就是这一行，轻车熟路，唯有这个木材加工方面，他是一个彻彻底底的门外汉，就连怎样将一米半高的大锯片安装上去，他也是不明白的。思来想去，他想起在靠山屯时，林松曾经在那里的木材加工厂干过活，于是他向连海平提议，将林松从后勤组调过来，让他负责木材加工的事项，而自己专心负责木材的采伐和倒运。

望着满山满岭粗壮的大树，无边无际，谷云峰想起了自己很早以前就有的想法。那时他还在商河林业局，在当上拖拉机师傅后，一直梦想着自己能在一个冬季里拉运上一万米的木材。这是一个不单要靠日积月累的数字，还要有天时地利的配合，而运气也是其中必不可少的。他每日里第一个驾驶着拖拉机进山，最后一个回来，顶着星星去，迎着星星回，跟着他的助手受不了如此强度大的劳动，换了一个又一个，而他乐此不疲，向着那个目标执拗地前进。只可惜，三个冬季中，每一年不是因为机械总是损坏，就是场地树木少，或是人生病了，最终功亏一篑，他的目标始终没有完成。

今天不一样了，场地树木无尽，机械也大修过，剩下的就看自己了。

他简直有些迫不及待了，盼望着白嘎峰隧道尽快通车，铁路尽快建到这里，那时他就可以大显身手了。到那时，林鹃……

他的心又黯然下来，自己再想林鹃又有什么用？更令他恼恨自己的，是自己已经是个有对象的男人了，已经没了去想林鹃的资格。

在那次他一路沿着火车道，失魂落魄地走回商河林业局的家里时，心头伤感至极，第二天就听从父母的安排去相亲了。女方是商河林业局木材检验大队的，家庭条件、工作以及相貌都很合父母的心意。双方见面后，他的心里是很无所谓的态度，认命一般地任由对方挑拣，提出各种各样的问题。若不是因为心里头被一个牢固的念头所控制，他早就不耐烦地拂袖离去了。那个念头不时地提醒着他：林鹃不爱你了，那些想法和念头都是一厢情愿的。过去的，再也回不来了。

他希望最好女方没有看上他，这样一来，自己也对父母有了交代，又不违背自己的心意。但事实很遗憾，那个叫宋爱戎的姑娘对他很满意。

这世界就是这样，在别人那里弃如敝屣的，在另一个人的眼中很可能就是无价之宝。世事无常，只有那些看透了人生本质的人，才会在平凡中觅得生活的乐趣。

谷云峰报名来到北川局时，并没有向宋爱戎说，只是在父母不依不饶地追问中，才不咸不淡地说了个理由："我在商河林业局，啥时候才能转正？到了新建的北川局，用不了两年就能转正，这就是理由。"

对于这个临时编造出来的理由，父亲是深信不疑，连叫了两声"好"，认为儿子有志气、有远见，将来一定差不了。他当即决定，把原本要送给宋爱戎家里的兔子拿来炖上，他要为有远见的儿子送行。

过年时，谷云峰回到家中，原本以为宋爱戎会埋怨他，去北川这么大的事也不跟她商量一声，甚至会气愤地直接跟他提出分手。但这姑娘什么也没有说，两人见面后，只字不提这件事，还嘘寒问暖地问他在那里的情况，姑娘的大度倒让他感到惭愧。

第十四章

刚刚进入三月,天气明显变得不再刺骨寒冷。不经意间,帐篷角落里的雪堆在正午时分,悄悄地开始融化。

北川局的第一个冬天终于要过去了。虽然吹在脸上的风依旧寒气逼人,可温度已经在一点点地上升,白昼的时间一天比一天长,人们待在帐篷外的时间也多了起来。

这天晚上,侯德海在喝完两杯酒后,闲来无事,来到他的"宠物"笼旁,犯愁地看着那两只小熊。经过一个冬天的时光,这两只小熊居然没有长大多少,好似比原来还要小了。这段时间,林松被分配到了工程处的木料加工厂,每天没日没夜地加工木材,很少有机会照顾小熊了。同样,自从局里成立了基建工程处,侯德海也被分配到那里,每天都要往返于白桦岭中转站,拉运储备建设的物资,累得脚打后脑勺,憋了一肚子的气。

看着小熊,他想:这小东西也许是因为平日里吃的食物尽是素的,才长不大。他起身来到食堂后厨,趁着没有人注意,偷拿了一块肉回来。来到笼子旁,他把肉递到笼子里,嘴里还在念念有词:"小东西,给你们肉吃,快快长大吧!哎呀,我的妈呀!"

侯德海惊叫一声,连忙从笼中抽出手来,只见手背上被咬出一个大口子,鲜血涌了出来。

也不知是因为小熊太饿抢他手上的肉所致，还是小熊记住了他对熊妈妈所做的事，怀恨在心，此刻在他手上留下了一道伤口，弄得鲜血淋漓。

侯德海这个气呀！老子好心好意给你们肉吃，这畜生居然还敢咬我，这……这不是典型的恩将仇报嘛！

他气哼哼地回到帐篷里，找了块纱布将手掌缠起来。逐渐加重的疼痛，让他心头上的火气越来越大。

"他妈的，这熊不能再养了，居然敢咬它的主人，要造反了。今天就剥它的皮，吃它的肉。"

帐篷里的人不明所以，见他发了疯似的摸出一把半米长、磨得雪亮的砍刀冲了出去。这小子犯起浑来是出了名的，也没人敢前去劝阻。

他将笼子的锁链解开，把门打开。那两只小熊惊恐地看着眼前已经红了眼的这个人，手里提着的砍刀在夕阳中泛着光，不由得不停向后畏缩。

侯德海一脚踢翻了笼子，将小熊从里面倒了出来。

"我让你他娘的咬我！"

狂吼中，举起的砍刀带着风声向其中的一只砍去，那只小熊却很机灵，居然猛地缩回了身，砍刀贴着小熊的脑袋呼啸而过，将一只熊耳贴根削下。就在他再次抡起砍刀时，却"哎呀"一声，痛得他几乎要将砍刀扔下。

另一只小熊居然趁他不备，在他的腿肚子上狠狠地咬了一口。

侯德海这个气呀！养了大半个冬天的小熊，居然都开始攻击自己了，这不是典型的农夫与蛇吗？亏得自己把舍不得吃的肉都喂给它们了。

今天说什么也要吃了这两个忘恩负义的熊崽子。

这个想法只是他个人的想法，那两只小熊却没有给他这个机会，趁着他查看腿上的伤口时，撒开腿就向帐篷边的林子里跑去。

侯德海追出几步，感到腿上火燎燎地疼，恼怒地投出砍刀，却扎在小熊的身后，眼睁睁地看着被喂养了一冬天的"宠物"跑到林子里不见了，消失得无影无踪。

侯德海是个爱面子的人，自此每当有人问起他的"宠物"为何不见了时，他都会用一脸慈悲的表情告诉别人："我把它们放生了，咱做人就要厚道。现在天气也暖和了，正是将它们放归山林的好时机，让它们回归大自然是最好的选择。"

至于他手上、腿上的伤，逢人就说是在干活时不小心碰到了。为此还请了三天病假。

春天的脚步在这里总是姗姗来迟，很有"犹抱琵琶半遮面"的意味。道路上的冰雪融化了，变成淙淙流淌的溪流。人们把穿了一冬的大棉衣折叠起来，想要留着来年冬天再穿。可转眼间，一股寒流来袭，变天了，溪流重新凝固成冰，又一场大雪飘飘洒洒地不仅将原来融化掉的雪层补上，冷热交替中形成了一层厚厚的硬雪盖。齐腰深的雪层里，人是难以行走的，就连拖拉机在发黏的雪窝中行走，也会时不时地将链轨甩掉。

北川局的基建只好暂时停止了。大家无所事事，等着下一阵春风将雪融化。

军代表陈忠国没有错过这个难得的机会，借此时机开始了民兵大训练。1971年初，"珍宝岛事件"的余波仍在发酵，据说苏联在黑龙江对岸已经陈兵百万，虎视眈眈地觊觎中国的北方。

职工们暂时放下斧头和油锯，拿起了枪支，像一名真正的军人那样，每天跑步、打靶、练习投弹。为了让民兵们彻底掌握枪械，陈忠国将枪械库里的枪支分发到每个民兵的手中，平日里可以自由使用。

一时之间，喜爱狩猎的人闲暇时就钻进了深山中。枪声不时地在林间回荡，大家的餐桌上倒也丰富起来。

侯德海煞有介事地警告那些进山的人："不管他娘的是谁，在山林里要是看见我的那两只'宠物'，谁都不许开枪。谁要是不听劝，可别怪我翻脸不认人。"

但不管是进山狩猎的，还是来到树林里劳动的，谁都没有见过那两只小熊。离开牢笼后，它们就消失在了茫茫的大森林中，尽管那里危机四伏，弱肉强食。即使是侯德海，虽然嘴上这般说，心里认为那两只小熊早就让狼吃了，或是饿死了，喂了乌鸦。

北川局三月成立了广播站，每日向大伙播放革命歌曲，一早一晚很是热闹。连海平在选用广播站的人员时，看中了靳红梅的铿锵语调，就把她调了进去。

连海平的这一举动，为自己招来了很多闲话。局里的很多人都知道他与妻子感情不和，长时间待在北川局里。即使回到地区开会办公，也很少回到家中。人们将这两件事联系到一起，自然有了别的想法。对于这些闲言碎语，连海平并没有放在心上。

他对靳红梅的注意，在她刚来的时候就有了。他看中了靳红梅身上的那股干脆利落劲儿，说话办事从来不拖泥带水。在她们那一批知青刚来到时，有很多当地的男职工常常袒胸露腹地到处行走，随意大小便。靳红梅就在食堂打饭时，直接当着很多人的面，对连海平提出了抗议，让他尴尬了一阵子，于是他三令五申地下达通知，才渐渐杜绝了这种现象。

从连海平的视角来看，靳红梅是个好苗子，稍加培养，就可以担当起更多的重任，就像谷云峰一样。作为这里的领导，他有这个义务去挖掘可用的人才，这也没有什么见不得人的地方。况且这些从城里来的知青们个个有知识，有文化，学习新事物特别快，眼下北川局里需要的正是这样的人才。

春季就快来到了。随着拖家带口来到这里的职工越来越多，北川局成立学校的事已经迫在眉睫。连海平已经想好了，新成立学校的教职员工，就先从这些城里来的知青中挑选出来。

他看中了知青中叫张寒秋的男知青。

当张寒秋听说连海平要他当北川局的第一任小学校长时，连连摆手推辞:"连组长,这可不行!我从来没有干过这一行。你要是让我当个教师,教教小学生,我还能勉强对付。让我当校长,这是赶鸭子上架啊!"

连海平笑了,说:"这里哪个人不是赶鸭子上架?我还从来没有干过负责筹备一个林业局的工作呢,不也走到了今天?摸索和探讨,是我们搞定新事物的法宝。眼下时间紧、任务重,北川局的小学必须要在今年的'五一'时能够开学,不能耽误了来这里工作的职工们的孩子。"

张寒秋低头想了想,同意了连海平的要求。低头间,他把北川局里认识的人都过滤了一遍,确实没有感觉到有哪个人可以来担任校长一职。

"那行,我干。等学校走上了正轨,调来了更有水平的人,再让别人干。"张寒秋说。

"那好,那你今天就上任了。想一想,有没有什么困难?"

张寒秋回想了一下自己上学时的场景,说:"首先得有教室啊!"

连海平点点头,说:"那好办。你先去找个地方,然后我让工程处在那里盖个大一些的帐篷,你和学生们就先在那里。等到天暖和些后,局里开始盖房子时,我让他们先盖个学校出来。另外,你先统计一下,看看眼下一共有多少个应该上学的孩子。"

连海平的信任,让张寒秋感到肩上的担子瞬间加重了。走出办公室的帐篷时,他才想起来自己这个校长手里连一本教材都没有呢!想要回去问问连海平,转念一想:"算了,连组长也不会有的。眼下走一步看一步,先有了办公地点,其余的都会慢慢解决。"

第十五章

　　上帝为你关上了一扇门，一定会为你留一扇窗。这句话用在施彤的身上是再合适不过了。

　　脸上的伤疤让她与外面世界的接触充满了自卑感，尤其是当别人有意无意地望着她脸上的疤痕时，自卑引起的伤感越是强烈。时间久了，她索性将自己关在卫生所里，很少与别人接触。她将精力全放在了医学研究上，卫生所里仅有的几本医学书籍快被她翻烂了，几乎闭着眼睛都能背诵下来，年末的医生资格考核成了她最大的希冀。而她对解剖动物以了解人体脏器功能的狂热，令林松都感到吃惊。

　　第一次，当他利用中午闲暇，在树林里找到一条被兔子踩踏得光溜的雪道，在那里下了两个套子。第二天晚上将兔子拿到了施彤的工作所在地后，她用复杂的眼光看着眼前已经死去的兔子，眼里有胆怯、不安、同情，更多的是一探究竟的跃跃欲试。

　　对于这一刻，她已经幻想了好多天，一些在医学书上积累起来的疑问，时刻在困扰着她。

　　她先用手抚摸着兔子雪白光滑的皮毛，努力克服心理上的忐忑。

　　林松还以为她不知道该从哪里下手，便用一个猎人的经验指导她："想要给兔子剥皮，要先从唇部下手，然后到这儿，就这样一整张皮子就完整地下来了。"

施彤只是默默地摇了摇头，她要的是关于医学上的研究，而不是像所有猎人那样，将皮毛完整地剥下来，然后换成钱。

她按照自己的意愿，先将兔子的胸部划开了，她现在想要知道的是重要脏器中血管的分布和走向。

林松知趣地后退，坐在一旁拿出一把匕首，刮起一根木枝来。他把手电上的凸透镜拿了下来，准备安置在这根木枝上，为她做一把放大镜。

慢慢地，胆怯消失了，不安消失了，施彤全身心地沉浸在其中。医务人员的本性让她忘了手上沾满了鲜红的血液，以及鼻子里充斥的难闻的脏器味道。她专心思考着心头的疑问，沉浸其中。在别人眼里，眼前这一幕是恐怖的，令人厌恶的，但在她看来却如同发现了宝藏不停地探索。先顺着心脏部位的血管走向研究一会儿，就去画张草图。

第一次的解剖有些太贪婪，也太急促，有些地方还没有来得及研究，就已经被破坏了。以至于这只可怜的兔子，最后的形象惨不忍睹。就连林松看了都在怀疑眼前这个零碎奇怪的东西，还是自己当初拿来的那只兔子吗？

夜里十点钟，局里停电以后，施彤拿着煤油灯察看了片刻，发觉这只可怜的兔子已经无法再研究了，两人只好趁着夜色，将兔子拿到野外埋葬起来。

四月的北川，夜晚依旧寒气逼人，未融化的雪将月光映衬得更加明亮。

两人吃力地、小心翼翼地在一处土层已经融化得松散的地上，挖了个浅浅的坑，将这只可怜的兔子埋起来。

月光下，施彤对着兔子坟墓静默了片刻，向它鞠了一躬，以此感谢它的生命和躯体。

"你难不成还要作一篇悼词？"林松压低了声音说。

施彤笑了，用手指了指心，也同样小声地说："作了，在心里。"

施彤的第一次解剖是在激动与忐忑的心情中度过的。一些疑问得到了解答，可更多的疑问接踵而来：心脏的供血血管是如何循环的？毛细血管处的血液是怎样回收至心脏的？神经系统是怎样控制全身肌肉的？……她感到自己从前读过的那些医学书籍，涉及面太窄了。

接下来的五六天时间里，她又将那些书籍阅读了一遍。根据解剖实践中所得的经验，这次阅读让她有了实质性进展，平日里不太明白的地方，看着自己画的草图，结合实践，很多难解的问题迎刃而解了。于是她主动要求林松再去弄只兔子来。这一次，她要耐心细致、有条不紊地进行一次解剖，不会再像上次一样心急火燎，几乎让兔子白白地牺牲掉。

一只兔子，再一只兔子。还好在北川局这里，兔子漫山遍野都有，大白天常常跑到食堂后院，啃食倒出的垃圾。身为猎民的林松并不会感到为难，只是耽搁一点休息的时间而已。林松在付出中是喜悦的，他因自己能为她做一些事情而喜悦，更是心甘情愿。只是这番情愿中包含着诸多的感受，就像这里常常蔚蓝的天空，而天边总会有一片若隐若现的乌云，也许会靠近，也许会远离。

若是她的脸上没有疤痕，他连她的身边都不会靠近，也不会利用曾经救过她的恩惠而有所索求，那是卑鄙的。他知道对于这种情况，有一句土话来形容就是：癞蛤蟆想吃天鹅肉。

滋生的情愫是不可抑制的，它每天都在内心里悄悄地生长着。当春天彻底来到后，这份情愫也跟随着树木、青草，长成一片蓬勃盎然的风景。

对于施彤近一段时期的反常，跟她同在一栋帐篷中的靳红梅有所觉察。很多时候，当她已经睡醒了一觉后，仍没有见施彤回来，问起来，施彤也只是淡淡地告诉她，她在医务室里看书。

看到她常常表现出有些魔怔的表情，靳红梅敏感地嗅到这里有一丝不寻常，她想要一探究竟。

这天局里的发电机已经停止了半天，靳红梅看着施彤仍然空空荡荡的床铺，起身穿上了衣服，向医务室的方向走去。

这个丫头一定是在和谁谈恋爱！这一天天弄得神神秘秘的，靳红梅心想。但她能和谁呢？靳红梅绞尽脑汁也想不出来，她将有限的几个人过滤了一遍后，都一一否定了。太费神了，干脆前去看个究竟吧！

卫生院中静悄悄的，没有月光，繁星明亮得可以用手触摸到，璀璨地眨着眼。即使不用手电，也可以看清不远处的景物。医务室内虽然被窗帘遮挡得很严密，但仍有一丝煤油灯的光亮从缝隙中透出来。

帐篷是不隔音的，很光明磊落地从里面传出一个男人和施彤小声的说话声。

"这么多的血，可怎么办？"施彤的声音。

"没事的，我等一会儿倒到远处的水沟里。"

"你要小心，让别人知道就不好了，会说闲话的。"

靳红梅心里一惊，这个丫头该不会做出什么傻事吧？这种事她无法再偷听下去，这是很不道德的。她慢慢地转过身，向来时的路上走了一段后，仰望星空，心内在叹息：她已经听出了里面男人的声音，是曾经救过施彤的林松。仔细想一想，他们两人在一起，也没有什么不妥，虽然……至于"虽然"什么，她自己也说不出来，只是觉得他们两人之间，有一层厚实的帐篷布，隔阂其间。虽然从前施彤曾经说过"救三次就嫁给他"的话，但她很清楚，那只不过是一句笑话罢了，谁也不会真当真的。

但眼下，他们居然……

肯定是施彤脸上的伤痕，让她改变了主意。而那伤疤，靳红梅看到就感到心惊肉跳，理所当然地认为，能和她走到一起的人，除非有莫大的勇气才行！林松当然是有这勇气的人了，他是个连熊都不怕的人。

在经历了那次掉到熊窝里的恐怖事件后，靳红梅就对树林子里产生了恐惧，无法一个人再走进林子里一步。眼下星光点点，却也令人感到恐惧。

　　自己一定是曲解了他们的说话意思，靳红梅对自己说。以她对施彤的了解，她是不会做出这种事的。

　　果然，在她又走近医务室的帐篷，听了几句话后，她知晓自己方才的想法错了。

　　"把割下的这块肉放到盘子里。"

　　"在这里用刀划一下，慢慢地。"

　　好啊！原来施彤夜里不回去睡觉，居然背着她在这里吃肉！这太不仗义了，将她这个好姐妹完全抛在脑后。

　　靳红梅很气愤。不行！我要去揭穿他们。

　　靳红梅气鼓鼓地走进医务室，大力推开了虚掩的门。眼前的情景却让她吓了一跳：屋内并没有她预想的那样，有个热气腾腾煮着肉的锅，只是在一张低矮的临时拼凑起来的桌子上，一只和羊一般大的狍子躺在上面，露出可怖的内脏。屋内的两人吃惊地望着她，各自的手上血迹斑斑，像个刽子手。

　　一股浓重的血腥气充斥着靳红梅的鼻孔。她连忙捂住鼻子，看来自己方才的想法还是错了。这两个人，莫非疯了吗？

　　得知真相的靳红梅又好气又好笑。

　　"这是一件光明正大的事儿，硬是让你们弄成了偷偷摸摸，像搞地下活动似的。"

　　"还是不要让别人知道的好，否则……"

　　靳红梅知晓施彤说的"否则"是什么意思，孤男寡女夜半在一起，怎么说出去都不会好听，而白天她还没有时间。

　　"让我保密嘛，也行。把这个狍子大腿放到锅里炖上，我可不管你的什么解剖不解剖，我只对肉感兴趣。为了关心你，我半宿没睡觉，都折腾得饿了。否则明天我就上广播说这事儿去。"

靳红梅提出的条件是无法拒绝的。忙乎了半宿的两人也是饥肠辘辘，晚上在食堂吃的大碴子和土豆早就消化殆尽了。

从此，林松送给施彤用作解剖的动物们，再没有了被埋在土里的好运气，都化作了夜宵。靳红梅是个实用主义者，她不允许别人浪费这么好的食材。

第十六章

　　北川局筹备组的组长刘魁退休了。退休前，他从地区来到了北川局。随他一同来到的，还有十来车火车皮的红砖——他在退休前几经争取才要来。

　　最初革委会的意见是等白嘎峰隧道通车后，再大量向北川运送建造房屋的红砖，眼下应该以建造板夹泥房为主。刘魁却不想等到那个时候，他的理由很充分："北川局的职工们已经把第一个冬天熬下来了，并且也组织了适当的生产，用实践证明了'高寒禁区'是可以战胜的。既然职工们扎下了根，就应该想尽一切办法，让他们在以后的冬季里不再受罪。"

　　他的执拗说服了地区革委会。

　　连海平陪着他，将北川局里的每一处走了一遍，不停地向他介绍着每一处取得的成就。虽然他一直在地区筹备组里，只来过三四次，但这里的每一处成就都和他有着直接的联系。

　　"好啊！"刘魁惊喜地说道。他的眼眶有些湿润，看着已经初见规模的贮木场，仿佛已经看到了将来这里一望无际的、高耸的木堆。

　　时间在你眨眼的瞬间，倏地就过去了，快得让你不敢相信。从小兴安岭又到大兴安岭，二十多年转眼间就过去了。看着大兴安岭的南坡一步步地发展起来，如今开始发展北坡了，自己却要离开这里，刘魁的心里充满了不舍。

　　刘魁退下来了，连海平的任命却没有下来，只是将他委任为暂时代理正组长。连海平为此试探了下刘魁，是否是因为自己背负的那个处分？刘魁却没有说出什么，只是语重心长地说了句："小连，你还年轻，要有耐心！"

　　连海平原本是要为刘魁的退休举办个欢送会的，北川的今天少不了他的功劳。但接下来的一件事，却让这个欢送会无法再办，只能悄无声息地陪着老领导吃顿饭，算是送行。这是个遗憾。

　　原因是两人把北川走了一遍，刚回到办公室的帐篷里，一辆军用吉普就在一阵急促的刹车声中停在门前。帐篷里的连海平看到从车内走出的人，连忙起身迎了出去，来的人是驻扎在白嘎峰下的三团团长周世宁。北川局开发建设的一年多时间以来，可是受到了铁道兵部队的无私帮助，尤其是白嘎峰下的三团，几乎成了他们最大的靠山，没有了这些铁道兵的帮助，他们还真难以在这里立足下去。

　　但这次，周世宁是来求他们的，并且提出的要求很震撼："能否在你们这里准备五口棺材，明天就要用。"

　　周世宁的这个要求，让屋内的两人都明白了，白嘎峰隧道那里肯定是又出工程事故了。

　　"出事故了？"连海平心内一惊。

　　五口棺材，这预示着什么？五个活蹦乱跳、朝气蓬勃的战士啊！

　　"哎！"周世宁沉重地叹口气，"塌方，两名战士被埋在里面了，抢救出来时已经牺牲了。"

　　连海平沉默片刻，接着不解地问："两名战士？可方才您是说要五口棺材呀？"

　　周世宁点点头，示意他方才听到的并没有错："自从三团进驻白嘎峰以来，已经有三名战士牺牲了，当时条件简陋，就将他们安葬在白嘎峰下。现在你们这里条件好了，已经完全可以在这里站住脚了，将来这里必定繁华，我若是将这些人安葬在野外，我也于心不忍，况且将来烈士们的家属来此祭奠，又怎能让他们去深山里寻找呢？"

连海平明白了，连忙说："这是我们应该做的。我也正有此意，在北川局里建一个烈士陵园，也好让后人记住铁道兵战士对这片土地的贡献。"

"那就拜托了！"

事不宜迟，连海平顾不得陪着老领导，急忙来到木材加工场。他让锯场里眼下的工作都停掉，全力以赴来做好这件事情。在这里工作的林松陪着他围绕着木料场地转了一圈后，发现可用来锯做棺材的粗大木料少了一些，勉强够做三副的。若是此刻就让谷云峰驾驶拖拉机进山去找，又会耽搁时间。

"这可咋办？"连海平着急得直搓手。连锯带做的，本来时间就很紧，一宿的时间能完成就不错了。

林松将目光看向了局址办公室的方向。

那里有七棵粗壮的大树，正在六月的阳光下郁郁葱葱、枝繁叶茂、蓬勃生长着。这七棵大树都长得异常粗壮、高大。在他们刚来到北川局址时，连海平一眼就喜爱上了这七棵树，在白桦林中显得鹤立鸡群。他特意将办公室的帐篷搭建在附近，为此还嘱咐职工们，这七棵树谁也不能动，还将这些树起了个名字"七君子"。

顺着林松的目光，连海平明白了他的用意，叹了口气，无奈地说："就用那七棵树吧！它们用来安葬烈士的遗体，也算物尽其用了。"

全局的职工都被发动起来了，在选好的陵园位置里清理树枝、杂草，挖掘墓坑。

最忙碌的还是锯场，由于局里会些木工活的职工都被安排到了这里，制作棺材的任务自然也落到了他们身上。

用来发电的柴油机一夜未停，在静寂的山林中一直发出"突、突、突"的响声，仿佛一首挽歌。

直至清晨，林松他们终于将连海平交代下来的任务完成了。当林松拖着疲惫的身躯向食堂走去的时候，他无论如何都不会想到，铁道兵战士牺牲事件的后果，竟然和他也有着关系，更确切地说，是和他的妹妹林鹃有着关系，将她的命运拐向了另一个方向，疾驰而去。

事件的起因是因为韩建国。

这些天来，韩建国的心情就像六月的天空，明媚而高昂。铁道兵运输连的汽车大多在从事脏污的土料石块运输任务，车辆外表都是脏兮兮的，不是这里碰掉了一块漆，就是那里撞出了一个坑。整个运输连的汽车，唯有他的汽车始终保持着锃亮的外观。每日拉运土料任务结束后，不管时间多晚，身体如何疲惫，他都会将汽车车身擦拭一遍，亮得能照出人的影子。

连里每年评选优秀能手的奖状，都会落到他的手里。

特别是眼下，他更是没有不开心的理由。他和林鹃的恋爱关系，经过一段时间的试探、相处直至表白，进展得都很顺利。

生命中的另一道门被打开了，并且很新奇、悸动，一团团五彩斑斓的花，盛开在眼前。

再过个大半年的时间，他就退役了。他已经打听过了，像他们这种铁道兵退役后，可以选择回到老家，也可以选择留在当地，而若是选择留在当地，还会有很多优惠待遇。他要留在当地，这样就可以和相爱的人长相厮守。想一想这些，都让他的心里充满了甜蜜。

因为自己是快要退役的军人了，部队中那条"不许和驻地附近的异性谈恋爱"的规定，是可以悄悄地躲避过去的，也不算是欺骗组织。他从心里这样安慰自己。

夏季是开凿隧道的黄金季节，而这季节是短暂的，全团官兵抓住这段有利时机，每天三班倒，日夜不停地凿挖隧道。

大兴安岭北坡的铁路已经快要铺设完成,而何时能够通车,完全取决于白嘎峰何时能凿穿。"大会战"何时能够彻底取得胜利,也取决于此。所有的目光,从地区到北川局,也都盯向这里。无形中,三团的官兵们都感受到了压力。

挖凿隧道的方式是古老的方法,先是在岩壁上用风炮打出眼,然后填上炸药爆破,将岩石炸碎,最后运出隧道。

隧道内即使是在骄阳似火的六月,也一样寒冷如冬季。战士们在里面施工,也一样要穿上棉袄。铁锹、洋镐、破棉袄,这是铁道兵们的"三件宝"。

隧道内施工,最危险的除了"哑炮",就是来自头顶随时可能塌方的碎石。

那是致命的,也是防不胜防的。

修建大兴安岭的铁路,很多官兵牺牲在了这里。据统计,这条横贯大兴安岭南北的铁路,每两公里就有一名铁道兵牺牲。而开凿隧道中,牺牲的官兵占了其中很大比例。

韩建国的心情是愉快的,甚至有些欢欣鼓舞,虽然这段时间以来,他们运输连里的驾驶员们不分昼夜地向隧道外运出土石。施工的战士们每天三班倒,但他们的驾驶员却没有这个待遇,连里没有更多的驾驶员轮换。好在他们可以趁着装车的时间里,趴在车里小睡一会儿。

伴着"乓乓乓乓"的装车声,韩建国睡得很熟,直到被喊醒时,他仍停留在刚才梦里的缱绻中:他和林鹃行走在绿油油的草地上,天空很蓝,不知名的鸟儿围绕着他们,不时地发出欢快的鸣叫声。

美好的未来在向他招手,他的心醉了。

在向隧道外行驶时,他没有意识到车子偏离了隧道中心线,向岩壁蹭去。待他发觉时,车子的左边已经刚蹭在一块凸起的岩石上,发出难听的"刺啦"声。

韩建国心内一惊，连忙将车子方向摆正后，爱车如命的他迫不及待地跳下车，去查看剐痕。

汽车大厢上的油漆已经被刮掉，还向里凹进去了一大块。凹进去的这一块，让他心痛不已。开了这么多年的车，这还是头一次出现这么大的、不可原谅的事故。

他气恼地跺着脚，恨自己的粗心大意，却不知道危险就要来临了。

被撞击到的那块凸起的岩石，将隧道上半部的岩石整体弄松垮了，摇摇欲坠。细小砂石的掉落，就是要垮塌的信号。而沉浸在懊悔中的他却没有察觉到。在他刚要上车时，垮塌发生了，就在他的头顶。

巨大的石块夹杂着土石倾泻而下。

只是一瞬间的事情。但在另一边施工的一名铁道兵，凭借经验最先嗅到了危险的信号，猛地蹿过来，狠狠地将韩建国推到车厢下，自己却无法躲避。转瞬间，垮塌的石块就将这名战士掩埋起来。

烟尘散去后，掩藏在车身下的韩建国在失魂落魄中，看到一只从石堆中伸出的手，上面布满老茧，沾满泥土。就是这只手推了他，救了他的命。此时，这只手仍直直地向前指着。

这次塌方造成了两名战士牺牲。

事故是严重的，韩建国有着不可推卸的违章责任。他先是被停职，而后被勒令提前退伍。

为救他而牺牲的战士，韩建国熟悉，他是他家乡附近一个村子里的，名字叫李宝金，和他同一年入伍。

此时的韩建国，唯一能做的就是在处理战士遗体时，主动提出来，由他来给烈士清洗身子。

那一夜，他说不清为李宝金擦拭了多少遍身子，他忘不了那只从石堆中伸出的手，把那只手擦拭得干干净净，连指缝里的泥土也清理出来。直到别的战士们把他硬拉了出来，才算作罢。

而后，韩建国退伍了，离开了白嘎峰。

离开前，他望着葱茏高耸的白嘎峰，以及山下幽深的隧道，泣不成声。泪眼蒙眬中，最后望了一眼他最心爱的汽车，那辆汽车已被拽出了隧道，驾驶室已完全被石块压塌，变了模样。

他想，过不了多久，他还是要回到这里来的。这里有他心爱的姑娘。只要回去，将家里的事情处理完，他就回来。

第十七章

夏天转瞬间就在繁忙中悄然过去了。

北川局的职工们在风吹日晒和蚊子叮、牛虻咬中，每个人都似乎掉了一层皮，黑黢黢地变了模样。他们的辛苦，换来了局里一排排的砖瓦房、板夹泥房，北川局有了大变化，终于有了现代生活的模样。

供销社建起来了，学校建起来了，粮站建起来了……

眼前的变化，让先前来到这里的职工们亲眼见证，心有触动。

在刚刚庆祝完北川局建局一周年后，随着建设人员的持续进入，连海平将目光瞄向更远的山林中，在北川局外围建设林场已是眼下紧迫的任务。

刘魁退休一个月后，地区的任命文件终于来到了，连海平去掉了"代理"二字，成了北川局的第二任筹备组组长。但这个筹备组组长，他只当了半个多月。因为筹备组解散，他变成了北川局的第一任局长。

这年的9月1日，北川局的第一个外围林场——红星林场成立了。要想拉运更多的木材，就要修建更多的公路。而向大山深处延伸的公路，也一天比一天向大山深处延伸着。

望着已经建设完毕的贮木场，连海平心里知道，今年的冬季，局里的木材贮运任务就要开始了。虽然眼下铁路还没有修通，木材无法实现外运，但这只是时间的问题。他不能等铁路修通的那一天，再临时贮运木材，那会耽搁很多事。

连海平坐在新建成不久的办公室里，一遍遍地想着下一步的工作重点。新建成的办公室是一座砖瓦结构的平房，窗明几净，没有了帐篷里的昏暗。

把能够想到的工作的事情回顾了一遍后，唯有一件事让他感到头痛：建局一周年了，地区革委会向这里分发了五十多名知青转正名额，但眼下局里有一千多名来自祖国各地的知青，谁的工作表现都不错，都曾经风餐露宿，又该如何分配这有限的转正名额呢？

这的确很让人头痛，难以取舍。一碗水端不平，他将有愧于自己的职位。

但有两个人，已经被他划归到转正名额里了：林松和谷云峰。对于这一点，他并没有感到有自己的私心在里面，而是有目共睹。在北川局的房屋基建中，谷云峰带领着他的第二生产队，每日里没黑没白、起早贪黑地伐木、拉运，功绩是摆在眼前的；而林松担任了加工场的组长后，从无到有硬是将一座木材加工场建设起来，为基建提供了各种各样的板材。可以说，不论从哪个方面来看，这两个人都是有资格转正成工人的。

考虑了半天后，连海平有了主意，随即将这个主意对局里的党委班子成员提出来，获得了一致同意：就是知青的转正名额分摊，下派到各生产队中，由各队进行差额选举，最后将选举上来的转正名单上报到局里，由局里的常委会最后定夺、把关。

果然，五天后，当选举出来的名单摆在连海平的办公桌上时，他从中看到了林松和谷云峰的名字，他感到很欣慰，群众的眼睛就是雪亮的嘛！

只是令他没有想到的是，林松当天下午就来到办公室，找到了他，直截了当地向他提出，自己并不想要这个转正的名额。

"为什么？"连海平虽然心内吃惊，但并没有表现在脸上，不动声色地提出疑问。

眼下谁不想要这个转正的名额啊！这可不单单是转正后工资会多一些的问题，而是一个人身份的转变，也是社会上对一个人身份的认可。这是多少人打破脑袋，都想争取来的名额，他却想放弃，他疯了不成？

"我并不是不想要这个名额，只是我想将这个名额转让给别人，一个更有资格得到这个名额的人。"

"哦？是这样！那你说一说，是谁更有资格？"连海平很好奇。

"医务所的施彤。"

连海平听到这个名字，内心什么都明白了，叹息一声："这个傻小子啊！"

连海平站起身来，在房间内走了一圈后，语重心长地说："这次知青转正的名额，是北川局的头一批，是有些僧多粥少。但以后还会有第二批、第三批，只要是条件够格的，早晚都能转正。更何况，这次转正名额给的都是奋斗在生产第一线的人员，单从这一点上论，施彤是不符合条件的，对外也是不好解释的。"

"这应该没有什么吧？人家千里迢迢从上海来到这里建设边疆就不说了，单从她曾经被熊伤害过这件事，我觉得将这个名额给她，别的知青是不应该说三道四的，于情于理都说得过去。"

连海平望着窗外，半晌不语。这个傻小子，究竟知不知道自己此刻在干什么？都说当局者迷，看来真是这样啊！

"这是通过群众选举出来的转正人选，也经过组织上的决定，不是某个人所能决定的。"连海平找到了借口。

自己是过来人，深知这里面的利害关系，自己不能任这个傻小子办糊涂事，自己有这个责任。他还年轻，不晓得这里面的利害关系，只有你成了工人，身份得到了提升，人家才会更看重你呀！

林松不依不饶："连局长，你就同意了我的这个请求吧！我知道你的心思，我心领了。但若是让施彤转正了，也算是咱们山里人对人家的一番补偿心意。我听别人说，这批转正的知青里只有一个名额是头一批来这里的知青，对人家有失公允，显得咱们山里人不大度。"

林松的话倒不见得有别的含义，但连海平听到，却在心里有了反应。这批转正名额里，还有一个人是他用漫不经心的语气提了一下，而被下级领导提名的，那就是靳红梅。不错，若是名额里只有靳红梅一个人不算是生产一线的，让别人看来确实是不太好，更何况局里的一些关于他和靳红梅的风言风语，他也有所耳闻。此刻，有些事还是要避嫌的好。

连海平心里有了主意，他用炯炯的目光看着眼前的林松，想要看穿这小子的内心。心内思忖："也许不是这小子傻，真正傻的是自己呢！"

"既然你这样执拗，我也没办法，那就照你说的办，我若是坚持不同意，倒显得我小气了。待会儿我去找其他人，商量一下这件事。"

林松放心了，和他寒暄了一会儿，就赶忙回去了，他还有更重要的事情要做。

望着林松的背影从窗户外越走越远，连海平内心不禁一阵叹息。站在北川局领导最顶层的他，对眼下林松的处境了解得很清楚。林松披星戴月地领着一组人，把木材加工厂建设起来，可谓是有功之臣，因此被大家推举为组长。但眼下不一样了，随着各路建设人员的进入，目前的北川已经不再处于缺人的状态，组织上的各个系统逐渐完善，走上正轨。以林松知青的身份，很可能无法继续担任加工厂的小组长职务。自己原本想趁着这个知青转正的机会，将林松转正，变成工人后，再以他的能力和贡献转成后备干部，如此一来，会有一个不错的前程等着他。

但眼下由于他的执拗，很可能机会就泡汤了。

摆在一个人眼前的机会，不会总是有的。错过了那一瞬，就是错过了一生。想到这一点，怎能不让连海平感到惋惜。

连海平想到了靳红梅。

广播科被划进了新成立的宣传科后，靳红梅担任宣传干事。说里面没有一点他的帮助，那是不公平的。否则局里关于他们两人的风言风语，也不会无风而起。现在自己想一想，将靳红梅放到转正名额里，确实有些不妥，容易让别有用心的人抓到把柄。

但如今好了，有了施彤这个名额在里面，别人就无法说出什么了。

连海平不知是该感激林松帮助自己化解了一个难题，还是埋怨林松放弃了自己的大好前程。

林松这段时间很忙碌，他要趁着转瞬即逝的秋天，做好一件事。那是他曾经答应过施彤的。

林松曾看到鄂伦春猎民用一种方法，医治好身上、脸上、手上被熊或狼抓咬伤的疤痕。当时并没有放在心上，只是知道要想医治疤痕，必须要等伤痕过一个夏天才可行。夏天的时候，林松请了两天假，买了四瓶酒，去了趟地区的靠山屯，找到了师傅拉夫凯，讨教这种药方。

六十多岁的拉夫凯身体仍然很健壮，仍然隔三岔五地进山狩猎。听完林松的要求后，二话没说，翻身上炕，从房梁间取出一个桦树皮包裹的小盒。

林松松了一口气。他知道师傅这里一定会有这种配方的。

这是一个很有用的配方，只是求取配方主要药材的方式很难，也是很危险的。它要用到森林中最凶猛、凌厉的一种动物——猞猁的幼崽，并且还要是当年的，然后用它熬出的油脂。

"糟了！"拉夫凯长叹一声，将打开的桦树皮递给林松看，原来配方放在房梁上多年，已经被老鼠啃食光了，里面只留下十来粒老鼠粪便。

没办法，在知晓了配方的具体制作方法后，只有林松自己来做了。

经过一个多月的踏查、下饵，林松对附近一片山林中的猞猁踪迹和数量，有了大概的了解。眼下，到了该下手的时机了。

九月中旬的大兴安岭，秋意已经很浓。山林中五彩斑斓，黄色、绿色、红色交相辉映，远远望去，宛如童话般的境界。走进林中，地面和枝条上随处结满了各色的野果，松鼠们忙忙碌碌地来回搬运着这些野果，为即将到来的冬季准备着食粮。

这个时候，也正是林中各种动物们膘肥体壮的时候。

来到一处山林中的狭窄处，林松打量了一番四周，确定这里就是最好的狩猎地点后，就开始布置机关。

猞猁虽然只有狗般大小，却是连熊都不敢惹的狠角色。它不但凶猛异常，而且还如猫般灵巧，即使是鹿、狍子这种比它还要大的动物，在猞猁面前也无能为力。猞猁只要翻上这类动物的背上，咬住脖颈不放，用不了多久，猎物就会气绝身亡。

林松先是将一些树枝用很随意的方式摆放在树隙间，形成一种看似天然形成的路障。猞猁这种动物不但凶猛，还异常警觉，它的警惕性让它从来不走有明显变化的路。

想要猎到猞猁，即使是鄂伦春族中那些狩猎经验丰富的老猎民，也会费一番心思，这里面还要有一定的运气。

这是一项有着很大危险成分的狩猎，即使是鄂伦春猎人，也会很少主动来狩猎猞猁。

林松先在地表拨开树叶，扒开浅草层，将一盘铁夹放置好，用浮草小心翼翼地盖上，修补平整。若是不先将大猞猁捕住，而先贸然地去猎取猞猁幼崽，那无异于自寻死路：护崽心切的猞猁会不顾一切地扑向敢于伤害幼崽的人和动物，而它们的灵巧性，瞬息而至，闪电般地灵活，也是很难用枪击中的。

又在四周布置了一些同样的陷阱后，他爬上附近一株粗壮、长满了针刺般的鱼鳞松树上，在上面设置了一个能容纳自己坐稳的位置。

这个方法，是他根据猞猁的习性而制订的。

若是夹子夹到小猞猁，母猞猁会躲在四周，伺机攻击前来取猎物的猎人。若是夹到母猞猁,小猞猁会在猎人来到时,闻讯跑开。无奈,只有等在这里了。

等到天快要黑的时候,他把带来的一块肉饵放置在了树杈中,用细铁线绑紧。这个位置很好,可以从树隙间看得清楚,而且并不在猞猁常走的道路附近,而是在离陷阱稍远一些的位置上。猞猁很警觉、狡猾,它们并不会径直走向饵料,而是会在饵料附近探查一番,徘徊一番,林松要的就是它的"徘徊"。

剩下的,就交给运气了。

林松的运气不错,或者说,前期的踏查工夫没有白费。这片山林中至少有三只领着幼崽的猞猁,常从这里走过,下到山底去喝水。

夜半的时候,一大一小两只猞猁走进了陷阱中。走在前面的大猞猁在追寻着饵料散发的气味方向时,触动了机关,一只爪子被牢牢地夹住。

这是一个难得的好时机,趁着小猞猁茫然四顾,还未明白发生了什么事时,林松的枪响了。那只小猞猁蹦了两下,随后摔在草地上。

那只母猞猁目睹了幼崽的死亡,彻底被激怒了。狂怒地猛烈抽拽着被夹住的爪子,不顾伤痛,上蹿下跳,拼命撕扯。待林松将子弹退膛,重新装上子弹时,却无法瞄准左突右跳的猞猁。接连的两枪都没有击中,反倒让猞猁更加狂怒,竟将被夹住的爪子生生扯断,掉头扑向树上的林松。

即使只剩下了三只爪子,猞猁的奔跑速度依旧疾如闪电,几个蹿跃,跳上了树,径直扑向他。

林松的反应却也不慢,近在咫尺的猞猁已经让他无暇再填上子弹,危急中,他抛下枪,身子一侧,径直跳下了树,让猞猁扑了个空。他跳到树下,刚直起身来,却见树上的猞猁竟然也同样向下扑过来,没有丝毫的犹豫。

这一次林松没有躲,他已无处可躲,他跑得再快,也是跑不过猞猁的。危急关头,他从腰间掏出匕首,同样迅捷地对着迎面而下的猞猁脖子处，用尽全力扎进去。

他和猞猁一起扑倒在地，猞猁锋利的牙齿就快触到他的脖颈，他拼尽全力用胳膊阻挡住它的头，同时翻过身来，压住猞猁的身子。猞猁用最后的力气挣扎着，挥舞的前爪扫过他的脸颊，一阵热辣辣的疼痛瞬间涌起。他不敢有丝毫放松，把扎进猞猁脖子的匕首再次向里扎去，然后狠狠地压住它。

待林松的力气也快耗尽时，身下的猞猁终于没有了动静。

趁着夜色中的星光，他拎着这只小猞猁回到了局址。他要连夜熬制膏油。

这可真是一件让人倍感心酸的事，为了给施彤治好脸上的疤痕，他的脸上却被猞猁同样留下了一道疤痕。

第十八章

真是一件糟糕的事情！糟糕得不能再糟糕了！

刚进入七月的时候，林鹃发觉自己怀孕了。这是一个晴天霹雳一样的消息，将她震得五脏俱焚，几欲昏厥。更难以忍受的是，在发觉这个事情之前的三天，她刚刚得知了韩建国的消息，知道他已经退役，回了老家。

若是说得知他退役回家的事，带来的是精神上的伤害，而怀孕这件事，则彻彻底底是精神加肉体上的双重伤害了。

韩建国退役回家了，居然都没有来和自己说一声，告别一下，就悄无声息地走了。这样的分别方式，无疑是在明白无误地告诉她一件事：他抛弃了她。

在得到了她之后，又抛弃了她。

这几天，她无心中转站里的工作，独自躲在中转站附近的松树林里，努力地想让自己静一静。但摆在眼前的事情，一日强似一日，又怎能靠"静"来摆脱？除了哀伤和后悔，也没有别的办法。她唯有后悔，后悔自己的一时糊涂，怎么就没有想到一时的冲动，会引来无尽的麻烦呢？真是自轻自贱。这件事若是传出去，自己没脸见人还好说，可连累了家里的亲人，让他们在别人的目光下抬不起头，这个想法割心一般地痛。

怎么办？

林子里微凉的风，拂动着一张哀伤欲绝的脸。她想到了死，只有死才会一了百了，再没有烦心事。

这个念头彻底攫取了她全部的心思。

夜半时分，林鹃小心翼翼地走出了中转站的房间。另一个屋内，传出父亲林山东的打鼾声。黑漆漆的夜色里，中转站的房子模糊地站在她面前，让她倍感心酸、不舍，一串串泪水止不住地流下来。

以往平静的生活是多么美好啊！可惜由于自己的一时糊涂，就再也回不去了。

她在屋内的床头上留下了一张字条，只是简单地写了句："爹，我对不起你，我走了。"她本想多写一些字，可思来想去，觉得再多写一个字都是一种耻辱，被钉在众人目光中展览似的，于是只好作罢。

她对着黑暗中沉默不语的房子，虔诚地磕了三个头后，仿佛卸下了一身的重担，转身向白桦岭南边的河岸走去。

前几天刚刚下过两天大雨，让河水变得更加湍急，在夜色中传来拍打堤岸的响声，传出去很远。下过雨的乌云并没有全散去，仍旧层层叠叠地笼罩着夜空，只有云隙间偶尔露出的一点星光，注视着这片山林。

河水冰凉刺骨，她却无知无觉，心头唯一的念头就是死。一切就结束了，对，就是趁现在，趁一切都还没有征兆，一切闲言碎语都还没有发生时，让这些因和果都淹没在河水中。

这些想法，让她没有一丝顾忌，向河中一步步走下去，让河水一寸寸地淹没自己。

奔流的河水中偶尔泛起一丝光亮，映照出无助的身影。在河水淹没过她的胸部时，一阵窒息感让她喘不过气来。还在犹豫什么？河水的凉意让她将过往回顾了一遍，除了想起自己所爱的人已经远走的事实外，她还想起了另一个人的背影，那是谷云峰在向她示爱被拒后，失魂落魄走出中转站时的身影。当时她并没有在意这背影，因为那时她还有另一个身影可以依靠。而今……她体会到了那背影身后藏匿着的痛苦，就像自己眼下所体会到的痛苦一样。

黑暗中，她徒劳地回过头来，向着白桦岭中转站的方向望了最后一眼。黑暗中，群山的阴影笼罩住了整个村子，星星点点的光亮并没有照射出多远，就被黑暗吞噬了，天地间依旧黑暗一片。

她将身子散开，好似走累了一般，将自己交付给水流，柳絮一般随波逐流。

天地间静寂得如同一块黑幕，什么事都没有发生似的沉默。冰凉的河水接连灌进嘴里，让她喘不上气来，憋闷的感觉让身体里的潜能激发出来。从小就在靠山屯附近的河里游玩的林鹃扑腾几下，就将身子浮了上来。喘上两口气，在经过一番痛苦的思虑后，她再次放弃了挥舞手臂，让自己沉下去。这次，她下定了决心，再不做无谓的挣扎，让一切都随波而去。

直到彻底的凉意灌透了全身，人世间的牵绊都离她而去的时候，一道亮光在脑海里陡然闪现，那是韩建国在松树林中曾经说过的话："等我退伍了，先回趟老家，把家里的事处置一下，就回来找你。"

虽然这次韩建国的离开不是正常的退役，走时没有和自己说一声，可万一……

当时的林鹃沉浸在爱情的甜蜜里，并没有将这句话记在心里，那只是一阵甜蜜的呢喃，和所有的话一样，是不用记住的，因为还有明天。

就在她的生命快要离开躯壳时，这句话却如云隙中的星光一样，异常清晰。

林鹃奋力地挥舞手臂，让自己脱离水流的束缚，一线生的希望和理由伫立在前方。自己不能死，若是有一天韩建国回来了，找不到自己该怎么办？

但这世界上的事，就是这样不尽人意，方才一心求死的她，怎么也沉不到水底，而现在想要求生了，却已精疲力竭，只能被水浪夹裹着，向更深更急的水域奔去。

奋力扑腾一阵后，她清醒过来，想起小时候游泳的经验，意识到这样挣扎是没有用的，是挣不脱水浪的裹挟，只会将力气耗尽，最后……

她沉下心来，扫了眼横在眼前的水域，决定不再奋力，而是顺着水流，向着最深的水域慢慢游过去。

深渊似的水底，从身子下慢悠悠划过，水流缓了下来。这是个有利的时机，借此攒起来的力气，让她在下一个激流前，奋力向岸边游过去。这一次，她成功了，游到了岸边，抓住岸边的一支柳树枝，用最后的力气爬上了岸。

躺在岸上的草地上，她看到天空的乌云散去了一角，露出璀璨的星光。

回到中转站时，一如她走时的模样，屋内父亲的鼾声一如方才。慢慢走进屋内，她先将自己写的遗书撕碎，扔在地板缝里后，才开始换下湿透的衣服。

她不想死了，现在她有了新的目标，一个很明确的目标，等等。她不相信那个负心汉会这般无情，她不相信他说的那些甜言蜜语都是假的。

据说死过一次的人，对生活的态度都会有一个本质上的改变。从林鹃身上发生的变化来看，确实是这样的。她对自己怀孕这件事，看得淡了，无法改变的事情，就让它继续下去吧，无所谓了。

夏天在一阵混沌中，很快就过去了。怀孕这件事是无法瞒住的，即使林鹃在这方面做了很多措施，用布条将肚子紧紧地缠住，或走路干活时低垂着腰身，但时间总会让真相原形毕露。

最先知晓的是她的父亲林山东，过来人有自己的生活经验。林山东在库房内搬运中转站的炉箅子时，看见林鹃累得满脸流汗，挺直了身躯，用毛巾擦拭脸上的汗水时，一束阳光从窗外射进来，完整地将林鹃的身体轮廊呈现在林山东的眼里。他一阵惊讶,几乎要一屁股坐在地上。再次审视一遍后,他确认自己的眼睛没有看错,摆在眼前的情景是真实的。这个老人无心再干活了,匆忙结束后,借口有事来到了荒僻处。

老人将口袋里的旱烟掏出,有心无心地卷了起来。前些日子里的那些不正常,现今想一想,都是个征兆。可是这一切,又是如何发生的呢?被旱烟呛得直咳嗽的老人想不明白。平日里女儿很少出去,大多是在中转站里忙碌。可一个女人是不会无缘无故地就怀孕的。

老人回忆这段时间发生的事,将凡是在中转站内出现过的男性,都在心里打量一番,然后再一一否定。三根旱烟烧没了,老人的脑海中最终确定了一个人,就是那个驾驶汽车的铁道兵,叫韩什么来着,穿得溜光水滑的,来过几次中转站。

老人一阵哀伤,不禁想起了已经过世的老伴,若是老伴还在,断然不会出现这样的事情。自己这个当爹的,很多事情是无法和自己的闺女去说的。

哀伤过后,老人想:日子还是要过下去的,管它是苦是辣还是咸的,总要一步步走下去,很多眼前的阵痛并不代表什么,只要自己咬紧了牙,总能守得云开见月明。

活了大半辈子的林山东,对生活是有自己感悟的。

在吃晚饭的时候,心事重重的父女俩默默无语,味同嚼蜡般地吃了几口后,看着在厨房内刷碗的林鹃,老人几次欲开口,又憋了回去。但一想到这事,委实无法再往下拖了,早一天解决,就早一天结束烦恼。

"鹃子,你过来,我有几句话和你说一说。"老人终于下定了决心,"鹃子,你跟爹说实话,你是不是怀孕了?"

若是在跳河之前,她听到这句话,一定会痛苦起来,会号啕大哭。但在经历那一次死亡的徘徊后,她不会哭了。

林鹃默默地点了点头。

亲口得到了女儿的承认，林山东只能在心里叹了口气，再说别的也是一点用处都没有了。

"这是两个人的事，是大事呀！你咋不去找那个人呢？"

"他退役了。"林鹃用平淡的语气说出来，仿佛说的是别人的事。

事情咋变得这么糟糕呢！老人心想。可接下来要说的话，要做的事，总是要说要做的。

"事情到这一步，也别掖着藏着了，没啥的。只是中转站这里的活计太累，你这身子骨是吃不消的，会累坏了身子。明天我去局里说一声，让上边再派个人来，你去局里干一些力所能及的活儿吧！你看咋样？"

父亲说的是实情，在中转站这里常常要出库、入库大量的物资，自己若不干，就要全靠父亲一个人了，很难吃得消。

林鹃再次点了点头。对于父亲的安排，她只有感激。

十天后，接替林鹃的人来了，是一名四十多岁的男职工，一脸的胡须。听说是在建房时从梁上掉下来了，扭坏了腰，局里把他安排到这里。

林鹃被安排到北川局的修路队，平日里拿着铁锹，将土路上的坑填平。

第十九章

十一月中旬，北川局的第二个冬季来到了。好在今年的冬季里，大部分的职工都住在了有炕的房子里，只有少数的职工住在帐篷中。

施彤一脸是汗，她判断不出来林鹃是否是难产。北川医务所的所有医生聚集在林鹃的屋里屋外，同样对此感到无能为力。这些医生大多和施彤一样，属于半路出家，包扎个伤口之类的还可以，对于生孩子这种大事，只是听闻过，并理所当然地认为生孩子是一件顺其自然的事情。

半个月前，施彤曾去过驻扎在白嘎峰下的铁道兵医务室。在以前的医务交流中，她知道那里有个四十多岁的女医生，曾经在地方上的医院里从事过生育方面的工作，在这方面的医学知识是很丰富的。施彤关于这方面的知识，都是从她那里现学来的。

曾经很有信心的施彤，对于眼前的情景，脑海中现学来的知识混成了一锅粥，脸上的汗并不比躺在床上的林鹃少。

林鹃躺在床上，汗如雨下，疼痛让她的脸已经变了形，却紧咬着牙关，努力不让自己发出声来。

原本预判的临产期是半个月后，可哪里料到，竟然提前了。也许当初的预判本身就是错的。

施彤顶着鹅毛大雪向办公室走去，那里有北川局的唯一一部电话，她想问问白嘎峰下的那名懂得生育的医生，眼下该怎么办？

大雪是从昨天夜里开始下的，按照气候来说，这场雪来得晚了。前一段时间下的两场雪，被接下来的暖阳晒得所剩无几，天气居然变得温暖。现在看来，之前的气候温润，就在孕育着这场大雪的到来。

地面上已经积聚起一米多深的大雪，却仍然没有停歇的意思。看来，老天是要把前段时间的缺失加倍补回来。

下了一天的雪，在暮色中更显得绵密悠长。等待施彤的是个很不好的消息。当她费力地推开已经被雪掩住的屋门，说出自己的目的后，接线员却无奈地告诉她："电话线路断了，很可能是大雪把线路压断了。"

再次回到林鹃屋内的施彤，见到林鹃已经因为疼痛昏厥了过去，褥子下流出的血湿了一片，让人触目惊心。施彤不由得心内一阵发紧，此刻，她真是怨恨自己的无能。她和另外几名医生商量了一番后，只有一个办法了：北川医务所里没有可输血的设备，只能将林鹃送到白嘎峰下的铁道兵医务所去，那里的医疗条件好一些。

可屋外的大雪……

事不宜迟，不能再耽搁了。施彤来到隔壁房间，找到了一直等待在那里的林松，将眼下的情况说了。还未等林松说话，侯德海急躁地喊道："那还在等什么？磨磨唧唧的，我这就去把车开过来，马上走。"

"可这么深的雪，你的车能走吗？"林松指着窗外茫茫的天地，一筹莫展，无奈地告诉他。

侯德海蹙紧眉头，他想起来了，这么深且发粘的雪，他的汽车即使将油门踩到底，也是连一米远都走不出去。

一直蹲坐在房间角落里的谷云峰站了起来，用咬得已经发白的嘴唇坚定地说："用拖拉机拽汽车。"

这个主意虽然并不太好，因为拖拉机太慢了。对于病人来说，每一分钟都是宝贵的。可眼下除了这个主意，还能有别的办法吗？

所有的人立即分头行动，在暮色掩盖住这片山林时，众人将林鹃放置在汽车里，由谷云峰驾驶着拖拉机，用钢缆拽着汽车，向白嘎峰进发。

　　天色黑了下来，而大雪在灯光中飘荡得更加肆无忌惮。

　　谷云峰想得很周全，他将生产队里的另外一台拖拉机也发动起来，由他的助手赵庆国驾驶，先在前方将道路上的积雪压开，这样他的拖拉机和后面的汽车就会省不少力。

　　谷云峰的心里五味杂陈，自己都不晓得是什么滋味。只觉得满腔的火气无处发泄，只有狠劲地踩着脚下的油门，让拖拉机发出怒吼声，喷吐出一串串黑烟。

　　雪已经覆盖住了拖拉机的履带，即使谷云峰让发动机使出了最大的力气，却也只能缓慢地在雪路上行驶。这什么时候是个头啊？谷云峰示意坐在旁边的林松照顾一下拖拉机后，自己从座下摸出个铁疙瘩，从行驶中的拖拉机跳了下去，迈开腿，奋力地在雪中向前跑去。自己估摸着距离差不多了，将铁疙瘩向前方的拖拉机砸去。

　　"咣当"的一声，让赵庆国连忙向后望，看见了跟跑着跑过来的师傅，赶紧将头探了出来。

　　"把背板放下来！"谷云峰大喊着，声音盖过了"隆隆"的拖拉机声。

　　赵庆国如梦初醒，自己着急中居然忘了这个方法，连忙操纵机械，把拖拉机后面的背板放下来，把路上的积雪刮掉了很大的一层，推向了路的两侧。

　　谷云峰跳上拖拉机，再次将油门踩到了最大，这一次明显车速快了很多。

　　灯光所映射之处，皆是茫茫的大雪，无休无止。

　　林松坐在副驾驶的位置上，心生悲凉，不时地回过头来，看后面拖拽的汽车。他生怕听到汽车传来鸣笛声，那是致命的，预示着里面的人出了状况，不需要再向前拖拽了。

林松从父亲口里得知林鹃怀孕的消息后，气愤难当，真想揪住那个叫韩建国的家伙，狠狠地揍上一顿。只是他想的比父亲要多一些，第二天就去了白嘎峰，在和一些熟识的人一番闲谈后，知晓了比父亲多一些的内幕，知道了韩建国退役的真正原因。离开时，他以自己曾借过韩建国的钱未还的理由，要来了韩建国的家乡住址，也许有一天会用得着的。

　　他把韩建国不告而别的原因告诉了林鹃后，这个消息多少安慰了她一些。

　　汽车驾驶室的空间狭小，林鹃只能半依靠在施彤的身上，让身子蜷缩起来。一阵阵的痛楚，已经让她失去了抵抗的力量，全身处在僵化中，雪花飞舞一般，不知下一刻将飘落在何方。她知道自己很可能快要死了，只是生命以这样的方式结束，她觉得心有不甘。她目光迷离，流失的血液已经耗尽了精力。她感觉自己快要不行了，很想给那个冤家留句话，但眼下这话能对施彤说吗？想想还是算了吧！自己名不正言不顺的，还是悄无声息地去吧。昏暗的空间中，她看见正在全神贯注驾驶着汽车的侯德海，想起了同样是驾驶员的韩建国，自己眼下这般的痛楚，这个冤家能感受到吗？

　　施彤握住她的手腕，感受着她的脉搏一阵强一阵弱，强时似擂鼓般猛烈，弱时又细若游丝，于是晓得眼下她的境况并不妙，意志和躯体正在做着激烈的搏斗。望着车窗外迎面扑来的雪花，只有暗暗地祈祷，让这车开得再快些吧。

　　所有前来的人都知道，并被一种不安笼罩着。在平路上尚且如此艰难，马上就要开始攀爬的白嘎峰，不知将会是怎样的困难呢！

　　拖拉机"突突"地冒着黑烟，排气管已经被热气烧红，黑暗中发出灼灼红光。

　　谷云峰拖拉机上的刮雪器坏掉了，它难以承受持续扑来的雪花，在重负中歪歪扭扭地倒在一边，有气无力地闪动一下。

窗玻璃上很快落满了雪,遮挡住了视线。谷云峰制止了想要爬出车外的林松,半直起身子,猛地一脚,将面前的玻璃踹碎。

一阵冷风夹杂着雪花,扑面灌进驾驶室里。

谷云峰面孔冷峻,心却在流泪。出发时看到林鹃奄奄一息、惨白如雪的面孔,情知不妙,偏偏又赶上这样的天气。

鹃子啊鹃子,你可要挺住啊!

看着自己所爱的女人承受着这样的苦楚,他的心在哀叹。此时若是那个韩建国在他的面前,他一定会把这个让林鹃痛苦的人用两拳头打死的。

终于开始爬白嘎峰了!只要爬过白嘎峰就好了,山下就是铁道兵的驻地。

一道拐过去了。

两道拐过去了。

依山势修建的公路,爬上山顶需要经过九道这样的"拐"。

谷云峰驾驶的拖拉机在经过第五道"拐"的时候,发动机发出了异样的响声,不堪重负地发出"嘘嘘"声,水箱中冒出的腾腾热气显示着这辆拖拉机的力气快要用尽了。

烧红的排气管在漆黑的夜里刺人眼睛。

除了祈祷,他们没有别的办法了。

也许是祈祷起了作用,拖拉机居然奇迹般地坚持到了最后一道"拐",眼看就要到白嘎峰顶了。谷云峰他们悬着的心,终于可以放下了,下山的路怎样都比上山要好走。

漆黑的山林,飘舞的雪花,默默地见证着眼前的这一幕。拖拉机爬到了山顶,终于用尽了最后的力气,沉重地喘息了两声后,喷出一股黑烟,发出"咣当"一声响,熄了火,再也发动不起来。

谷云峰跳下拖拉机,把赵庆国驾驶的拖拉机换过来,继续拽着汽车,向白嘎峰山下赶去。

半个小时后，他们一行人终于来到了铁道兵的驻营地，将已经昏厥过去的林鹃抬进了医务所。

驻地的所有官兵都被动员起来，为已经失血过多的林鹃献血。

医务所里的那名女医生，面对的情况也是棘手的。刚一接手，她就看出了其中的危急。这种情况下，已经不能对家属说"保大人还是保孩子"的话了，能活下来其中的任何一个，都是奇迹的降临。

经过四个小时的雪中艰难行程，已经耗尽了林鹃的所有意志。但这里已是最后一站，也是最后的希望，他们不可能再将她送往更远的白桦岭车站。

血液源源不断地输入林鹃的体内。

一排排的铁道兵和谷云峰他们，站立在雪中，倾听着医务所屋内的动静。

很多年以后，林雪生搀扶着林鹃来到白嘎峰下，望着已经被树木遮盖、杂草丛生、完全看不出当年样子的铁道兵医务所，两人只能用想象描摹着当年的那个雪夜。

时间只会记住过往的粗略，而不会记住那些细节。

一个小时后，等候在屋外的众人快要绝望时，一阵婴儿的啼哭声惊天动地地响了起来。

众人欢呼起来。在得知林鹃只是昏迷中，没有大碍时，一名官兵拿出了一把冲锋枪，对着纷扬的大雪和无边的黑夜，打出了一梭子子弹。没有鞭炮，只有用枪声来代替。

没有比"雪生"这个名字更适合这个孩子了。

更确切地说，这个名字是在回去的路上，谷云峰想起来的。

第二十章

冬去春来，一场雪接一场雪地下，树叶绿了又黄，黄了又绿。两年的时间在紧张忙碌中倏忽就过去了。

北川局经过全体职工的日夜建设，已是今非昔比。曾经遍布山岭的帐篷不见了，取而代之的是一栋栋砖瓦结构的房屋。

一座边疆小城的雏形逐渐显露出来。

1973年11月18日这天，对于北川局里的所有职工来说，都是不寻常的一天。

白嘎峰隧道终于可以通车了。

当火车"隆隆"地驶进北川局时，这里的人们沸腾了。封闭了千百年的大兴安岭北坡，终于和外面的世界通过一条铁道联系在了一起。当天商店里的酒卖空了，人们用这种方式来庆祝这激动人心的一刻。

连海平的眼角湿润了，望着在雪岭中无限延伸的铁路，其中的艰辛，他知道得一清二楚。为了这一刻，他已经准备了三年。事实证明，三年来他的准备没有白费，在火车通车的第十天，北川局的第一列满载木材的火车驶出北川的山岭，向外面的世界奔驰而去。

谷云峰也开始了他蓄谋已久的"万米"计划。

第一场雪落下后，他就带着二队进驻山林，每天没日没夜地做着冬季木材生产的准备工作。眼下，虽然林中的沟壑地方还没有冻实，无法用运材车将木材向山外运输，但他可以让油锯手每日进山伐木，储备冬季生产的木材。

他的方法很不错，在严寒彻底封冻了山林后，他们队的六台拖拉机每天拉着满山伐倒的木材，倾尽全力地向山下运输着。

谷云峰拼了命似的干着，每天凌晨还是一片漆黑，只有漫天的繁星时，他就驾驶着拖拉机第一个出发了。中午的那顿饭，他从来不会像其他师傅那样回到驻地来吃，而是在山上生起一把火，把干粮烤一烤，就着冰雪吃下肚去。晚上从来都是繁星满天时，最后一个回到驻地。付出所得到的回报，就是每日不断累积起来的木材产量。

有一件事，是他没有预料到的，就是这北坡的三九天，冷得生硬。人倒是没什么，忙起来全身还冒汗呢。可这机械就不行了，严寒中，钢铁变得生脆，稍稍多拉了些木材，就会让拖拉机的弓片和弓背折断。为了不耽误第二天的生产，只有在夜里进行维修。

这样的干法，对于谷云峰这个常年在山林中干活的人来说，不算什么，晚饭多吃一碗饭而已。但对于才十九岁的助手赵庆国来说，却吃不消了，一个多月下来，人累得脱了相，走在一米深的雪中，常常跌倒，走起路来摇摇晃晃。几次想要对谷云峰提出自己干不了了，要他另寻个能干的助手，却碍于这两年的交情，难以开口。他知道，在这个节骨眼上提出不干了，是在拆师傅的台。这个时候，再找个新的助手，也是能找到的，可要经过很长时间的训练、磨合，才能在两人间形成默契的相互配合：一个手势、一个眼神，都要相互了解，才能在捆木、运木的过程中顺利完成。

就在赵庆国犹豫着想要再次提出自己不干的想法时，冬季第一个月的工资发到了他的手上，他惊呆了，自己挣的工资居然比其他的助手多了一倍。这很鼓舞人心，也让人自豪。在工友们羡慕的眼光中，他暗自庆幸自己没有提出不干的想法。想一想也没什么嘛！不就是累点嘛，等熬过了这个冬天，生产结束了，自己多吃点，就又补回来了。

　　过春节的时候，别的工友都回家了，他们两人却没有回去，他们借着这个难得的七天假期，把拖拉机从头到脚维修了个遍。

　　三月来临后，对于他们这个工种来说是最难熬的。日渐升高的太阳将积雪照射得欲融未融，雪厚且发黏，沾在腿上很快就融化，让拖拉机和人都要付出更多的力气。

　　谷云峰跳下拖拉机，手脚麻利地帮着赵庆国捆绑木材。

　　昨天收工时，他把自己大半个冬季拉运的木材做了番统计，发现眼下还差个七百多米，就可以完成自己的"万米"目标了，而时间只剩下十五天左右了。到了三月十五日，林区就进入了防火期，山上的人员都要停止采伐了。

　　谷云峰实在是有些心急如焚。

　　在向山下拉运了两趟木材后，谷云峰发觉长时间没有听到油锯手采伐树木的声音，他有些纳闷，却也没有放在心上。油锯坏了的情况是常常发生的，这也是他为什么要在刚入冬时，就让油锯手大量采伐木材。

　　再一次回到山林中时，仍然没有听到油锯手的采伐声。谷云峰的第六感，让他隐隐约约地感到不对劲，一边捆绑着木材，一边向油锯手的方向瞭望。那个方向一如沉寂的森林，静悄悄的。

　　太阳高高地悬在半空中，映射的雪光刺人眼睛。

　　似乎有一个白滚滚的物体，向他们这里奔来。

　　谷云峰好奇地站起身来，手搭在眼眶上，遮挡住阳光，仔细地看着这个物体。

　　谷云峰心内一紧。

　　居然是一只熊，白色的熊，嘴里喷射出丝丝热气，正在向他们奔袭而来。扬起的雪花飞溅着，它的身体和白茫茫的大地融合在一起。

　　"快跑到车上去！"谷云峰连忙大喊。

正在撬动木头的赵庆国，对他的这声大喊茫然不解。顺着他的目光望去，方才见到了这幕骇人的景象，慌忙不迭地向驾驶室跑去。

　　来势汹汹的熊，径直向他们扑过来，雪地上伐倒横卧的树木，它轻巧地跃过，及至近了，可以看到嘴里白森森的牙齿，露出一股寒气，迎面扑来。

　　见到赵庆国已经钻到驾驶室里，谷云峰将手里的一根钢丝索带抡圆了一圈后，尽力向熊甩过去。常年甩索带的他，扔的方位很准，径直打在熊的头上，延缓了熊奔来的速度。

　　他预估得很正确：若是自己也向拖拉机的驾驶室里跑，时间是不够的，自己很可能在爬上驾驶室的瞬间，来不及关上车门，就让熊也跟着蹿进来，那将是致命的。趁着这短暂的时机，他一脚跃上链轨，再一脚跃上了拖拉机的甲板上。

　　紧随而至的白熊嘶吼着，想要攀上甲板，但铁甲板倾斜光滑，让它无法攀缘而上。谷云峰抡着索带，向攀在甲板上的熊爪狠劲砸去。负痛的熊退了下来，却又心有不甘，左右巡视着，看到拖拉机后面的甲板处较低，便向后面走过去，企图从那里攀上甲板。

　　这是个好机会！看到机会的谷云峰不再犹豫，将最后的一根索带掷向熊后，跳过甲板护栏，驾驶室里的赵庆国看出他的意图，连忙将拖拉机后窗打开。谷云峰把身子蜷缩，迅捷地钻进驾驶室，坐到了驾驶的位置上。

　　拖拉机喷吐出一阵黑烟，向山下驶去。

　　扑了个空的白熊异常恼怒，紧随其后，向驾驶室的方向扑来，一掌把车门玻璃拍得粉碎，用钩子般的爪尖抓住车门，企图将车门撕扯开。

　　有那么一瞬间，人和熊对视着，谷云峰闻到了熊嘴里的腥膻气味。

　　这只熊，缺少了一只耳朵。

　　另一边坐着的赵庆国，抓起一把大扳手，向熊胡乱投掷，想要阻止它爬上来。

谷云峰紧急中，让拖拉机猛地转向。惯性让熊的身体飞了起来，车门也在重力下，被熊"咔嚓"一声扯开，而后熊和门都被狠狠地摔出去，跌在雪地上。没有了车门保护的谷云峰，知晓拖拉机怎样都是跑不过熊的，唯有和它硬拼了。他再次让拖拉机转向，加大油门，向熊碾过去。

白熊闪躲开了谷云峰的愤怒碾压，却没有闪躲开迎面而来的一棵被撞倒的树，手腕粗细的木杆轰然击打在熊背上，将它打了一个趔趄。熊立起身来后，快速跑向了林子里，转瞬间没了踪影。

谷云峰与赵庆国对视了一眼，两人的脸都已变得煞白，心脏"怦怦"直跳。

大约半个小时后，谷云峰带着其余的三台拖拉机又回到了这里。这次他们有恃无恐，因为将驻地里的两杆枪带来了。他们要找到山林中采伐的油锯伐木工人。

在茂密林间的雪地上，他们先是找到了油锯，歪歪斜斜地倒在雪地上，人却不见踪迹。众人向天空放了三枪，呼喊了一会儿，却没有任何回音。而油锯旁边的熊迹，让大家感受到了不祥的预感。

继续向林子里搜寻，散落的帽子、手套一一出现，最后出现的血迹在雪地上分外刺眼，醒目得让大家彻底失去了信心。

谷云峰背着步枪，循着踪迹，大踏步蹚过难以行走的雪地，他吃惊地发现，雪地里的熊迹，怎么看都是两只熊的踪迹。翻过山梁，他最先来到了山沟里，在一片乱枝堆里，见到了自己最不想见到的一幕。

血迹在雪地上浸染出惊心的画面。

一具已经残缺的尸体，惨不忍睹地映入他的眼帘，他认出了这就是曾经朝夕相处的伐木师傅刘元。

谷云峰再次向着天空开了一枪，他没有见到刘元的助手周鹏，也许还有希望！

枪声回荡后，远处茂密的林子里传来了一声微弱的呼喊，宛如穿过林间的微风。谷云峰听得很真切,是周鹏的声音。他不再迟疑,端着枪,向声音传来的方向奔跑过去。

穿过一片落叶松林,停下脚步,刚要再次倾听时,又一声微弱的喊叫声从他的头上传过来。抬起头,猛然见到一棵高大的落叶松树上,周鹏正攀附在树的半腰处,凝视着他。谷云峰总算放下心来,呼喊着,让其他的同伴赶到这里。

好险啊!谷云峰望着这棵大树下部分被熊抓过的痕迹,触目惊心。看来周鹏还算灵活,居然爬上了树,冬季树皮冻得脆滑,熊很难爬上去。

周鹏艰难地爬下了树。脚一接触到雪地,就歪倒在树旁,不但再也站不起来,连话都说不出来了。这时候,谷云峰才吃惊地发现,在周鹏的胸前居然插进了一截树枝,丝丝血迹浸透了棉袄。他想不明白,爬上树的周鹏,胸前怎么会插进比手电细一些的树枝?但有一点他明白,眼下这条件,这树枝是不能从周鹏的胸里拔出来的。

众人做了个简易的担架,抬着周鹏赶到拖拉机处,用最快的速度向北川局址赶回去。一同回去的,还有刘元的尸体。

遇到这样严重的伤亡情况,采伐任务是无法再进行下去了,只能提前停工了。

第二十一章

北川局当年的医务所,如今变成了职工医院,由三栋砖瓦结构的房屋组成。

一年多以前,施彤通过了地区医院的考试,正式成了北川局医院的一名医生。虽然眼下医院要比刚建局时强了很多,发生了翻天覆地的变化,从以前的三四个人变成了三十多人,但医疗设备却很简陋,只能做一些简单的医疗救治。

黄昏时分,施彤在医务室里收拾着桌子上的物品,马上就要下班了。食堂里的饭菜可是不等人的,去晚了就只有残羹剩菜了。

自从用了林松给她配制的药膏,两年来,她脸上的疤痕已经消除了不少,只有仔细地看,才能看出些痕迹,终于可以摘下那讨厌的口罩了。伴随着摘下的口罩,是一种自信心的回归。她从心底里已经彻底地信赖了林松。这种信赖之感,来自平日里的一点一滴,汇集而成。

从心底里,她感觉自己对不起林松。为了治好她脸上的疤痕,林松的脸上却被猞猁抓出了一道疤痕。真是造化弄人,那个药膏治好了她脸上的疤痕,但用在林松的脸上,却没有效果。两年过去了,林松的脸上依旧留存着那道显眼的伤疤。

局里的一些上了岁数的老人说,这是天意,这两个人的脸上,必须要有一个人有疤痕。

由感激转化成爱意,是一件很普通的事,也常常发生。还有一种爱意,叫不得不爱,是由日久天长形成的,施彤对林松的这种爱意,就是这样渐渐萌生的,虽然两人都没有把这种爱意表露出来。可不管是北川局里的人,还是这两人,都是心知肚明。

医务室的走廊里传来嘈杂的声音,一阵急促的"医生、医生"喊叫声,让她立即意识到有患者来了,并且还是个很危重的病人。她冲出去,见到一伙穿着满是油渍的棉袄的工人,气喘吁吁、慌里慌张地抬着一个病人来到面前。她急忙将他们指引进急救室中,她认出了抬着担架的其中一人,是北川局里传闻中最能干的谷云峰。

当她看到伤者的病情后,吃了一惊,自己的胸口也感到隐隐作痛。闻讯赶来的医生们,见到深深插进伤者周鹏胸部的树枝,同样感到很棘手。

在给伤者挂上吊瓶后,医院里几名医生商讨了一番,一致认为以北川局医院的现有条件,是无法给伤者开胸做手术的。更要命的是,眼下也无法把插进伤者胸中的树枝拔出来,贸然把树枝拔出,很可能会造成伤者胸内大出血。

闻讯赶来的连海平听完医生的介绍后,看着躺在病床上奄奄一息、随时都要昏死过去的周鹏,心里委实难以做出决定。若是听从医生们的建议,用车将周鹏送往二百公里外的商河林业局,周鹏很大的可能性是熬不过这二百多公里的路程;若是在北川局这里做手术,眼下这里的几名医生都是半路出家的,还没有哪个医生具有给病人开胸手术的能力。

走与留,都是件难事。

时间在一分一秒地过去,所有的目光都聚焦在他身上,大家都在等着连海平的决定。

一年多前,连海平曾向地区革委会申请,向北川局调两名医术高明的医生来,以解决偏远地区无法医治大病的困扰。本来已经说好的事情,但那两名要来的医生听到北川现有的医疗条件后，说什么也不肯来了，此事也就搁置下来。今天发生的这档子事，自己早就应该想到。连海平心里恼恨着自己，却又无奈。

"如果将伤者送往商河医院，活下来的可能性有多大？"连海平向医生问询，也想借此来给接下来的决定有个推论。

"我看，可能有百分之二十。"医院的蒋院长迟疑着说出自己的判断，"伤者的脉搏正在减弱，去往商河局最快也要三个半小时，他很难挺到那个时候。"

"那就在这里做手术！"连海平下了决心。

蒋所长晃动着半秃的头，为难地说："可要是就在这里手术，我看百分之十的希望都没有。插进胸腔的树枝弄坏了肺、肝，或是任何一根血管，我们都无能为力，只能是白白地耽搁了时间。"

"还是在这里做手术希望大一些。"施彤站在人群的外围，突然说了一句。

众人将目光看向她。

施彤说："我问了周鹏受伤的经过，他是在熊的追赶下爬上了树，后来熊也跟着爬树，他只有向树梢处爬，却没有攀住，掉了下来，在树的半腰处被树枝插伤，他就一直停留在半腰处。从眼下周鹏的情况来看，应该是树枝并没有碰到要害处，比较棘手的应该是伤口流出的血并没有流出来，都流进了腹腔里，这是最致命的地方。只要我们将腹腔里的积血取出来，找一些血型相符的给他输血，这样还有很大的希望，并且一边做手术，另一边向商河医院求援，让他们以最快的时间派来有经验的医生。而若现在送往商河，一路上的颠簸，伤者很难挺过来。"

连海平看着平静说出这番话的施彤，倒是被她的这番话打动了。

"那就不要争论了，立即手术！"连海平挥了个手势，下定了决心，"谷云峰，你去找人来验血，看看都有谁和他的血型相符。"

谷云峰答应了一声，就快步走出去找人了。

蒋所长为难地提出了自己的想法："可这医院里谁来做手术呢？所有的医务人员平日里只是包扎个外伤，开个感冒药之类的，这么大的手术，没有医生做过啊！"

连海平把目光看向了施彤。

施彤坦然地点了点头。

连海平放下了心底的石头。一个人若是有勇气面对棘手难题，那心底里一定会有至少七成的把握。

简单地准备了一番后，手术开始了。

连海平利用医院里的电话，接通了商河医院，把这里的情况说了一遍，恳请他们医院能够立即派两名有经验的医生来。

医院的伤者，用一种"看似解决"的方法解决了，可另一个问题，却令他更感恼火和棘手：采伐师傅刘元的尸体他看过了，已经被熊糟蹋得不成样子，惨不忍睹，明天刘元的亲属们将坐一早的火车赶来这里，如果看到这一幕，怎会不悲痛欲绝？

他要把这些棘手的事情，以及由此能引起的后果，都要考虑周全一些。

可恨的熊！

急匆匆赶路的连海平，在心里暗暗发誓，等眼下这些事情处理完，一定要让林松进山，将这附近的熊都打死。

眼下最要紧的是和军代表陈忠国商议一下，凡是在山林中的伐木作业点，都派一些民兵带枪上去，防止类似的事情再在别的作业点中发生。

唉！看来与天斗、与地斗，都是要付出些代价的啊！

医务所的急救室里，手术开始了。

施彤最初的一阵慌乱很快就过去了。当她看到周鹏的伤口，一种职业上的责任感遏制住了她的慌张和不安。

蒋所长和剩下的四个医生，满怀狐疑地做着准备工作，输血、麻醉……

当施彤手中锋利的手术刀割开患者胸膛的皮肤时，她彻底地忘了周遭的环境，身体的每一个细胞都沉浸在这场"战役"中。以往医学书籍上学到的知识，三年来多少次在动物身上的解剖试验，人体的血管分布……脑海里所有的医学知识汇集在这一刻，清晰明了地摆放在眼前，供她所需。

好险！当从划开的胸膛里终于取出了那根树枝后，在场的所有医生不约而同地松了一口气。伤情果然如她所说的那般，树枝并没有戳破重要的器官，直直地从肺部旁插过，在周鹏的肝上留下一道不致命的浅伤，只是胸腔内的积血已经覆盖住了大半个肺部。

好险。

三个半小时后，连海平带领着从商河医院赶来的三名医生急匆匆地赶到医院时，见这里的医生们已经缝合完了伤口，正在那里有说有笑地谈论着。输完血液后清醒过来的周鹏，看起来气色也不错。

连海平终于放下心来，不由自主地多看了施彤两眼，想不到这个文弱的小丫头居然真的把手术做成功了。同时，他也想出了个主意：既然外面的那些医生不愿意来到这里，那就把本地的医生派出去学习，这样不也能迅速提高北川局的医疗水平嘛！

第二十二章

白熊的出现,在北川局里造成了不小的影响。依照一些老人的说法,只要熊在祸害过人后,就不会再抛掉把人当成食谱的习惯,会常常主动地攻击人类。

军代表陈忠国带领着民兵进山了四五次,熊倒是打回来了不少,可没有一只是白色的。

在男宿舍里,屋里只剩下林松一人,他将准备要入山的家伙收拾了一通后,摸着一杆半自动步枪,陷入了沉思。

这杆枪还是当年北川第一任军代表赵双喜用过的那杆枪,他就是用这杆枪打死了那只曾咬死北川马和牛的熊。在用过一次这杆枪后,林松以一名老猎民的眼光,喜爱上了它。

在处理完伐木师傅刘元的后事后,连海平就找来了林松。

"事不宜迟,北川局里绝不能再发生这样的悲剧了,你手头上的工作暂时先放一放,进山去打熊吧!"连海平开门见山,直接下了这道命令。

林松点点头,他在来时就已经想到了这一点。

他说:"你即使不说,我也得去,祸害过人的熊是绝不能留下的。"

连海平叹了口气。刘元的丧事弄得他这三天来焦头烂额。地区领导听闻这件事后,也给他下了命令,一定要将熊打死,以防类似的事件再次发生。

"林松,以你的经验,以往咱这大兴安岭有白色的熊出现过吗?"

"没有!"林松肯定地说,"别说我没有见过,就是常年狩猎的鄂伦春猎人们,也没有听他们说起看到过白熊的事情。"

"那可真是奇怪!莫非是谷云峰他们眼花看错了?再不就是熊身上沾满了雪,才导致他们看错了?"

林松摇摇头,否定了连海平的说法。这几天来,他也在思考这个奇怪的现象。

"这种现象,只有一种可能!"

"哦!说来看看!"连海平来了兴趣。

"你还记得三年前,侯德海曾经养过两只小熊的事吧?"

"当然记得,听说后来让这小子给放生了。"连海平还曾经将剩饭喂过那两只可怜的小熊呢!

"是让他给'放生'了,但实际情况侯德海昨天跟我说了,他当时喝高了,是想打死这两只小熊的,却不曾想小熊却跑了,临跑前把他的腿咬伤了,而他把其中一只小熊的耳朵给砍掉了。"

连海平倒吸一口凉气,他想起来了,谷云峰曾对他隐约提起过,袭击他们的一只熊,没有了一只耳朵。也正是由于这个特征,才让侯德海想起了往事,对林松说出了实情。

"你是说,这两只白熊,就是当年的那两只小熊?"连海平吃惊地问。

"看来是这样!"

"可那两只小熊是黑色的呀?这你也看见过的。"

"是这样!"林松点点头。"但一只缺了耳朵的熊,绝没有这么巧的事。"

"要我自己的看法,我猜测是这两只小熊跑到了山里后,由于受过惊吓,它们不会再去维持熊冬天要冬眠的习性,而是在冬季也要出外捕食猎物，很可能是为了生存，为了适应冬季的白雪，改变了皮毛的颜色。"

连海平难以相信他的这番话。虽然连海平也知晓达尔文关于"进化论"的说法，可那都是在千百年的漫长进化中，才会出现动物为了适应环境而改变自身一些特性的事情，可只是在短短的三年间，两只黑得发亮的小熊居然就变成了白雪一般的熊！这……这也太神奇了吧！可除了这个解释，又能有别的说法吗？总不能说是北极的两只白熊越过山川海洋，跑到大兴安岭来了，而又凑巧其中一只少了个耳朵吧！

连海平陷入了沉思：山林中的熊那么多，没有见哪只熊竟对人类怀有这般刻骨的仇恨，也就是这两只小熊，曾经目睹了它们的母亲被杀、被剥皮，才在它们的心里种下了仇恨的种子。可这事又能去怪侯德海这个愣种吗？况且，这个时候怪他又有什么用！

思来想去，连海平唯有一声叹息，把猎熊的任务交给了林松。至于军代表陈忠国带领的一帮民兵进山打白熊，连海平对他们是不抱任何希望的。

男宿舍内静悄悄的，其他工友们都去上工了。林松怀着敬意，把枪支重新擦拭一遍，检查了它的可靠性。此时，他很想去医务室看看施彤，但时间有些紧迫，想一想也就作罢了。现在两人之间的关系很融洽，有一种相互知心的状态。若不是林松心中有一股隐隐的不安横亘在面前，那就进入十全十美的境界了。这种不安来自他的认知，自己的身份和施彤之间明显有道鸿沟，这让他感到自卑。虽然自己曾经帮助过她一些事情，但他从来没有把这些事情当成某种恩惠，若是那样做了，他觉得是卑鄙的，甚至是无耻的，他不屑为之。

但在别人眼里会不会这样看呢？会不会认为他是"癞蛤蟆想吃天鹅肉"呢？

别人的看法，他并不会放在心上，但若是施彤表露出哪怕一丝这样的意思，他都会毫不犹豫地离开。他不会做一个用恩惠来做某种"要挟"的人。好在目前为止，施彤在这方面没有表现出一丝一毫顾虑。

狩猎白熊的计划在心里盘算了一遍后，他刚要提起背包，准备进山，屋外突然传来了一阵嘈杂的声音，好像有很多人来到了男宿舍的门外。

门被一股很粗鲁的劲道推开了，军代表陈忠国带着六个民兵和两名警察，出现在他面前。

陈忠国冷冷地注视着林松，一言不发，随后将目光瞄向了放在桌子上的枪支。一名民兵走上前去，把桌子上的枪支拿过来，背在了自己的肩上。

林松茫然不解，搞不懂军代表这是在唱哪出戏。两人由于身份的关系，在局里很少有交集，更没有什么过往。不像刚建局时，由于人少，林松曾和那时的军代表赵双喜有过很多来往。

用冷峻的目光注视过后，陈忠国终于开口了："林松，有人举报你窃取军火库的炸药，人证物证俱在，现在北川革委会要对你进行隔离审查。"

这样一顶大帽子扣在林松的头上，着实让他吃惊不小。局里军火库里的炸药失窃一事，五天前他就听说了，不但听说了，他还知道是谁做的。侯德海想要等河流融化后，用炸药去炸鱼，便趁着夜晚砸开了军火库的仓库，拿了三包炸药。

"这里是不是有什么误会？"林松坦然地问道。

"这里有没有误会，等一会儿就知道了，现在你跟我们走一趟！"

作为一名从军队中一路走过来的陈忠国，对思想政治工作一向看得很重。刚来到北川局时，他就对这里的政治思想斗争很不满意：北川地处边疆，尤其更应该狠抓思想政治斗争，这样才能在边境发生变故时，有一支靠得住的武装。但刚来到北川，对这里的情况还不熟悉，他只好隐忍下来。而接下来的大生产，一切都要向木材生产看齐，局里组建的民兵队平日里都要参加木材生产，只有春季有很少的时间用来训练，这些都在很大程度上阻碍了他的想法。

由事及人，他对连海平很不满意，认为连海平整日里就知道抓生产，而忽视思想政治的斗争，是典型的走资本主义路线。作为军代表，他有义务和责任来纠正。

但现在不同了，前段时间中央下发了关于大建民兵组织的号召，这是大趋势，时机已经成熟，他可以将自己的想法实现，一些错误的思想必须要得到纠正。

正像这世上的所有事情一样，再庞大的事业，也要以一个微不足道的事件作为开头。军火库炸药失窃一事是件大事，若是被心怀叵测的人偷去，后果不堪设想。在调查这起失窃案、走访群众时，陈忠国听到有人说，在失窃那天晚上曾看见林松在军火库房待过。

这个消息让陈忠国觉得这个案子终于有了突破口。他知道连海平和林松的关系很好，他正想借个机会打击一下连海平，正好机会来了。

在这种氛围下，林松的辩解并没有在陈忠国那里起到多少作用。虽然失窃的炸药没有找回来，但有人证，这就够了。

至于指控林松的那名证人，陈忠国倒是很好地实行了保密政策，没有对任何人说起他的名字。

从快从重地处理犯罪分子，一向是陈忠国的原则。三天后，对林松的处置意见出来了，他被开除木料加工厂的职务，参加三个月的劳动学习改造后，将被分配到山上作业点烧炉子。

从地区开完生产会议回来的连海平，听说林松被打成了北川局第一个"犯罪分子"，差点没把肺气炸了。北川自从建局以来，政治上的运动确实不少，但他都以"雷声大，雨点小"的方式处理了，开开会，喊喊口号，也就过去了。即使在全国展开"批林批孔"的大运动中，北川局也没有弄出一个"反革命""特务"，即使有一些小错的职工，也是在"批评与自我批评"的合理政策中，以人民内部矛盾的方式处理掉了。连海平对待"运动"的方式很简单、很明了，凡是来到这里的职工，面对这样严酷的环境，保持团结，才是最大的力量。

虽然这次在地区开会中，他也感到了一股政治上的运动之风，来得比往常猛烈些。但北川局地处偏远，刮到这里的"运动之风"，还会像往年一样，变成"风梢"，做一做样子也就过去了。

在了解了林松的"案情"后，一向平和的连海平大发雷霆，拍着桌子质问陈忠国，为什么将林松处置得这么重，无凭无据的，怎么可以这样？完全就是"上纲上线"。

面对连海平的质问，陈忠国不愠不火，他知道革命不是"请客吃饭"，不能凭感情用事，一名真正的无产阶级战士就是要经历人情世故的考验。

"我完全不同意你的看法！"陈忠国大义凛然，毫不畏惧连海平的愤怒，他认为真理是站在他自己这一边的。

"这是你口中所说的'小事'吗？这是什么性质的事件？说他是反革命，完全一点都不过分，你别忘了，我是有人证的。"

"人证是谁？"连海平质问道。

陈忠国却不肯说出人证是谁，岔开话题继续说道："连海平同志，我早就提醒过，政治思想工作时刻都不能放松，但你从来都没有听进去过，只是一股劲地搞生产。北川局的生产搞得再好，可职工群众的政治思想意识没有到位，再高的生产量又有什么用？林松犯下的错误，就是你平日只顾抓生产，忽略了政治思想教育的结果。这样的错误，以后在北川局再也不能任其发生了。"

陈忠国喘了口气，继续说道："这件事情我已经向地区革委会汇报过了，革委会完全同意我的看法，并且还号召北川局借此展开一场轰轰烈烈的革命宣传活动。连海平同志，若是你还有什么不同的看法和意见，请你去和地区革委会商洽。"

陈忠国的这番义正严词中，也隐隐含着一顶"包庇犯罪分子"的大帽子，随时都可以扣在连海平的脑袋上，这让连海平不得不忌惮。

还能说什么？对陈忠国这样的人，连海平很清楚，通融是不可能的，他们自觉正义在握，所行事情都是以群众的名义，帽子随时都大得很。

连海平压制住心头的怒火，一字一顿地说："既然林松是'犯罪分子'，那他就没有权利再碰枪了。地区革委会要求我们，狩猎白熊的事情一定要尽快解决，你们民兵连要尽快将伤害职工的熊捕到。"

说完这番话，连海平气得将面前的一把凳子一脚踢翻，转身走出了陈忠国的办公室。

接下来发生的一件事，却是连海平都没有预料到。陈忠国为了扩大"战果"，把北川局里的政治思想运动向更深处发展，决定举行一次游街，用他的话说，就是"要触及群众的思想灵魂"。

四月初的北川，春寒料峭，空气依旧凉意十足。隔三岔五一场雪，从来就没有停止过。山岭上的雪下了融，融了下，争抢着地盘，都在静静地等候着春天真正地到来。

侯德海的汽车箱板两边插满了红旗，车头上摆放着一块牌子，上面写着：打倒偷窃分子林松。

游街是从中午时分开始的。汽车拉载着林松，从局址办公室开始，向北川局的各个街道缓慢驶去。陈忠国亲自坐镇，坐在汽车内，不时用大喇叭高喊着，向北川局的职工群众们宣告林松的"罪行"。

一向很肃静的北川被大喇叭声打破，纷纷涌出家门的人们见到眼前的"反革命"居然是平日里朝夕相处、和蔼宽厚的林松时，也就明白了这"犯罪分子"究竟是怎么一回事了。唯一在心里得到些宽慰的，是这个"犯罪分子"没有被五花大绑起来，也算是这偏远小镇的特色。

林松站在车上，看着熟悉的街道从眼前缓缓而过，他还依稀记得这些街道原来的样子。那时候，这里都是茂密的丛林，野鹿从中掠过，兔子钻进草丛,但现在都变样了,原来挺拔的白桦不见了,被一栋栋房屋取代;那条河流也不见了,上面盖满了黄土,变成了北川供销社的后院。

看来时间这个东西,真的可以改变一切。

一群孩子很少在这里见过这种场景,跟随着汽车,呼唤着同伴,瞧着热闹。

汽车刚刚驶过供销社,突然停住了,发动机熄火了。侯德海气哼哼地跳下车,大声嚷嚷着:"完蛋了,汽车坏了,走不动了。"

陈忠国在车里问道:"哪里坏了?赶紧修一下。"声音是从大喇叭中传出来的,弄得嗡嗡直响。

"不知道,反正就是车不走了。"侯德海吸着烟,无所谓地喊着。他替林松感到不平,而自己居然要拉着他去游街,他这个做兄弟的实在是感到愧疚。明明是自己偷的炸药,如今却要林松来背这个锅,自己对不起他啊!

陈忠国自己转动车钥匙,汽车发出"嗯嗯"的声音,却不见启动起来。看来汽车是真的坏了,这小子并没有骗自己。

侯德海对着林松挤了挤眼,露出一个只有他们两人才明白的微笑。

林松跳下车,对着正愁眉不展的陈忠国说:"这车太老了,总是坏,这次肯定又是搭铁的那根线掉了。"

"哪根线?"陈忠国一脸不相信的态度。

林松将身子探进驾驶室里,借着寻找电线的机会,将方向盘下的一个微小的开关打开了,这辆车上只有他们两人知道有个控制电路的开关,是侯德海为防止别人乱开车设置的。

林松将汽车再次发动,果然汽车没有任何犹豫,"突突突"地就发动了起来。

"你可真是没事找事!"侯德海在林松身后小声地嘀咕了一句,无奈只好再次登上车，继续未完成的游街。

汽车在驶过运输队的时候，林松看见烧炉子的老丁头慌忙不迭地跑进了院里，躲进了屋子里。

这老丁头的胆子可真小，被一个"犯罪分子"就给吓到了，林松思忖着。也难怪，这偏远山区里可从来没有出现过"犯罪分子"呢！

一路上，林松的心情很是坦然，甚至还和路边看热闹的熟人打着招呼。

"老李，你欠我的那顿酒啥时候兑现啊？"

路旁的老李讪讪地笑了，不好意思地摸着他那已经谢顶的光头。

但当汽车拐向通往医务所的道路时，一阵沉郁笼罩住了林松的心头。再坚强的男人内心里都会有一处柔弱的存在，那里是经不起任何风吹雨打的，即使一片树叶放进去，也会被蹂躏得血肉模糊。林松内心的柔弱所在，就是施彤。

在看到医务室的那栋房子时，林松有些后悔自己的莽撞，自己是否应该在那份"认罪书"上按下手印呢？

出来瞧热闹的医生人群中，并没有看到施彤的身影，但林松知道，她一定会在某扇窗户后看着自己。一股悲凉之感从他的心头升起。他知晓，不管别人怎么想，自己原本就和施彤有些距离，而如今这距离越来越撕扯得远了。

看着游街的汽车远去，施彤颓然坐在椅子上。别人不了解林松，她可是知晓得一清二楚啊！若是说他是"犯罪分子"，她是第一个站起来反对的。

事情总会有真相大白的一天。

天彻底黑下来后，她用酒精炉精心做了一顿饭，放在饭盒里，又用毛巾层层包裹，以防饭菜过早凉下去。以前她在遇到波折时，都是林松想尽办法帮助她，如今该轮到她来照顾他了。真是风水轮流转啊！

在关押林松的学习班住所门前,她向门卫说明了来意,要进去见见林松,顺便把饭给他。

"你先等一会儿,我进去问一问。"门卫很大度地说。这让施彤很感激。人在落难的时候,任何一个笑脸,都分外让人感动。

门卫很快就出来了,看了看她手里包裹着的饭盒,无奈地说:"他说他已经吃过了,现在想要睡觉,不想见你。你还是走吧!"

第二十三章

今天是谷云峰大喜的日子,他结婚了。

经过漫长的拉锯战,在父母的一次次催促下,更是在女方的执着下,谷云峰终于妥协了。原本以为靠"拖"就会有结果的他,很惊讶女方宋爱戎的耐心。三年过去了,这三年中,每次父母和宋爱戎提起结婚的事,他都会以工作忙的理由搪塞过去。但在前方看得一片模糊时,他不能再拖下去了,他必须要给宋爱戎一个交代。

"这是北川局的第一个婚礼,也是咱北川局的大喜事,必须要办得热热闹闹。"连海平对这件喜事下了指示。

这让原本想静悄悄地将婚结了的谷云峰,只有随着大伙走。他是很体贴人心的,他知道震耳的鞭炮声,会在另一个人的心底留下伤痕,那个人就是林鹃。但如今想低调也无法低调了。而宋爱戎在还未结婚时,通过谷云峰和连海平见过面后,三言两语就将自己从商河林业局调到了北川局检验队,这让谷云峰很惊讶她的能力,感到自己从前真是小瞧了她。

这场婚礼确实办得很隆重,连海平将局里能用上的资源都用上了,所有的汽车都披红挂彩用来迎接新娘子。这场面让前来参加儿子婚礼的父母深感骄傲,在心底里感到当初儿子执意要调到北川局,真是一个正确无比的决定。

北川局的大食堂根本放不下那么多人，大家在大院内用木板临时搭建了长长的桌子，用来吃饭。几乎全局的人都来了，而供销社里的酒被买空后，谷云峰发觉还是不够，只好去一些人家中借酒。每借一家，都用小本子记下来，以后好还给人家。

林松坐在角落里，看着人声鼎沸的食堂，心里真是有说不出来的感慨，不是为自己，而是为自己的妹妹林鹃。

在和谷云峰道了几句贺喜的话后，林松没有吃饭，而是走了回去。

谷云峰和妹妹林鹃的事，林松是知晓得一清二楚的。可以说，在三年前，他从心底里也是一直将谷云峰当作妹夫来看待的。特别是刚建局时，谷云峰突然调到北川，他就知道这是奔着林鹃来的。但这世间的事情就像天气一样，突然间就变化多端，一阵风后，一切就都变了模样，任怎么回头，也找不回来了。

他的外甥林雪生，今年已经三岁了，可他的父亲韩建国却还是没有踪影。

等自己的事情告一段落，应该去找一次韩建国了，他想。不管什么样的结果，总该有个结局，否则林鹃是不会死心的。前段时间，父亲曾托人给她找了个对象，男方是营林队里伐木的，人很老实，对她带着个孩子的事也不放在心上，但被林鹃拒绝了，拒绝得很干脆，对父亲直截了当地说："如果你再逼我，那我就带着孩子出去，自己找个住的地方。"

林山东彻底死了这条心。

"那你这丫头就死等吧！"林山东又爱又气地说出了这句话。因为林鹃的事，林山东这三年明显见老了，满头的白发，无时无刻不在提醒着他的烦恼。

林松的改造学习期满后，被分派到了山场作业点上烧炉子。因这种工作在春季是没有活可干的，这里的春季是防火期，每日呼呼的山风和满山的木材，是不允许进山伐木的。北川建局这几年来，相继发生过几次山火，但由于扑救及时，并没有酿成大的灾害。

作为"改造"的对象，是不可能让他每日里这般清闲的。由于猎熊行动每日都在进行，成帮结队的民兵们在军代表陈忠国的带领下进山猎熊，而每日带回来的各种狍子、鹿、犴，以及三两天猎到的一只熊，他们在狩猎的时候很有兴致，但回来后却成了累赘，谁也不愿意在累了一天后再去扒皮开膛处理猎物。陈忠国就将这些琐碎的事务都交给了林松，并告诉他，这是组织上对他的考验。

每日里，林松就和这些猎物的尸体打着交道。最多的一次，他在一夜间将二十多只狍子和一只熊剥皮、开膛，处理肢体。

那段日子，北川局所有的职工们每日里都能分到一些动物的肉，吃得不亦乐乎。只可惜，一直到冬季来临的时候，民兵战士们也没有猎到白色毛发的熊。

"肯定是到了夏天后，熊的毛发又变回了原来的颜色。"陈忠国说。面对连海平的质问，他也只能这么说了，更何况在他的内心里，早就觉得那两只被认为是白色的熊，肯定是谷云峰他们在惊吓之中看花了眼。

从春季开始的狩猎一直持续到了冬初，狍子、鹿、獐子之类猎到的就不说了，单单是熊，他们就猎到了二十多头。

"方圆二百里，是不会有熊的了。"陈忠国对这一点很自信，向连海平拍着胸脯，打了保票。

连海平半信半疑。每一次猎来的熊，他都曾亲眼看见过，没有见过白色的熊，可随着猎来的熊越来越少，到最后几乎都很难再猎到熊，就连熊的脚印都难以见到踪迹时，他相信了陈忠国的判断。

大兴安岭南坡的木材经过了十多年的开采，储存量已经在急剧减少，大量的木材生产任务压在了新建的北川局头上。在前段时间，连海平去地区开生产会议的时候，就已经形成了决议，加大北川局的木材生产量。至于人员的问题，一是从南坡抽调一部分生产人员，二是从内蒙古林区继续调进大量人员。在这样的形势下，北川局向深山深处继续开发，已经势在必行。

冬季来临前，连海平又相继在大山深处成立了河东、三岔岭、兴盛三个林场。这样一来，冬季木材生产季节里就可以从北川的四面八方，源源不断地将木材运到北川来。

谷云峰被连海平分到了三岔岭林场。谷云峰由于上一年拉运木材的产量位列全局第一，被评选为"五一劳动模范"，不仅出席了地区的劳模表彰大会，连海平更是借此将他提拔为三岔岭林场的生产场长，将他的生产经验向全局推广。他的助手赵庆国则成了三岔岭林场的生产指导员。

谷云峰却有着自己的小算盘，在提拔他为三岔岭林场生产场长时，他向连海平提出了自己的要求："当生产场长倒是行，但头一年，我要当个不脱产的生产场长。"

连海平很是诧异，纳闷地问他："你不脱产，谁来指挥三岔岭的木材生产？"

"木材生产不就是采、集、装那三道工序嘛，这三道工序都在山场上完成，我不脱产，也正好身在生产第一线，不就看管得更细致了嘛！"谷云峰这样解释道。

他实在不好意思向连海平说出实情，就是上次由于熊的出现，让他没有完成那个埋藏在心底很多年的愿望：在一个冬季里拉运出一万米的木材。这次来到新建的林场，木材的储存量非常多，而若是错过了这个机会，随着木材的减少，自己的这个愿望可就真的成了"愿望"了。

他真的不想错过这个机会。

连海平低头思考了一会儿，觉得他说的没什么错，作为一名负责生产的场长，身处一线，更能细致地了解现场情况，也更有利于木材生产。他答应了谷云峰的请求。

1975年冬季，北川局的木材生产达到了一个鼎盛时期。运材汽车每天没日没夜地向山下源源不断地运输着木材，贮木场上整夜里都是灯火通明、亮如白昼，工人们轮班在冰雪中顶着严寒，整理着运下来的木材。在一个夏季里已经被火车运空了的贮木场，重新又堆积起了高高的木楞。火车更是不分昼夜地装上木材，运到山外去。

这年冬天，正是在最寒冷的三九天时，在野外山场负责烧炉子的林松从一名刚回来的工友口中得知了一个消息：施彤患病了，而且还是一种很不好的精神疾病。

"好像是失心疯！"这名工友说。

当时的天色已经完全黑了下来，林松却再也待不下去了，向山场作业点的梁队长说了一声后，就要回到北川去。

"你疯了！"梁队长高喊着。"这数九寒冬的，外面这么冷，回北川的路得有二十公里呢，啥时能走到北川？再着急也不差这一宿了，等明天来车了，你再坐回去。"

梁队长的话是好意，并且虽然林松是以"改造"的身份来到他们这里工作的，每个月的工资只有他们的三分之一，但梁队长却从未将他当作另类，而是像平常工友们一样看待。

"你这时候往回走，这大冷的天是自寻死路。"梁队长说出了心里话。

怎奈林松此时却已铁了心，这里他一分钟、一秒钟都待不下去了。他简单地收拾了一下东西，在梁队长无奈而恼怒的目光注视下，掀开帐篷帘子，头也不回地走进了夜色中。

夜色中，一轮残月挂在南山上，冷冷清清地映照在满山雪原上，经过雪的反光，眼前的大地显出些微的明亮。稍远一些的山岭，黑黢黢的，似一头头蹲伏着的巨兽，在黑暗中潜伏。

静悄悄的山林中，只有他的脚步在雪地上发出"沙沙"的声音。

这样的雪夜里行走，最大的挑战是严寒，此刻的冷是凝固了的。天与地、树木和山岭，以及夜空中显得凝滞的星光，都凝固成一体，向着敢于向它们发出挑战的人发出威胁。

林松将全身包裹得严严实实，除了眼睛和鼻孔，他不让一丝寒气涌进体内。

施彤怎么会有精神上的疾病呢？他默默地想着这个问题。在作业点上，他向刚回来的工友问及一些具体情况时，工友也说不出来什么，只说来去匆匆，听了老婆的几句描述，说北川局里人人皆知，施彤得了精神病，整日里胡言乱语，说些别人都听不懂的话。

从工友的描述中，很像是一种"癔病"。在靠山屯居住时，林松就曾很多次见过鄂伦春猎人的家属患上这种病，但鄂伦春人认为这种病症是被"黄大仙"给迷惑住了，丧失了自己的本性。

自从自己成了"犯罪分子"后，林松刻意疏远施彤，没有再和她接触过。自己的这个身份和任何人接触，都会给别人带来不必要的麻烦。他将心底里对施彤的思念，像这三九天一样，牢牢冻结在心底的某处。

寒冷在他眉毛上凝结的冰霜愈来愈多，以致有些遮挡住了视线。他把手从厚厚的手套中抽出来，使劲揉了下眉毛，将冰霜抹去。骤然清晰的视线，让他停下了脚步。不远处路旁的树丛中，竟有四五双发着亮光的眼睛，在夜色中盯视着他。

林松认出了这是雪狼的眼睛。

大兴安岭的雪狼，素以凶狠彪悍著称，即使是熊，也要让着它们五分。而狡猾才是它们的特性，就像眼下的境况：这些狼肯定是蹲伏在树丛中，想要趁自己走过去时，借机窜出来，来个突然袭击。

黑暗中，人和狼对视着，都在相互打量着对方的实力。依照雪狼的习性，应该早就扑上来了，但近些年来，北川的民兵们进山狩猎时，曾猎到很多只狼，这让雪狼对人们手中一个会发出浓浓火药味道的家伙心存忌惮，从而对人类也有了畏惧之心。

林松将手套摘下，从腰间拔出一把匕首。惨淡的月光下，匕首发出微弱的寒光：这是他的狩猎师父拉夫凯老人送给他的，据说这把匕首已经有了百年的光阴。想起拉夫凯，想起那些年随着鄂伦春猎人每日进山狩猎的日子，心里有了算计。

雪狼犹豫着，向他的方向慢慢凑过来。

他把大衣脱下来，对着月光高喊一声，喝喊声在山谷间回响。趁着狼群不明所以的时刻，他转身跳进雪里，朝着路旁一棵高大的樟子松攀缘上去，樟子松树上枝干虬曲，他并没有费多少力气，很快就来到距离地面十来米高的树干上。

看穿了林松意图的雪狼奔窜过来，将树团团围住，有两只向上攀爬了一下，很快就掉了下来，气哼哼地围着树打转，其余的索性蹲伏在雪里。这样的天气，没有什么能长久待在树上，它们很有耐心地等候着时机。

林松继续向树干上攀爬。他上树可不是为了躲避狼，若是这样爬上树，待上个把钟头，人即使没有被狼吃掉，也会被酷寒冻成冰棍。他上树，是因为樟子松树上都会长出数个包状的枝干，那里面积满了树油，山里人向来都用这种圆锤状的树干劈碎后，用来引火，这个东西在这里有个形象的名字：松油包。

林松向着最近的一个"松油包"爬过去。只要有了这个东西，引起火来，一向怕火的狼就不敢靠近了。

第二十四章

终于折断一个"松油包"后,林松这才松了口气。双手已被冻得麻木,树干上的寒风冷飕飕地不断带走他身上的热量,在这样的情况下,他是坚持不了多久的。在短暂地把手放在胸口暖和一会儿后,他用匕首开始小心地削"松油包"的外皮。

他脱下的那件大衣,有两只雪狼不停地在撕咬,看来也和他一样,大衣坚持不了多久,就会被狼撕碎。

"松油包"削好后,他掏出煤油打火机,接连擦了四五下,却没有任何反应,看来是寒冷的天气把打火机里的煤油冻住了。无奈,他只好把打火机放在胸口里,捂上一阵子再说。

树下的狼群突然发出一阵不安的呜呜声,集体向着一个方向凝望,躁动地走来走去。树干上的林松也听到了一阵林间雪地里传来的声音,寂静的深夜里,踩断林间雪下枝条的声音越来越清晰。

单是从这显得厚重的声音中,林松知道来的会是体型比较巨大的动物。真是祸不单行!长久地在夜色中凝望,他的视力已经适应了黑暗,没有经过多久的时间,高处的他首先看到林子里走出个和雪色一样洁白的庞然大物。

他心底一沉,这不就是连海平和陈忠国找了快一年的白熊吗?夜色中虽然看不清这头白熊是否缺少一只耳朵，但熊的轮廓在月光的映照中，清晰地出现在那里。

第二头白熊很快紧跟着也出现了。当第一头白熊跃上公路的时候，向着雪狼发出一阵吼叫，狼群四散而去，窜进林子里，不见了踪影。

白熊嗅到了树上林松的存在，抬起头来向树干上凝望。林松再次将匕首握在手上，勇气让身上的寒意减少了许多。但勇气并不能减少眼前的危机，他很清楚，即使自己身在树干上，可以用匕首对付企图爬树的熊，但自己是坚持不了多久的，用不了多长时间，自己就会被冻得全身麻木，跌下树去。

出乎他的预料，熊却没有爬树的企图，在向树上凝视了片刻后，和另一只熊一同来到已经被狼扯得不成样子的棉衣前，俯下头，对着他的棉衣嗅了片刻，抬起头来凝视着树上的林松。

这次，林松看清了，这就是那只缺了一个耳朵的熊。

林松与熊对视着。

其中的一只熊对着黑暗的丛林高吼一声后，两只熊才摇摇晃晃地走开了。

林松舒了一口气，悬着的心放了下来，这才觉得半个身子已经被冻得麻木了。

打火机终于发出微弱的火苗，把"松油包"引燃，火势逐渐旺盛了起来，将手烤得恢复正常后，他爬下树来，把那件已经缺了个袖子、棉花扯露的棉衣穿在身上，举着熊熊燃烧的"松油包"，快步向北川局走去。

施彤患病，是在悄无声息中就得上的。最先发现她不太正常的，是和她一起居住的靳红梅。那天天黑后，施彤心情烦闷，就走出了宿舍，来到雪地里走了一圈，她想让冰冷的空气把乱如麻般的烦恼理出个头绪。

烦恼这个东西是无法用思维将它赶出心田的，越思越乱，越想越烦。林松对她的刻意躲避，她全都知晓，也明白他是为了她好。这年头，不论是谁，和一个有前科的人纠缠在一起，是会对个人带来决定性的影响。作为一个从城市里来的人，她对这一点看得很清楚。也正是因为这些，她对林松的负罪感更加深刻。林松不能来看她，是由于他的身份，他有自知之明。而她自己呢，不也是由于胆怯，不敢再去找他吗？

　　林松在道义上是不自由的，但自己却是自由的！

　　整个黑夜都化作责问，严严实实地向她压过来。她想对着黑夜高声大喊，甚至责骂。

　　施彤回来后，同屋的靳红梅见到她居然用一种从未见过的姿势，像很多这里已经结过婚的半老女人那样，盘腿坐在床上。靳红梅很惊诧。

　　半夜，靳红梅被一阵嘀咕声惊醒，她转头望过去，这一望差点让她惊得跳起来：只见施彤仍旧保持着先前的姿势，盘腿坐在床上，嘴里在不停地嘀嘀咕咕，黑暗中有股说不出来的诡异。

　　"施彤！施彤！"她高喊着，"你这是怎么了？怎么还不睡觉？"

　　施彤对她的话置若罔闻。靳红梅听到了一声叹息声后，接下来发生的事简直吓破了靳红梅的胆：施彤竟然唱了起来，在这深夜里。

　　"那一天哪，

　　　俺走出了家门，

　　　却再也回不去，

　　　曾经的家园。

　　　……"

　　靳红梅顿时感觉头皮发麻，再也不敢听下去了，抱起床头上的衣服，跳下床，打开门，用最快的速度逃了出去。

　　连海平带着人来到后，却见到施彤已经躺在床上睡了过去，并没有看出任何异样，于是只好作罢。靳红梅却再也不敢和她住在一起了。

　　第二天清晨，北川局的不少人看见走出来的施彤，不得不相信昨夜靳红梅所说的话：只见施彤披头散发地走在大街上，每看到一个人，就会对着这个人高喊:"把俺的家还给俺!"

这哪里还是从前那个温柔和善的施彤?简直就是一个疯婆子。来往的人连忙避开。

为了防止她被寒冷冻坏,连海平让人把她架到医院去检查一下。侯德海觉得自己有这个义务来帮助这个忙,因为北川局里谁不知道她和林松的关系,而自己又是林松的好哥们。

"走吧!跟我回去吧。"侯德海尽量用温柔的语气说,在他的心目中,施彤早晚会是自己的老嫂子。

施彤却瞧也不瞧他,自顾自地唱着:

"雕梁画栋已不见,

断瓦残垣一片。"

侯德海伸出粗壮的手臂,一把抓住她的手腕,事情紧急,他也顾不得繁文缛节了,只想把施彤拽到医务所去。但他怎么也没有想到,手无缚鸡之力、身躯单薄的施彤,这时竟变得力大无比,见他来拽自己的手腕,勃然大怒,抬起脚,就把侯德海踹出了三米外的地上。然后居然蹿上去,骑在侯德海的身上,像男人打架一样,拳头如雨点般地砸在他脸上。

"救命啊!"侯德海被打得蒙头转向,简直没有丝毫的还手之力,他顾不得羞耻,高声呼喊着。

赶来的民兵们冲上前去,把施彤使劲控制住后,侯德海才狼狈地从雪地里爬起来,鼻子冒着血,眼眶瞬间青肿起来。

医务所的医生们对施彤进行了初步的检查后,也没有看出她究竟得了什么病,只好暂时先给她注射了镇静剂,让她先睡下,观察一天再说。

夜色再次降临这片山岭的时候,施彤醒过来了,还未等医生走上前去问些什么,她跳下床,拎起一把椅子,把病房里砸了个稀巴烂。

等到医生们带领着民兵们赶到时,整个医务所已经快被她砸了个遍,到处杯盘狼藉,玻璃残破。刚刚赶到的陈忠国冲进房间,就被迎头一块木板砸中额头。

"反了天了，赶紧把她绑起来！"陈忠国怒不可遏，指挥着民兵们冲上去。

被绑在床上的施彤居然"哈哈"大笑起来，看着眼前狼狈不堪的人们，居然又用粗鄙的语言骂起了他们。

众人感到骇然。这样的语言，绝不能是眼前这个文弱的小姑娘能骂得出口的。

"要我看，这明显是被黄大仙附身了。"一个民兵悄悄地说。

陈忠国捂着额头上的包，又气又恼，作为一名无产阶级战士，他是不应该相信那些牛鬼蛇神之类的，可眼前的情景，又让他不能不信。

连海平赶到的时候，看到被绑在床上的施彤，心中不忍，想要将她放开，待看到已经被砸得稀巴烂的医务所，只好收起了这份恻隐之心。看着曾经温文尔雅的施彤，如今却像变了个人，他感到骇然。这种情况，可真是头一回遇见。前两天时，他还在和地区的医院联系，要在北川局医务所里派四名医生前去进修，用来提高局医务所的医疗水平，而这四名医生中，排在最前面的就是施彤。因为那次将周鹏抢救过来的事件，让他对施彤刮目相看，就连被请来的商河医院的医生们在看完伤员手术后的情况后，也赞不绝口，不敢相信这是在这般简陋条件下做出的手术。

看着施彤，连海平不禁想到林松。这两人简直就是天生的一对儿。刚来到的施彤接连遇到了两次危险，而这两次危险居然又都是林松救了她。局里的很多人早就将他们俩看成了一对。

"救我三次就嫁给他！"

当初施彤的这句戏言，更是在北川局里尽人皆知。曾经有过三四个刚来到的外地年轻男职工想要追求施彤，但在听到这两人的事后，也都打消了念头。只有一个不知天高地厚的小青年，倾慕她的美貌，想着"窈窕淑女，君子好逑"，对她展开了几番追求，却被侯德海知晓后，把这个男青年摁在雪地里打了一顿,打断了他的"好逑"念想。

连海平几番思虑后,决定让一人轮流来看护施彤,等明天一早派车上山,把林松接回来,征求一下他的意见。

夜半时分,施彤的病情明显随着夜幕的深沉,变得加重了。口中不停地胡言乱语,间或又发出一阵"哼、哼、哼"的冷笑声,有几次险些挣脱身上的绳索,弄得看守的人不得不心惊胆战地时刻检查着绳索的牢固。

突然,施彤眼睛紧盯着门,竟现出恐惧之色。众人正在诧异中,却见门开了,吓了众人一跳。林松推开门,走了进来,他那一身破破烂烂的大衣装束,以及被"松油包"熏黑的脸庞,可把看守的人吓了一大跳。正在喝酒的侯德海在惊愕中,以为林松也像施彤一样,这两人全都不巧地得了"失心疯"。

第二十五章

　　看到被捆在床上的施彤，面容憔悴得已经看不出原来的样子，手腕上勒出的红肿清晰可见，林松的心里一阵抽搐地痛。

　　他快步上前，去解开捆绑施彤的绳索。屋内看护的人有心想要提醒林松，被侯德海制止住了。

　　屋内的众人感到奇怪，方才施彤还在拼命挣扎，痛斥着他们，而随着林松的推门而入，施彤竟安静了。她静静地凝望着他，在他费力地解着她身上的绳索时，施彤不停地巡视着他。片刻后，竟面有惧色地说了一句："你来了。"

　　众人面面相觑，这难道就是传说中的一物降一物？大伙松了口气，早知如此，早就应该把林松叫回来，医务所也不至于被砸得七零八落。

　　侯德海小声对同伴嘀咕道："这小子身上有'杀气'，能镇住那些邪门歪道。"

　　别人没有感觉出施彤的异样，曾长时间和施彤相处过的林松，却明显地从这句话中觉出了异样。

　　"是呀，我来了，你这祸闯得可不小啊！我来时看到医务所被砸得乱七八糟，都是你干的吧？"林松试探着问。同时，在遥远的记忆中，他想起了鄂伦春老猎人拉夫凯，曾经带着他去给一名鄂伦春妇女看"癔病"的经历，那名妇女突然间发起疯来，用二齿挠子把自家的男人打伤了。

眼前的这一切似曾相识，都是眼神中仇恨带着恐惧。

"怎么样，这些年过得还好吗？"漫不经心的语气，林松仍旧在试探着。

"刚开始过得可嗷嗷地好，后来就忒不好了。"施彤说出的话，居然有着浓浓的东北方言。说完这番话，似乎是想起了什么，将眼睛睁得大大的，大喊了一声："都怨你！"

伸出拳头，作势要打林松的样子，但最终还是将拳头放下，将身体缩回到床里。

众人一头雾水，不明所以。虽然看不出端倪，但他们还是看出来了，施彤根本就没有因为林松的到来而变得正常。很可能，眼下变得更不正常了。

"事情总不能就这样耗着呀！你说说，该怎么办？"林松说出的这句话，和当年拉夫凯给那名鄂伦春妇女看病时说的一模一样。所不同的是，当年拉夫凯是盘腿坐在炕头上，嘴里叼着根半米长的烟袋锅子。

"俺要和你结婚！"施彤的这句话，让在场的人大吃一惊，仿佛刚才听错了。看着方才还凶巴巴的施彤居然扭捏了一下后，"腾"地站了起来，直立在床上。

"没错，俺就是要和你结婚。"施彤好似宣言一般，跺着脚喊着。

若不是深夜，众人都要笑出声来。只是窗外黑漆漆的夜，让大家感到这并不好笑，反而有些瘆人。

林松低下头沉思了一下，说："若是这样，你就满意了呗？"

"那当然！"

"好！一言为定。我们结婚！现在就结！"林松高声说，并脱下了已经褴褛不堪的棉衣。

临时选出来的主持人侯德海，嘴里好似含着半斤高粱米，发着颤音喊着:"一拜天地!"

林松和施彤对着窗外浓重的夜色,跪拜了三下。

"二拜高……高……二拜来宾。"

对着一旁的众人,施彤欲要下跪,被林松挽住,二人鞠了个躬。

"夫……夫妻……对拜!"

看着已经抢先跪下去的施彤,林松也随着跪了下去。

滑稽的场面中,竟也有一股庄重的气氛。只是在深夜里的拜堂,怎么看都有一番诡异掺杂在里面。

"这下你该满意了,可以走了吧?"林松如释重负般地说。

"走?俺才不走呢!这就是俺的家,俺哪儿都不去。"施彤嬉笑着说。

林松的脸上浮出一阵愤恨,盯视着眼前的施彤。

"你不用瞧俺,别人怕你,俺可不怕你!"

施彤说完这番硬气的话,居然又手舞足蹈地唱了起来:

"那一天啊!

俺走出了家门,

却再也回不去,

曾经的家园。

……"

"唱得好,唱得好。"林松拍着巴掌,高声喝彩着。

随后林松随着她的节奏居然扭动了起来,赫然像个新疆人那样,脑袋晃来晃去。

众人看着没心没肺的林松模样,苦于无法上前阻拦,却不知此刻他的内心已经焦灼得起了火。拉夫凯老人治愈那名鄂伦春妇女后,曾对他说过,癔症时间越长,对病人的伤害就会越深。

施彤也学着他的模样,将手臂摆动起来。林松转到她的身侧,猛地转身,伸手快速地一把抓住施彤的左臂腋下,推至墙上。顿时,施彤的身躯如一滩泥般靠在墙上。

林松的这番动作又快又准，果然如他观察出的结果一样，在施彤的左臂腋下有个隆起的疙瘩，鸡蛋般大小。他抓住疙瘩再不肯放手，右脚伸出一勾，把不远处的医用橱柜勾到身前，另一只手拽开橱柜，从里面拿出一管注射针，作势要扎向腋下的疙瘩。

"哎呀，饶了俺吧！饶了俺吧！"施彤哀号起来。

"以后你若是再来，我一定会把你放在炉子中烧成灰烬！"林松几乎用喊的声音恶狠狠地说。

"你走吧！"林松松开了紧紧攥住的手掌，转过身去。

"好狠的人哪，俺可是你的媳妇呢！"施彤哭哭啼啼地诉道。

"快走！"林松严厉地喊了一声。

施彤没了声响，待林松再次转过身来，见她瘫倒在墙边，目光痴迷地望着眼前的一切。

林松连忙把她扶起来，放到床上坐下来。她看着眼前的林松，以及他身后一帮人诧异的目光，想破脑袋也想不起来这是什么情况。

"这……这是怎么了？这是在梦里吗？"施彤小声地问道。

"没什么，这当然是在梦中了，只有在梦中才会看见很多稀奇古怪的事情。"林松同样用很小的声音，温柔地说。

"那就好！那就好！我很困，我想睡了。"

"睡吧！睡吧！"

疲惫至极的施彤很快就睡过去了。

林松用棉被将她包裹住，示意侯德海在前面开门引路，将她抱回了她自己的宿舍中。

安顿好施彤后，林松来到走廊里坐下。其余的人们都已经回家了，只有侯德海，深夜里愣是敲开供销店的大门，赊了两瓶酒和四瓶罐头，颠颠地又跑了回来。

看到食物，林松才想起来，自己走了半宿，此刻确实是腹内空空了。

两人盘腿坐在冰冷的走廊地面上，你一口我一口地喝起酒来，悄悄地说着话。直至太阳冲破严寒的黑夜，从东山上露出红晕的光芒时，林松才扶着已经醉得走不动路的侯德海回去了。

直至天已大亮，施彤才醒过来，只觉得脑袋"嗡嗡"地响个不停。昨夜里好似做了个挺可怕的梦，说是可怕，是因为在梦里影影绰绰的，好像有个凶恶的怪物，准备要随时吞噬自己；但梦里却又有自己一直惦念的人，站在自己面前，保护着自己。

真是心有所想，梦有所感啊！她在心里嘲笑着自己。

洗漱的时候，她被镜子中的自己吓住了：头发蓬乱，面容憔悴，好像半个月没有洗脸似的脏污。猛然间，她看到自己的双手，居然都红肿得可怕。

昨夜自己真的只是做了一个梦吗？

她跌坐在床沿上，苦苦思索了半晌后，却没有半点头绪，脑袋中犹如糨糊般混沌。

去食堂打饭时，她见到别人看自己那异样的目光，她知道这里肯定有自己所不知道的事发生过。想到这一点，她连饭也顾不得吃，来到平日里谈得来的一名医生家里，从她口中终于知晓了自己这几天来的荒唐行为。

第二十六章

陈忠国带着民兵连上山猎熊去了。

林松把自己在回来的路上遇到白熊的事告诉了连海平。连海平吃惊不小，连忙通知在山林中的作业点，并配发了枪支，若是再出现一次熊伤人的事件，自己头上的这顶乌纱帽肯定就保不住了。对于这一点，他决不能大意。

"要不我看就让林松去猎熊吧！若是猎到了这两只熊，算是戴罪立功，我们就给他平反。"连海平对陈忠国提议，他想给林松个翻身的机会，这法子也算是曲线帮助他一下。

陈忠国的脑袋却摇得像个拨浪鼓："这绝对不可以。海平同志，这是严重违反组织纪律的，给一个'改造分子'配发枪支，这是什么性质？若是出了任何的纰漏，你我都担待不起，绝对不行！"

"那你去猎熊吧！"连海平气得撂下这句话，甩袖走了。

这次进山，陈忠国像从前在部队里摆兵布阵一般，做了很多准备。来到发现白熊踪迹的地点后，他将民兵们分成三组，排布成一个扇形，沿着白熊走过的脚印，进入山林中搜寻。

陈忠国这次进山是憋着一肚子火的，连海平屡次提议要让林松进山猎熊，语气中明显对他组建的民兵连瞧不上眼，认为他们根本就不可能把白熊猎到。

　　他对连海平有意见，可不是一天两天了。在陈忠国刚来到北川局时，他张罗着把北川局的民兵组织扩大，并时刻把对民兵组织的训练放在第一位，却遭到了连海平的阻挠。这说明连海平的头脑中根本就没有真正的政治意识，严重缺乏政治斗争思想。

　　国家千辛万苦开发大兴安岭北坡，难道真正的目的只是要采伐这里的木材吗？这完全是错误的，这只是其中很小的一个目标。而真正的目的，是要在这里构建起一道边境防护的前沿阵地，以防来自北方的军事威胁。

　　连海平完全忘记了"珍宝岛事件"，作为一名党的中级干部，眼里却只有生产木头，把平日里用来训练民兵的时间都用来生产，这是多么的短视！他瞧不起民兵组织，却忘了当年打赢小日本、打败国民党部队的，不都是民兵组织吗！

　　这完全是政治上的浅薄意识。如果民兵组织训练得当，完全可以构建起抵挡北方军事威胁的第一道屏障。他连海平完全不懂这里的政治意义。

　　想到这些，怎能不令陈忠国感到气愤！但气愤归气愤，猎熊这件事，确实让他感到气馁。堂堂的民兵连，居然连两只熊都打不死，这也让他难以开口向连海平提出增加民兵训练经费的建议。

　　如果把这两只熊打死就好了，他就可以名正言顺地提出要经费，增加民兵训练时间的要求了。这也是他极力反对让林松来猎熊的原因。

　　沿着前些日子熊走过的踪迹，陈忠国指挥着民兵们翻过了一座山，在山后的沟塘里，他们终于发现了熊新走过的痕迹，而且在雪地上还遗留着被熊吃剩下的狍子皮和骨头。

　　大家一阵兴奋。看来那两只白熊就活动在这片山林中。

　　快有一年的时间了，大家一直在寻找这两只白熊，每名民兵队员都用山上的狍子、野鸡练熟了枪法，可连白熊的毛都没有看见。现在好了，那两只该死的白熊就在眼前了。

一路搜寻过去，大家又爬上了另一座高山。走得大伙浑身冒起热汗，头上的棉帽子挂上了厚重的霜花。

"快看！那是什么？"一名民兵指着山脚下一片空旷的雪地，惊奇地喊道。

陈忠国的视力没有这名民兵的好，他急忙从挎包中拿出望远镜，对着那里瞭望。

镜头里终于出现了他千方百计想要寻找的白熊。

白茫茫的雪地上，两只白熊慢慢地走着，偶尔回过身来，望向他们这里。若不是有雪面上黄草的衬映，还真的很难发现白熊。

真是"踏破铁鞋无觅处，得来全不费工夫"，陈忠国的心里一阵兴奋，急忙指挥大家兵分三路，向山脚下赶去：中路慢走，两边快赶，形成包围之势，务必在天黑前结束"战斗"。

下山的路是山的背阴坡，雪厚得没过大家的裤裆，每走一步都要付出不小的力气。等到大家气喘吁吁地赶到山下时，白熊早就没了踪影。从雪地上的痕迹来看，白熊又走到了另一座山里。

这种追击方法，人怎么能走过常年在山里活动的四条腿的熊呢？

不止民兵们，就连陈忠国也感到无望了。再追赶下去，回去的路程可就天黑了，这寒冬腊月的，若是在山林里迷了路，一夜之间人都得变成冰棍。想到这里，心中踌躇不决。

正在犹豫间，对面半山腰间传来一阵熊的吼叫声，随着山风回荡不绝。陈忠国心头一喜，从熊吼的声音判断，距离他们并不是太远，只是由于山间树木太密，看不到熊。看来追熊的人累得够呛，那熊也同样累了。

"熊就在半山坡上，大家继续保持原先的队形，子弹全部上膛，一鼓作气，晚上回去吃熊肉。"陈忠国下达了作战的命令。

这片山林里长满了高耸的白桦，密密麻麻地一棵紧挨着一棵。白桦和林间的雪相互映衬，显出一片白茫茫的世界。

来到半山处，仍旧不见熊的影子，只看到厚实的雪地上，两行新走过的熊迹依旧向山上延伸，留下的一坨熊粪还在冒着热气。

陈忠国吐出一口腾腾热气，累得浑身酸痛，心里念叨着"宜将剩勇追穷寇"，咬咬牙，继续带领着民兵向山上追去。

山尖上的风光果然壮观，四下里群山连绵，逶迤到天尽头。白雪苍茫，天际浩荡，一轮残阳挂在西山处。

看到残阳已经快要落山，陈忠国才感到不妙，回去的山路还要翻过三座山，而冬季这里的太阳三点多钟就会落山。

"赶紧站起来，往回走！"他连忙将民兵们叫起，一边让他们往回走，一边吃些干粮充饥，他知道不能再耽搁了。

太阳一落山，凝重的寒气又重新笼罩住了这片山林。大伙尽可能用最快的速度往回走。翻过一座山后，天空已经昏暗下来，森林中影影绰绰，好在他们从地面上的雪迹可以辨认出来时的路，不至于迷失方向。

看来肯定是要走夜路了。趁着天空还有些朦胧的亮度，大家用枪打下了四个"松油包"。很快，树林中就看不清路了，星星在头顶开始闪烁。大家点起"松油包"，急匆匆地深一脚、浅一脚地往回赶路。

在开始翻越最后一座山时，走在队伍中间的陈忠国，胳膊突然被民兵小李子抓住，小李子哆哆嗦嗦地说："后面好像有东西在跟着咱们！"

陈忠国皱紧了眉头，回头向后面凝望，可黑沉沉的森林，火光所及之处十分有限。

"你是听见什么了？还是看见什么了？"陈忠国问道。

"我……我原本走在最后，可是我怎么听见后面还有脚步声？刚开始时，我还以为是回音，可就在刚才，我分明听到一声树枝被踩断的声音。真的，我听得很清楚！"

小李子的话，不禁让大家感到毛骨悚然，一阵阵地感到头皮发麻。大家喊里咔喳地把枪拿在手中，看着漆黑的森林。

陈忠国沉思片刻，端起枪来，对着林间黑暗处"乓、乓、乓"地连开了三枪，震得树上的雪纷纷落下。随后，众人聆听了一会儿，森林中只有刮过树梢的风声。

"继续走！"陈忠国说。

可还没有走上五步，一阵雪地里发出的"嚓、嚓"声在东面响起，这次大家都听到了，这声音分明就是在向他们这里奔袭而来。

所有的枪都指向了那里，"乒乓"一阵射击后，林间恢复了平静。

"会不会是熊追回来了？"小李子心有余悸地说。

"那你是太高看这熊了！我不相信这熊有这么大的胆子，肯定是驼鹿之类的，被咱们惊动了，在到处乱跑。"陈忠国肯定地说。

"我想起来了，咱北川局以前那个军代表赵双喜，就是被熊引进山里，后来被冻死的。"小李子道。

但他这句话在大家的心里引起了很恐怖的想象，好似黑暗中随时都会有熊扑出来。似乎是为了验证小李子的话，森林中此刻真的响起了一声熊的吼叫，黑暗中有股摄人的威力。

枪声对着吼叫声处再次响起，子弹打在树干上的声音，分外清脆。

"不要开枪了！"陈忠国大喊，"你们是想把子弹打光啊？"

他的话让大家猛然惊醒，这回去的路还有很长的一段，要是熊就这样一直跟着，他们手里的子弹又能打多久？

陈忠国终于认识到了白熊的狡猾。

白天的时候，就是要引逗着他们进到远山里。如此看来，其他的熊完全不能跟它们相比，这熊是想要和他们捉迷藏，耗尽他们的耐心。

在部队里经过军事训练的陈忠国，略做思考后，权衡了一番。他将十五人的民兵队伍布置成东、南、西、北四个方向的火力点，由专人举着"松油包"照明，然后继续往回走。虽然这样走得慢了很多，可大家的心里多少得到了安慰，相互依靠着，验证了团结确实就是力量。

熊的吼叫声不时地从他们左右传来。

每走百来米，陈忠国就会向传来声音的黑暗中放上一枪，至于能否就此打到熊，他倒是没有抱这样的幻想。而是这枪声能够给他们带来力量和勇气。

面对黑漆漆的森林，而又知晓附近就有等候机会突袭他们的熊，这样的境遇，即使是部队出身的陈忠国也同样感到惊悚，更别说其他的人了。若是不隔三岔五地放上一枪，他生怕自己手下的这些民兵们首先从心理上崩溃，那才是最糟糕的。而枪声是能给人以力量的。

就这样，队伍以一个奇怪的环形，在黑夜中蹒跚前行。尽管拿枪的手已经被冻得麻木，却也不敢放松警惕，生怕随时有熊从黑暗中袭击过来。

熊的吼叫声时远时近。

小李子每迈出一步，大腿根处磨得生疼。原来他一直憋着一泡尿，强行忍耐着，当有一声熊的吼叫距离他们很近时，再也控制不住，将半条棉裤都弄湿了。没有过多久，棉裤变成了硬邦邦的板状。

疼痛让他的眼泪流了出来。

天刚黑下去的时候，连海平见进山猎熊的陈忠国他们一行人还没有回来，感到不安。虽然他对陈忠国不满，但那属于工作上的分歧，并不代表个人的感情。又等候了一会儿后，侯德海前来汇报，说他驾车去往等候陈忠国他们的地点后，等了一个多小时，还不见他们出山来，只好回来了。

连海平知道不能再等了，当即下令把局里能找到的人马上召集起来，又将武装库房砸开，把枪支分发下去，立即乘车赶往他们约定的地点。

一堆熊熊燃烧的火堆点燃起来，照亮了夜空。连海平他们在那里凝听了片刻后，听到了山里传来的枪声，这是一个好消息。连海平立即指示侯德海向天空发射三颗照明弹，这样就可以给他们指示方向了。

当照明弹在夜空中升起，一瞬间，附近的山岭闪现出刺眼的白色光芒，暂时撕开了黑夜。

陈忠国所在的林子里瞬间变得通透，虽然眼睛被冻得针刺般难受，他还是在一瞬间，在不远处的林子树隙间看到了熊。原来一直在跟随着他们的熊，距离他们竟是如此之近。有了支援，他没有了后顾之忧，顷刻间所有的恼火都伴随着子弹倾泻而出，打得树干"噼里啪啦"作响，木屑横飞。直至将枪匣里的子弹全部打光，他才停手。连忙掏出另一个弹夹想要换上，却忙活了半天，也没能将弹夹换上。平日里这样的操作，即使是他闭着眼，也能在顷刻间完成，今天这是怎么了？

好半天他才明白过来，原来是自己的手被冻得不好使了，火光中已经变得惨白，失去了知觉。若不是知道来了支援，这一刻他真要崩溃了。

当终于望见远处公路上的火光时，众人一直紧绷的心才有所缓和。快了，就要回到家了，就要围着火炉烤火了，饥肠辘辘的他们想象着平日里难以下咽的高粱米，这一刻竟是如此美味。

接应他们的人举着煤油火把赶到了，当听说有熊在附近跟踪着他们时，也吓了一跳。仗着手里的弹药充足，众人对着周遭又是一顿盲目地扫射。

这次狩猎是失败的，说失败并不是因为没有猎到熊，差点让熊给偷袭，而是回到局里后，陈忠国和另外两名民兵的右手食指已被冻坏，只能截肢。

连海平到医院去看望他，临走时陈忠国说道："我考虑了一下你的建议，让林松去猎熊，也是个不错的主意！"

连海平沉吟了一下，说："他暂时出门了，什么时候回来，我也说不准，这事等他回来再说吧！"

第二十七章

火车疾驰,用了一夜的时间从北川局驶出了茫茫群山的大兴安岭,来到山外的世界。

走出大兴安岭的山林,对于林松来说可真是破天荒的头一次。

自从他的祖父辈在清末肩挑着全部家当,从山东来到东北,最后流落到靠山屯,就一直住在那里。原本打算等战争结束后就回到老家,但到了林山东这一代,已经对这里产生了依赖,而在靠山屯出生的林松更是对山东老家没有一丁点的印象,更遑论有回去的打算了。

从未走出过山林的林松,坐在火车上,听着"咣当、咣当"的声音,看着松嫩平原上一望无际平坦的大地,一直延伸到天际。火车一路驶过的每一处风景,对他来说都是生命中的一种新奇。

这次能够顺利地出门,还多亏了连海平,因为以他目前的身份是不允许出门的。这次出门,原本是筹谋已久的,可由于囊中羞涩,一直未能成行。他把周边可以借到钱的人细算了一遍,没有一个人能给出他希望的数目。思来想去,他只有去找到连海平,希望能够从局里先借一部分工资。

连海平没有给他开借领工资的条子,而是直接从自己的办公抽屉里拿出了三百元钱给他。

"有好事的时候,可别忘了告诉我一声,我一定要去喝杯酒!"连海平笑着说。

林松只好微笑一下。他知道这次来借钱，连海平误会了他的意思。北川局里现在所有人都知道，他和施彤在深夜里拜堂成亲的事，连海平肯定也是和别人一样，以为他借钱是为了筹备结婚的事。

"我要出趟远门。"他实话实说。

连海平怔了一下，知道他眼下的身份，在组织上是不允许的。略微思索了一下，连海平自以为懂得了他的意思，已经要和施彤结婚了，难道不应该去上海施彤的家中，拜访一下未来的丈母娘和老丈人吗？

在这样的想法下，本着助人为乐的精神，连海平想出了一个办法："这样吧，咱们北川局需要去外面采购一批物资，我给你开个介绍信，你就以采购员的身份去上海，物资清单我会随后告诉你，你先去看一下样品和价格。"

林松知道连海平依旧是误解了他的意思，但他没有说明，以北川局采购员的身份出行，就可以解决很多棘手的问题，特别是办理边防证一事。他只能在心底感谢连海平的好意。

林松坐在靠窗的位置上，迎面飞来的风景正好可以让他看看从未见过的外面世界。

这次出行，是在心底酝酿许久的行动。原本是要在夏天出行的，但一件事情的出现，让他觉得自己不能再耽搁了。

在前段时间回到北川时，他去看望了一下林鹃，顺便把新开到手的工资给了林鹃一半。他知道虽然妹妹从未向他和父亲要过钱，只靠着每月微薄的那点薪水，养活着她和孩子林雪生，那都是靠勒紧裤腰带生活的。

每次给她钱，林鹃都会推辞半天，直到推辞不过去，才会勉为其难地接下。

触动林松心弦的是，当他拿出一把自己手工刻制的玩具手枪送给雪生时，这个已经四岁的孩子冲着他兴奋地喊了声："爸爸！"

就是这一声,让林松内心思绪翻腾,再看看本应如花似玉的妹妹,脸上也过早地有了难以解开的愁绪。

不能再等了,他对自己说,不管事情的结局是怎样,一定要有个清清楚楚的结果。

他找出三年前从一名铁道兵那里要来的地址,他要去找韩建国,问个清楚,给妹妹林鹃一个答案。

火车上的人逐渐多了起来,连过道上也站满了人。坐在林松旁边的两个人被吵闹声吵醒后,从兜里掏出些干粮,开始吃起来。这两人有着明显的外地人特征,身形瘦弱,脸上有着南方人特有的精明轮廓。

"这次的货带少了,居然没够卖,当初要是听你的话就好了。"其中一个留着一撇小胡子的人说道。

另一个用轻蔑的语气说:"你那点肚量,生怕赔了。告诉你,我走过的桥比你走过的路还多,要是当初听我的,至于咱们这趟就赚这些吗?告诉你,最少还得翻一番。"

小胡子连连点头:"是呀!我没有想到这些山里的人这么傻,拿出东西来也不问个价,也从来不往下讲价,要多少就是多少,真是没有想到啊!"

"你懂什么?这些山里人哪里见过世面。就像咱们这次去的叫什么商河的地方,咱们带去的袜子、衬裤,只要一拿出来,马上就有人要,这不比在山外的生意好做多了?"

小胡子再次点头:"有好几个人,你给他找零钱都不要。哥呀,你说这些人是不是傻?"

"他们要是不傻,你我能赚到钱吗?我打听过了,商河里面还有个叫北川林业局的,咱们下次多带点货,去那里再捞一笔。"

"那里的人,肯定会更傻!"

两人放肆地笑起来。

靠在窗口的林松，一股火气涌了出来。他转过身，正对着这二人，用不紧不慢的声音说道："你们以为山里的那些人傻吗？那你们就错了，他们那是在可怜你们，看到你们投机倒把不容易，来到山里不能让你们空着手回去，你们居然连这点自知之明都没有吗？"

两人吃惊地望着林松，相互望了一眼，不敢再说话。林松说完这番话，就已将目光投向窗外的风景，不再搭理他们。

路途是漫长的，经过了三天三夜的颠簸，换乘了四次火车，来到了陕西省黄源县。又坐了半天的公共汽车后，林松对照着地址，黄昏时分来到了一个叫西源村的地方。在向路人打听到韩建国家的位置后，他大步流星地向那里走过去。

在望见那栋低矮的土坯房后，林松的拳头不由自主地握紧了。妹妹林鹃这些年的苦难，都是源于这个男人，他怎能无动于衷？在来到这里的路程中，他曾经幻想过很多种见面的场景，但每一次都想先狠狠地打这个男人一顿之后再说。

屋里没有他要找的人，只有两个年迈的老人，脸上布满了长年在外干农活留下的沧桑，目光有些呆滞，看来应该是韩建国的父母。当林松说自己是韩建国的战友，想要找他时，两位老人连忙热情地把他迎进屋内，给他倒了碗水。

"大叔，韩建国去哪里了？"

韩父疑惑地看了他一眼，说："你既然是他战友，不知道这娃的事？"

林松只好说自己刚刚退役，不知道他的事。

"建国如今在南源村，不在这里！"韩母给碗中续着水，说道。

林松心中一阵失望，问明了南源村的方向，起身就要走。

"哎呀呀，这都天要黑了，也没有车了，去南源要走六十里路哩！你新来乍到的，人生地不熟，可走不了的。"韩父拉住了他。

"是呀！从这到南源村，要走好几道岔路哩！你这娃去，肯定迷了路!等明天有车再去哩!山洼里,有狼哩!"韩母也拦住了他。

林松只好留了下来。两位老人张罗着要做饭,被他制止了,拿出自己在火车上买的干粮,就着水简单地吃了一口。

"大叔,韩建国不和你们住一起,难道……他结婚了?"林松试探着问。

韩父叹了口气:"哎,就算是吧!"

这句话勾起林松心底的愤怒,随后又被疑惑替代。

"这……怎么能说就算呢?"林松问道。

"你是建国这娃的战友,应该知道他在部队里闯的祸吧?

当时有个战友为了救他,被砸死了。"

林松点点头,那名牺牲的铁道兵战士的棺椁,还是他连夜和工友们制作出来的。

接下来老人的诉说,不但把他心里的怒火都消融了,还让他一夜无眠,唯有叹息。

原来韩建国被强制退役后,回到家中,原本打算把家里安顿一番后,就继续回到大兴安岭。但他心里有个心结想要了结,那就是因他的缘故而牺牲的战友,家就在附近的南源村,他想要前去看望一次,给他的父母磕个头,否则这道心结会永远挂在那里,日夜折磨着他。

韩建国来到牺牲战友的家里,眼前的惨状却让他难以自持。在得知儿子已经牺牲后,这名战友的父亲在噩耗中心脏病发作,当晚就去世了,而战友刚结婚两年多的妻子,在这种打击下也精神失常了,整日里疯疯癫癫的。

见到这样的情景,韩建国的心里怎是一个内疚就能了得的。

当他穿着一身铁道兵的服装出现在这个家里时,牺牲战友的母亲却不接受他的道歉,拿着拐杖将他轰走。就在此时,疯癫的媳妇回来了,看着一身铁道兵服装的他,竟高兴地抱住了他,大喊着:"宝金,宝金,你可回来了。俺就知道你会回来的,他们都骗俺,说你死了,俺就知道他们在骗俺。"

任谁向她解释这不是她的丈夫,她也不相信,自管抓住韩建国的胳膊,就是不松开。韩建国走到哪里,她就跟到哪里,韩建国回到自己的家中,她也跟随至此,日夜不分开。不管是谁,即使是她的娘家人来扯她,她都会死命地抓挠。强行分开后,她就会拼命将头向墙上撞,弄得头破血流。

这事,当地政府也管不了。

牺牲战友的母亲行动不便,无人照料,身边又有个时刻将自己认作丈夫的疯癫女人,韩建国别无他法,只能回到南源村,照料起了这家人。

这一照料,就是四年多。

听完韩父的述说,林松惊呆了。在来的路上,他曾设想过很多种韩建国不回来的原因:移情别恋、父母病重,或者干脆忘了和妹妹的事情。很多种原因中,却怎么也没有想到会是这个原因。

唯有一声叹息,才能表达他的感受。

第二天一早,林松坐上去往南源村的汽车。既然已经来了,怎么也得见上一面,虽然这一面并不能解决任何问题。

看到韩建国的时候,林松几乎认不出来了。眼前这个蓬头垢面、笨手笨脚地在院落里收拾柴草的男人,怎能和当初那个朝气蓬勃的铁道兵驾驶员联系起来?而坐在旁边的那个一直看着他干活的女人,一定就是那个叫作"宝金"的铁道兵的媳妇了。

林松的到来,让这个女人警觉地望着他。

见到突然出现在眼前的林松,韩建国在一阵错愕中,好半天才反应过来。不用说,他明白了林松千里迢迢地来到这里的原因。

"林鹃……还好吧?"韩建国的话音带着颤抖。

"你想,她能好吗?"林松淡淡地回了一句,他看到韩建国的脸上居然有些青肿的痕迹。

韩建国无语，两人一起转过头，看着旁边的女人，那女人来到韩建国身边，又紧紧地抓住他的胳膊，生怕眼前出现的这个男人会带走她的"男人"。

"别怕，别怕，这是我的战友，来看我的。"韩建国小声地安慰着。

"始终都是这样吗？"林松问，虽没有指名道姓，但他知道韩建国能理解他的意思。

而韩建国从这句话中，就知道自己的事，林松已经全知晓了。

"是的！就是五天前突然有一点好些了，知道了事情的过程，把我打了一顿。我还以为事情终于可以结束了，但不曾想，第二天又恢复了原来的样子。"韩建国苦笑着说。

两人坐在院落里，相对无言，看着太阳一点点地挪动，看着已经放下心来的女人在院落里捡拾着地上的陈年落叶，放到簸箕中，再蹦蹦跳跳地送到院外。

这世间就是这样，种下的"因"，必会催生出相关联的"果"。

分别时，有一句话林松犹豫了很久，最后还是说了出来，有些事情还是应该让韩建国知道的。

"你有一个儿子，叫雪生。"

趁着韩建国眼眶里的眼泪还没有涌出来之前，林松走了。

第二十八章

这段时间以来,连海平的兴致很高:大半个冬天过去了,生产的木材产量远远超过了预期,地区革委会对他们提出了嘉奖。同时,又交给他们另一个任务,纵向大山深处,再成立一个林业局。为了稳妥起见,这个新成立的林业局先期要以成立一个北川局附属林场的模式,然后再慢慢发展、脱离。

当然,这个决定目前只有很少的内部人员知道。

连海平把靳红梅调到了这个新成立的红星林场担任副场长,这个决议并没有引起别人的异议。这几年来,靳红梅的工作能力有目共睹,先期从宣传队干起,工作作风扎实,又有文化,后来调到团支部工作,同样业务能力很强,把北川局的团委工作干得有声有色,受到上下一致的好评。

时间很快,红星林场在一月末,也就是正逢严寒肆虐的时候,在距离北川五十多公里外正式成立了。这份工作对于靳红梅来说,并不算挑战。在她刚来到大兴安岭北川局的时候,所经历的情况和眼下的几乎别无二致,更别说她还有个强大的后盾——北川整个局的资源都在支援着她。只是再次经历一回住帐篷的过程而已。

这天,靳红梅处理完红星林场手头上的工作后,驱车冒雪回到了北川,关于红星贮木场建设的事项,她还是要和连海平商议一下。

连海平听完她的汇报后,将地图拿出来,一边看着红星的山川地貌,一边看着风尘仆仆坐在一边的靳红梅,内心也不平静。

关于将来红星也要变成一个林业局的事,他没有对靳红梅提起过。将来的某一天,两人就要平起平坐了。

两人之间有些事情是需要处理一下的。

两人围着桌子,商议了好一会儿,最后终于决定把红星贮木场的位置设置在场部的西北方向,这样有利于木材的进入和外运。当然,具体的细节还要和生产科细细商量。商议完了这件事,靳红梅正想说一说别的事时,电话铃响了起来。连海平接起电话听了一会儿,神色变了,不再像方才那般谈笑风生。放下电话后,仰头坐在椅子上,望着天花板不语。

"怎么了?"靳红梅不解地问。

"哎!"连海平重重地叹了口气,"地区革委会来了命令,要把各个局里的'改造分子'都送到地区进行学习劳动改造。咱局里就林松一个,这一去岂不是害苦了他吗!若是不送,可陈忠国同志已经把他的名单报上去了,这如何是好?"

"这可真是一对苦命鸳鸯啊!"靳红梅也感慨万分。要说她最要好的姐妹,就是施彤了。前段时间,就是在施彤的癔症好了以后,她们二人的谈话中,靳红梅很明显听出了她的意思,不管林松眼下是什么身份,她都会嫁给他的。原打算等林松从山外一回来,施彤就要主动去找他,把这层最后的窗户纸给捅开。谁曾想在这节骨眼上,居然又出了这么一档子事。

远在千里之外的林松和北川局来采购物资的人员会合后,原本商议着采购完物资后,一同回去。但在晚间和连海平通话中,他知道了这个消息。

"要不你先在外边待一段时间,等这头风声松了,我再告诉你回来。"电话那头的连海平冒着政治上的某种风险,对他说。

林松沉吟了片刻,问道:"去地区接受改造的最后期限是什么时候?"

"三天后。"

"我今晚就赶火车往回走,我就直接去地区了。"

连海平放下电话,心里又是难过,又是欣慰。眼下政治工作这一摊,由于陈忠国的手被冻伤,处于休假养病状态,这一方面的工作暂时都由他来代理。若是林松真的按他说的去做,躲在外面不回来,他这方面的工作可就难做了。眼下政治运动之风仍是革委会的一项重要任务,周围的人都在看着,稍有不慎,都会惹火烧身。

让连海平心里感到不安的有两件事:一是林松这样的人居然阴差阳错地被弄成了"改造分子",这天理何在?他若是"改造分子",那所有的人都得是了。这事一想起来,就令他心绪难平。另一件事就是处处捣乱的白熊。这个冬天,陈忠国信誓旦旦地进山猎熊几回,不但无功而返,还害得自己截去了一段手指。

这两只熊一天不被猎到,连海平的心里一天就不能安稳。隐隐约约中,他总感觉这两只对人类有着深仇大恨的熊,还会搞出些事情来。

正是有着这样的心理,今年的冬天,凡是进山伐木作业的人员,他都要求配枪。前两天他去谷云峰的作业点检查工作时,见到伐木工人都要一边背着枪,一边伐木作业,他的心里很不是滋味,感到有愧。事情是做得有些风声鹤唳、草木皆兵。但不这么做,又能怎样?

熊伤人的事件,不能再发生了。

原本等着林松回来后,让他去猎熊,可没想到又被地区革委会抓到地区集中改造去了,看来真是天不遂人意。至于本地的一些舞枪弄棒的民兵们,在经历过上一次猎熊时的经历后,谁也不肯再进山猎熊了。

过完年后,春天在一场接一场的雪中悄悄临近,空气中那股彻骨的寒意开始变得柔和,虽然依旧冷意逼人,却没有了往日的凛冽。

三月中旬时,连海平接到了谷云峰那个山场作业点的喜报:谷云峰在这个冬季生产任务中,一台拖拉机居然拉运了一万米的木材。

这个消息让连海平很兴奋，要知道自从开发大兴安岭以来，还没有哪个林业局的拖拉机司机在一个冬季生产中拉运了一万米的木材。

连海平明白了，难怪入冬时，这个谷云峰说啥也要当个不脱产的生产场长，原来在这里憋了个大招。看来自己一直都低估了这个家伙。

连海平决定将这件事当作北川局的一个宣传事迹，向地区汇报。

果然，在连海平的宣传下，冬季生产一结束，谷云峰迎来了人生经历的一个小高潮。先是地区记者的采访，上了《大兴安岭日报》的头版，而后在这年的"五一"国际劳动节，光荣地出席了省里的劳模代表大会。

在送谷云峰进省城的这天，连海平组织了一伙人，敲锣打鼓地把谷云峰送上了火车。这是北川局的骄傲，也是连海平的骄傲。

谷云峰的爱人宋爱戎，挺着快要分娩的大肚子，很想挤到人堆里和丈夫告别，却没有这个机会。只好在人群外，看着令自己感到骄傲的丈夫，欣慰得眼眶湿润。

林松站在远远的车站外，看着意气风发的谷云峰，心里替他感到高兴。但同时他也知道，为了这些，谷云峰得吃了多少平常人难以承受的苦。只要看看现在谷云峰那张被山风吹得黑黢黢的脸庞，就不难想象。

林松是三天前从地区回来的。他被平反了，摘掉了头顶上的那顶"反革命"的帽子。至于平反的原因，可真是一个巧合。

地区革委会开展的"肃清"运动，从上到下开展得轰轰烈烈。先是把各个林业局里的"三反"分子集中到地区进行改造，而后又对各地进行了深入挖掘，以防有漏网之鱼。

在对北川局进行"肃清"运动时，将局里的所有人都进行了大彻查。就在这次彻查中，革委会还真的发现了一条"漏网之鱼"。这个人不是别人，就是在北川局里始终默默无闻、一心只烧好炉子的老丁头。

关于老丁头的来历，北川局里没有人知道。在北川局刚刚成立不久时，他独自背着个残破的行李卷走着来到北川，只要求有个住的地方、有口饭吃就行。当时北川百废待兴,正是各处都缺人之际,连海平见他身体还行,就做主将他留了下来,干一些力所能及的活。

平日里老丁头只顾干自己的活,很少和别人来往,几年过去了,连海平几乎都忘了局里有这么个人。

在这次"肃清"运动中,革委会工作人员在盘查老丁头时发现了端倪。在问他的籍贯时,工作人员听见他明明说着一口地道的东北话,却说是山东的,在1961年时为避饥荒才来到东北。这一点引起了革委会的警觉。要知道,革委会的工作人员大多都具有十分敏锐的观察力,一个小小的破绽顿时让他们警觉起来。在查看了一系列的卷宗、外逃人员名单后,他们终于有了发现。

在1968年时,地区所在地有个地主叫刘茂春,在受到政府的镇压后心怀不满,趁着春季风大草干之时,在森林中放起了火。那把火曾连续烧了二十多天,出动了大量的人力物力才将火扑灭,给人民财产和森林资源造成了不可估量的损失。

事件发生后,刘茂春就失踪了,公安人员在寻找无果后,发布了通缉令。

工作人员在比对了两人的照片后,终于确定这个烧炉子的老丁头就是当年苦寻无果的通缉犯刘茂春。

"这可真是'踏破铁鞋无觅处,得来全不费工夫'啊。"革委会工作人员拍着桌子,感慨不已。

接下来的审讯中,老丁头不仅交代了他就是刘茂春,交代了当年所犯的罪行,还意外地把在北川时,自己曾向陈忠国诬陷林松的事也交代了出来。至于为什么要诬陷林松,他说:"当时我看到陈忠国来找我询问线索,我生怕他发现我的来历,就急忙说看见林松去过军火库旁。"

有了人证,无辜的林松很快就被释放了,回到了北川局。

第二十九章

　　林松在平反后，恢复了原来木材加工厂的职工身份。

　　施彤被派去了地区医院学习，由于这些年对医学知识的积累，她只是缺少一个实践的机会，很快她的医学水平就上了一个很大的台阶。在学习期间，她主刀的几个大手术都获得了成功，让当地医院里的老医生们对她赞叹不已。回到北川后，她很快就当上了医院的外科副主任，成了这里人人皆知的医务权威。

　　在林松刚回到北川时，连海平见到他的第一件事就是告诉他，他的身份和工作都恢复了，第二件事就是让他暂时先不要去上班，先去把那两只祸害北川局不浅的白熊解决掉。

　　有了林松的承诺，连海平终于放下了心，他知道林松是不会让自己失望的。若是有人能猎到那两头狡猾的熊，那个人一定就是林松。

　　只是眼下正是春季防火期，山林中天干物燥，开枪很容易引起火灾。连海平嘱咐他等一等，防火期过后再上山。

　　"已经等了一年了，也不差这一个多月了。"连海平说。

　　林松决定先做几副铁夹，对付已经对人类警惕得很的熊。他不能用常规的办法去猎熊，而几副可以埋设在土里的铁夹，会是个很有效的方法。

　　只是林松的铁夹子还没有完全做成，一场灾难却先来临了，连海平心中的不安终于得到了验证。

红星林场在冬季成立后，到了春季，千头万绪的工作都要抓紧做完。忙忙碌碌中，通往山场运送木材的简易公路向来是第一位，这是决定今年冬季能否实现木材采运的关键。

春季的雪刚刚化尽，设计采运道路的人员就来到了深山里，在原始森林中要规划出一条道路的设计路线，好为接下来夏季修建道路做好准备。

红星林场当年建成，当年生产，这是连海平在红星林场筹建时就定下的规划。

设计队的工作人员一大早就钻进茂密的丛林，继续踏查道路设计路线，居住的临时帐篷中只留下了做饭的老张头。老张头虽然已经年近六十，身子骨倒还硬朗，瘦高的身躯，倒不像个快六十的人。年轻时，在内蒙古林区冰天雪地里抬了半辈子的木头，弄了一身的风湿，如今年纪大了，只好从事一些轻便的活。

设计人员吃完早饭进山后，老张先是躺在木杆搭成的床上小睡了一会儿，待日上三竿时才爬起来，慢慢悠悠地开始准备晚上的饭菜。设计人员进山时带着他做好的干粮，中午就简单地对付一口，并不回来。

五月初的山林中，弥漫着落叶干燥后发出的气味，接连十多天的艳阳天气，让林子里的地气氤氲，把远山笼罩在朦胧中。这两天老张头的肠胃不好，很可能是由于喝不惯山间的泉水导致的。他把帐篷中间的铁炉子填上柴火，给自己做了碗面汤，就着咸菜吃了一口，然后把一大早就泡上的海带洗干净后，肚子里又开始"咕噜、咕噜"地叫唤了。老张头赶紧把手擦干净后，快步走向帐篷外的密林中。

林子中风声呼啸，春季光秃秃的树梢来回摆动，再过个半个月，这些光秃秃的树都将被绿荫覆盖。只是眼下，树枝上的嫩芽刚刚突破寒冬的封锁，冒出个头，探寻着春天的温度。

解决完肚子的问题后，老张头站起来，使劲地吸了两口空气，让蹲得发胀的头脑得到了缓解，慢悠悠地向帐篷方向走去。

一声清脆的树枝被踩断的声音传到老张头的耳朵里。他抬头张望，这一望几乎让他魂飞魄散：一只白熊正半站着身子，向他这里张望。

四目相对。

老张头暗暗叫苦，眼前碰到的这只白熊，不用说，肯定就是北川局里曾经伤害过人的那只熊。在进入山林时，上级领导就通知过他们，进入山林中要时刻提防着熊的出现，尤其是两只白色的熊。进山勘察路线的设计人员，都是要时刻带着枪的，而留给他的那支枪，却被他挂在帐篷上。

揣摩了一下路线，以及熊所处的方位，老张头不敢撒丫子向帐篷里跑，那样无疑是投入熊口。

熊看到了林子里的老张，站直了身子，冲着他低吼了一声。老张头顾不得再去想枪的事，转头就向林子里跑去。只要熊对着人发出吼叫，那就是要对你进行攻击了。这很像古时两军对垒时，相互吹响军号，既是震慑对方，又是给自己壮胆。

不用回头，飞奔的老张头从声音中就感到了追来的熊。这一刻，年近六十的他蓦然回到了二十多岁时，横卧的倒木被他轻松地越过，树木缝隙间贴身一晃而过。但这样的奔跑速度，却没有让身后紧随而至的声音远离，反而愈来愈近。慌张间，一棵枝干虬曲的白桦树出现在眼前，这让他没有别的选择，借着飞奔的速度，纵身跃到树干上，猿猴一般地灵巧，连蹬带抓地爬到树半腰。

惊魂稍定的老张头看着树下，见追来的白熊正仰头凝视着他，立直了身子，作势想要攀爬到树上，吓得他连忙又向上爬了两米。

熊却摇摇晃晃地走回去了。

终于松了一口气的老张头，心脏怦怦直跳，想喊救命，却也知道喊也是白喊。深山老林中，这附近只有他一个人。向着帐篷方向望去，这才发现帐篷附近居然还有一只白熊，正在抓拽着挂在帐篷架子上的腊肉。

两只熊啃食完腊肉后，并没有向老张头预料的那样回到森林中，反而意犹未尽地钻到帐篷里。树干上的老张头眼睁睁地听到帐篷中传出了锅碗瓢盆碎裂的声音，看来这两只熊是饿急了，想要继续在里面找些吃的。

老张头知道晚饭是没指望了，这熊不把帐篷里弄个底朝天，是不会罢休的。真是可惜，若是他出门时带着枪就好了，也不会这般狼狈，险些丢了性命。

帐篷里时断时续的响声偶尔还夹带着木棍折断的声音，看来这熊是爬到了床上，把床都给压塌了。没过多久，随着"咣当"一声，帐篷外面正在冒着烟的铁皮烟囱歪歪斜斜地倒了下来，砸在帐篷顶上。

在过去两三分钟后，他看见那两只熊突然从帐篷中窜了出来，有些惊骇地望着帐篷里面。老张头想着，这一定是熊突然看见了挂在帐篷上的枪，才惊骇地跑出来。但这种想法很快就被他自己推翻了，他已经知道了熊突然跑出来的原因。铁炉子的烟囱倒下来后，冒出的烟无处可去，溢满了帐篷，把熊给呛了出来。

他的这种想法很快就得到了验证，帐篷的四周缝隙里开始不断地冒出烟来。

烟越来越浓。老张头吃惊地发现，帐篷中不断冒出的烟中，居然还夹杂着火苗。

老张头傻眼了。

帐篷着火了。

他想要爬下树去救火，可那两只熊却迟迟不肯离去，反倒很有兴趣地看着眼前的情景。

若不是在树上需要用双手抱紧树干，老张头此刻一定急得拍大腿。

火苗越来越大，顺着帐篷顶先是烧出一个窟窿，火势很快就蔓延起来。

帐篷内突然传出"乒乓、乒乓"的巨大声音，连珠一般响个不停，空气中不时传来呼啸而过的尖锐声响，将那两只熊终于吓得转头逃到了森林中，不见了踪影。

老张头爬下树，却不敢靠近帐篷。帐篷中"乒乒"不绝的声音，他知道是放置在床铺下的子弹被火引爆了，弹头乱飞。自己此时若是靠上前去灭火，那可真是冒着枪林弹雨啊！

待枪声终于消停了下来，老张头才从树后跑出来，可眼前的景象让他不迭地叫苦，整个帐篷都笼罩在火海中。

火势沿着帐篷外的杂草，继续向外扩散。

老张头忍受着热浪，从燃烧的帐篷外拿起一把铁锹，猛劲地扑打杂草上的火苗。帐篷已经是无可救药了，但不能让火烧到山林中啊！若是烧到林中，此时的山林正是枯枝干燥的时节，那才是一场灾难。

好在搭建帐篷时，周围打了一圈简易的隔离带，清理了枯枝杂草，火势没有继续蔓延开来。

老张头围着燃烧的帐篷一圈圈地巡视着，见到哪里地面燃起了火，就赶紧扑灭。

直到整个帐篷被烧得散了架，火势稍小时，老张头终于松了口气，一直紧绷着的神经松弛下来。只要这样再坚持一会儿，火就会小了，估摸着在山林里工作的设计人员若是看到冒起的浓烟，也会赶回来的。

愿望是好的，但老天却很喜欢和人的愿望作对。一股狂风带着掠过山林的呼哨声，把低垂的火苗重新卷起，一时间火星四溅，浓烟裹挟着火星散布到林子里，四下里都起了火苗。

老张头满脸黑灰，抓狂一般地扑打着，这里刚刚扑灭，那里又燃了起来。可风势却没有减缓下来，不时鼓荡的风把地面上的火苗四下播散，变戏法般地从一粒火星，转眼间变成一股熊熊烈火。

老张头绝望了，他知道自己控制不住眼下的火势了。他扔下铁锹，看着火苗不断地吞噬着地面上的杂草、枯枝，然后顺着树干向上攀升，形成一根巨大的蜡烛。

骤然形成的热浪,吸引着空气快速流动,借助着风势,火形成了自己的力量。

老张头眼睁睁地看着火势像一列疾驰的火车,势不可挡地冲进了浩瀚的森林中,吞噬着所有挡在它眼前的一切。

第三十章

红星林场山林着火的消息,通过电话传到连海平这里,起初他并没有放在心上。身居林区,林子中着火的事情是一件很普通的事件,哪一年不都得着上个一把两把火的?

把北川局里的青壮劳力和民兵们集合在一起,约莫有六十多人后,时间已是中午两点多钟,连海平就带着这些人急匆匆赶赴红星林场灭火。

直到站在红星林场附近的山顶上,看着远处山林中腾起的滚滚浓烟,将整个西北方向的山岭都笼罩住,空气中散发出厚重的火烧草林的味道,更是让人感觉呼吸困难。这时,连海平才意识到,这场火和往年发生的山火有着本质上的区别。往年发生的山火,大多是在六月,那时地面上的青草已经冒出地面,遮盖了地表的枯草,着起火来也容易扑灭。但现在是五月初,地表干燥得见火星就着,更让人挠头的是这个月份极易起风。

连海平让手下开车立即到红星林场办公室,给北川局里打个电话,让北川局立即组织人员继续向这里赶来。

"起火的原因查明了吗?"连海平边向山里火场赶路,一边问紧跟在身后的靳红梅。

"查明了,是熊放的火。"靳红梅一脸无奈地说。已经带队进山扑打一阵山火的她，满脸黑灰，一脸憔悴，鬓角上的一缕头发明显被火燎过，少了一块。她的这副样子，让刚一见到她的连海平感到心疼。

"谁放的火？"连海平一时没有听明白她说的话。

"熊，白熊。就是在咱们北川局里曾经祸害过人的那两只白熊。"

连海平站在了原地，沉思了一下，斩钉截铁地否定。

"不可能！如果是熊放的火，那熊岂不是成精了，比人都要聪明了？不可能！肯定是山场作业人员不小心弄着了火，生怕被追责，编造出这个滑稽的原因来。绝不可能！"

"最初我也是这样想的，"靳红梅依旧是一脸无奈，"可设计队里的老张头说得有鼻子有眼，并且还说若是不信，可以去现场查看，他爬上的那棵树下还留有被熊抓过的痕迹。我想着等火扑灭了，我亲自去看一看。"

"不可能，绝不可能！"连海平依旧摇着头，他不相信这种说法。

赶到火场后，用不着连海平去指挥，扑火队员们开始了扑打。常年与山火打交道的人们，谁都知道该怎样灭火。大家先是贴着火场的外围，逐步跟进，把企图向外扩散的山火控制住。至于那轰隆作响的火头，犹如一头疯狂的野兽在树林中左冲右突，大家暂时先放过它，只是在它的前方用油锯放倒树木，伐出一块很大的空场地，等到火头烧到那里时再进行扑打。

扑火工作进行得有条不紊，

"用不用向地区报告？"靳红梅问道。她手上的那把扑火扫帚，只剩下光秃秃的一个杆。

连海平看了眼火势，周遭的火势已经被控制住，眼下只剩下火头在那里肆虐，而火头正向着他们设下的"埋伏圈"迎头挺近，这是好的预兆。

"先不用！"连海平说。

这是个错误的决定。很多年以后，当他想起这件事的时候，他始终不明白自己在当时为什么会做出这样的决定。也许在他的内心深处，他不想让这个一手建起来的红星林场，在地区革委会那里留下一点瑕疵。再小的瑕疵，也会影响到当地干部以后的升迁。

黄昏时分，北川局的第二批队伍坐着汽车赶到了，火头也终于进入了"埋伏圈"。队员们齐拥而上，趁着火势减小之际进行扑打。没有了耸立的高树作为媒介，火只能转入地面杂草。

连海平长舒一口气，胜利指日可待。看来自己刚进山时，看到耸入云端的浓烟时产生的焦虑，是自己过虑了。但不管如何，以后可要严加看管入山人员，这类事端绝不能让它再发生了。

另外，那两只熊……

连海平疲累中，再次想到了那两只熊。关于这场山火是由熊引起的，他绝不相信。等到这场火被扑灭后，他决定亲自去一趟山火发生的现场看一看，这个荒唐的理由是否真有可靠的证据。若是没有，一定要严厉惩戒肇事者，以儆效尤。

天彻底黑下来后，曾经暴虐的火头如今老老实实地在那块固定的场地燃烧着。因为伐倒的树木众多，横七竖八地卧倒在地，现在都在剧烈地燃烧着。忙活了大半天的队员们也都精疲力竭，大家看护在火场的四周，任它在里面燃烧着，只要里面的树木烧没了，火自然就自己灭了。

连海平也像大伙一样，倒卧在草地上。看来今夜就得在这块过夜了。

晚饭是靳红梅带领着红星林场的女职工们做完后送上山来的。吃完饭，连海平将执意要留下来看守火场的靳红梅赶下了山，吩咐她明天要早一点将饭送过来。

躺在火场边缘的草地上，地面竟是温热的，犹如躺在火炕上的感觉。打了个盹后，天已经黑了下来，火场中的火苗不安地跳动着。

蓦然，连海平耳中听到隐隐的呼啸声，那是远处群山发出的。这让他不由得一激灵，"腾"地跳了起来，仔细聆听声音的来处。原本夜幕中远方冷清的群岭，此刻好似沸腾了一样，不约而同地发出呼应。声音由远及近，呼啸声变成了清晰可闻的凄厉声。

好半天，连海平才反应过来，这是起风了！

火场中的火苗开始倾斜，变得壮大，像一头困在笼中的野兽，不安地扭动着躯体。

连海平连忙叫醒睡觉的队员，让大家重新围住火场，不能让这阵大风把火烧进山林中。

随着风势越来越大，越来越猛烈，火场中的火星开始随着风势飞舞，燃起的火焰重新显露出了它的狰狞，不断地向外围扩散。

连海平心急如焚，不断地呼喊着，和大伙一起拼了命地扑打烧出来的火焰。

热浪熊熊逼人，烤炙着队员们，每个人都觉得脸上火辣辣地难受，一些人的衣服烧了起来。

"退后吧！"连海平无奈地喊道。他知道队员们是顶不住借着风势的烈焰的。

得陇望蜀的火焰迅疾壮大起来，借着一阵狂风，"呼啦啦"地窜上了树梢，犹如张开的一面旗帜，一棵树接着一棵树，眨眼间串联起来，发出骇人的"轰隆隆"声，整个天空都被映红。

风势越来越大，就连光杆秃枝的树木也被吹弯了腰，林子中不时传来树木被吹折的声音。

重新形成的火头烈焰旋转着，用摧枯拉朽的力量，再也不受人们的束缚，脱缰野马般快速地冲进了山林，向着东南方向疾驰奔去。

连海平心里叫苦，这火头奔去的方向，正是红星林场的方向。

他带领着队员们奔跑在火线的另一侧，向红星林场跑去。但火头行进的速度太快了，不一会儿的工夫就将他们远远地抛在后边。一路燃烧的火焰腾起四五十米高，天地间亮如白昼。

连海平奔跑着，嗓子里咸咸的，似乎在渗出血来。可他所做的一切没有什么用,只能眼睁睁地看着腾满天空的火焰涌进红星林场,肆意扫荡。

等到他终于跑进红星林场时,此时的红星林场已经变成了一片火的海洋,到处"噼啪"作响,烈焰腾空。当他在附近的一处河流中看到靳红梅和场里的职工时,悬着的心才稍稍放下了些。

看到连海平,靳红梅"哇"的一声哭了起来,不顾周围的人,径直扑到他的怀里。

"有人员伤亡吗?"他沉声问道。

"还……还好,火烧进来时,我和她们都在食堂准备明天的饭。男的都进山扑火了,只有我们了。看见火来了,就都跑到河里来了。"

连海平点点头,没有伤到人就行,林场烧没了,可以再建。

扫荡完红星林场的火焰,却没有停下脚步,继续向山林中扑去。

一瞬间,连海平呆若木鸡。他望着烧完红星后的那把火,此刻的力量集聚得更加壮大,形成了一座山般的大小,轰鸣着继续向东南方向飞驰而去。

"你给北川局打电话了吗?"连海平着急地问。

"没有,我从食堂跑到办公室时,电话线已经烧断了。"

"糟了!"连海平跺着脚叫道。

靳红梅望着火头行进的方向,明白了他的担忧,那个方向正是北川局的方向。刹那间,她感觉自己的心脏停止了跳动。

连海平的吉普汽车,以及拉运扑火队员的卡车,都被司机开进了河流中,陷在泥里。若不是这样,这些车也会沉沦在火海中。

大家连推带拽地终于把吉普车弄了上来。来不及说什么,连海平坐上车,向北川局驶去。

"快点!再快点!"连海平不停地催促着司机。

司机为难地说:"不行啊!连局长,这到处都是浓烟,连道路都看不清,再快就进沟里了。"

"那你就不能又快又不进沟吗！"连海平吼着，这是他第一次对司机发火。

他何尝不知道司机说的是实情，道路上浓烟滚滚，路两旁到处都是火焰，打开的车灯根本就没有一点作用，只能勉强看到前方十来米的距离。可北川呢……那里还有四千多人，此刻还在睡梦中呢！

司机显然下了狠心，把油门踩了下去，凭着记忆里的道路方向，左一把右一把地打着方向盘。

即使是这样，火头仍然将他们远远地甩在后面，径自翻越一道道山岭，只给他们留下一路绵延不绝的火焰。

绝望的情绪彻底地攫住了连海平，火头这样快速的行进速度，他们的汽车无论如何都是追不上的。他想要提醒司机，不要这样玩命追赶了，可话还没有说出来，车前模糊的灯光中豁然出现了四五头野猪，被山火惊吓得正在公路上无头苍蝇般地乱窜。猛烈的刹车声中，惊慌失措的一头野猪迎面撞上汽车保险杠，一阵金属的撞击声刺耳地传出来，随后一阵白茫茫的蒸汽升起，但马上就被狂风卷得无影无踪。

真是"屋漏偏逢连夜雨"啊！走下车的连海平，看着车前部已经深凹进去，一头野猪扎进里面，犹自蹬着腿抽搐着，做着最后的挣扎。

吉普车明显是撞坏了。

看了眼吉普车，连海平转头迈开大步，向着北川局方向跑去。

路两旁的火焰不时掠过道路，发出耀眼的光芒。

司机在狂风火光中犹豫着要不要跟上去，凌乱地衡量了两地的距离后，他撒腿就往回跑。红星林场那里还有三台车，去取车再赶回来，怎么也比走回北川局要快。

四周的火焰形成的浓烟厚重地压在山林中，一些浑身是火的野猪、驼鹿不时地从林子里跑出来，穿过连海平的身边，发出痛苦的嚎叫。

这一刻，连海平想到了一个词，就是"地狱"。

第三十一章

呼啸的狂风不时地掀动北川局医院房上的铁皮瓦，发出"叮咣"不绝的响声。此时，林松正坐在医院走廊里的椅子上，不时地揉揉困倦的眼睛。夜里已经十一点多钟了，从中午时他就用担架把谷云峰的爱人宋爱戎抬到了医务所。原本的预产期估摸着应该是在半个月后，可谁曾想竟提前了，而谷云峰还在省里开"劳模"表彰大会，没有回来。把宋爱戎送到医务所，他就留了下来。北川局召集人员去红星林场扑火时，原本有他的名字，但谷云峰没在家，他只好请假，留下来照顾宋爱戎。

眼下，宋爱戎正躺在医务所的病床上，不时发出"哎呀"的叫声，施彤和几个医生都在那里。如今的北川医院，医疗条件和设备好了很多，完全可以做一些较大的手术。

"啪嚓"一声，走廊里一扇窗户终于顶不住狂风的袭扰，猛地撞开，玻璃碎了一地。风势瞬间鼓荡在走廊里，"哗啦"作响。他连忙起身向前，将还剩半扇玻璃的窗户关上。但随即而来的夹杂在风里的刺鼻烧草味道，迎面把他裹住。

这样浓烈的烟味，他还是第一次嗅到。

他吃惊地把窗户再次打开，向着风涌来的方向努力望去，黑漆漆的山岭和天空同样黑沉。想到白天时红星林场燃起了山火，而如今是这般的大风,怎么也得有七八级的风力。这不是一个好兆头。

他惴惴不安,把窗户关严,鼓进的风小了些。他又把上衣脱下来,堵住破损的玻璃处,不让狂风肆意地吹进来。

病房中又传出了宋爱戎的叫喊声,很揪心的声音。这不由自主地让林松想到了妹妹林鹃。林鹃直至昏迷过去,没有发出一声叫喊,想来那时该忍受了多大的痛苦。

刚往回走了两步的林松站住了,茫然间他想到了什么,还是眼角的余光瞥到了什么。他转身再次来到窗前,猛然打开窗户,看向无边的黑夜,在天际的西北角,一处隐隐的红光闪耀着。

原来这半天中的惴惴不安,都是等着这一刻。

这样猛烈的狂风,它所带来的山火能够引起什么样的后果,不用去想也知道了。

他跑到急诊室的门前,顾不得男女有别,推开门对着里面的人喊了一声:"山火快烧过来了,你们都做好撤离的准备,我一会儿来接应你们。"

顾不得里面的人会是什么反应,他又用最快的速度跑出了医院。来到室外,他明显地感觉到空气中的烟尘气息更浓厚了。

在他气喘吁吁地跑进北川广播站时,回过头来望了眼西北方向,那里火红的颜色已经散布开来,以至于都能看到隐约的山岭。

没有多少时间了。

他踹开广播办公室的门,屋内却漆黑一片。他心急火燎地在墙上摸索着,终于找到了灯的开关,扑到广播的麦克风前,可眼前一排排的开关按钮却让他不知所措,该去按动哪个呢?

还好在这时,广播站的工作人员被他的踹门声惊动,以为站里来了不法分子,连忙披上衣服,拿着枪赶到这里。

没有过多的解释,他让广播站的工作人员看了一眼窗外,然后喊道:"赶快广播,把人都叫醒,让他们都到空旷地和河边去避难。"

待他跑出广播站时，局里的大喇叭终于发出了急促的呼喊声："全局职工们，全局职工们，大火烧过来了，大家立即起来，立即起来……"

西北方向的火光映红了半边天，狂风夹杂着刺鼻的烟味，几乎让人喘不上气来。

有一瞬间，林松停下了脚步，他不知自己该往哪个方向跑。犹豫了一下后，他向父亲的家中跑去，妹妹和雪生还住在那里，他不确定他们能不能听到广播。

一路上，他尽所能地捡拾起地面能捡拾的东西，向两边跑过的人家窗户上砸去，企图唤醒里面沉睡的人们。

跑到父亲的家门前，"咣、咣、咣"地使劲敲着门，同时喊着："着火了，你们快跑到大河边去！要快！要快！"

见到屋内的灯光亮了，他才放心。顾不得说些嘱咐的话，转头继续向来时的方向跑去。

转瞬间，西北方向已经变得一片火红，灿如晚霞。整个北川局已经笼罩在红色的光芒下。

向回跑的路异常艰难，大路上挤满了跑出来的人们，扶老携幼、哭天喊地地向着大河方向奔逃而去。

狂风吹得林松几乎跑不动，他最大限度地低着腰，减少风的阻力。狂风卷起地面上的沙石，雨点般劈头盖脸地砸下来。

终于又跑回了医务所。他站在走廊里，张开口，接连呼吸了六七下，让自己"咚、咚"直跳的心脏得以缓和后，这才平静地推开急诊室的门。

宋爱戎依旧躺在病床上，和他走时一样，孩子还是没有生出来。所不同的是，屋内其他的医生都不见了，只有施彤和平日里被称为刘大姐的医生守在一旁。

"她们都让我撵走了，反正这里也用不着太多的人。"施彤微笑着说。

"也好！我看你们这里明显缺人，你就把我当成你的助手吧！"林松压抑着依旧蹦跳不止的心脏，平静地回复道。

稍停了一下，林松试探着问道："我们把她抬到大河边去，不也可以接生吗？"

"那可不行，潮气、寒气、细菌都会危及孕妇的安危。"施彤摇了摇头，片刻后想起此刻孕妇越是紧张，越是难以生产，于是便开起了玩笑，缓和一下笼罩在大家头上的紧张感。

"林松，你要给我们当助手，只是不知道宋大姐同不同意。宋大姐，你同意让林松来当护士吗？"施彤笑着问宋爱戎。

宋爱戎满脸都是汗水，疼痛让她的脸都变了形。她没有理会施医生的玩笑，转过头来紧张地问林松："大火真的要烧过来了吗？"

林松点点头，沉声劝慰："没事的，你不用担心。"

"唉"，宋爱戎重重地叹了口气，"这个冤家啊！早不来，晚不来，偏偏这个节骨眼儿上来。我从小就在山区里长大的，火是个什么东西，我很清楚。你们就别为我操心了，赶紧出去到河边躲一躲，等火过去了再回来。只是……若是我没了，我希望你们给云峰带个话，就说我不怨他。"

"别想太多了"，施彤握着她的手，"有我们呢！你再使使劲，也许孩子很快就要出来了。"

宋爱戎真心地想使劲，看了眼林松后，林松识趣地退了出去。

整个天空变得一片赤红，距离北川最近的一座山岭已经看得见通红的火焰，腾起在半空。越过这座山岭，山火就会肆无忌惮地扑进北川局里。

医务所的窗户玻璃不时传来破碎声，那是狂风卷起的砂砾击打在上面的结果。

林松的大脑在飞速地运转着，把医务所周边的环境仔细回想了一遍，想着哪里才能躲避山火。一处处地想起，又一处处地被否决。这是人命关天的大事，一点也马虎不得。

如果就守在医务所里呢？他问自己。可经验告诉他结果会更惨，这是死路一条。火焰扑过来，巨大的高温会将这里所有能燃烧的东西都烧掉，即使侥幸屋内的砖墙挡住了火焰，也会由于缺氧而难以生存。

怎么算，守在这里都是死路一条。

这些年来，他见过的山火没有三十次，也有二十多次了，可哪次都没有这次凶猛。只能说，这是一个巧合，起火的时间和春季里最大的一场狂风相遇在一起。两者都来势汹汹，混合在一起就有了毁天灭地的能量。

他想到来时，在医务所门口看到的那辆拉柴火的手推车，心中有了主意。于是跑到门口，把手推车推到急诊室门前，再次推开门，用询问的目光看了看施彤。

施彤默默地摇了摇头。

"不能再等了，我们把她放到手推车上，离开这里！"他用不容置疑的语气坚定地说着，走上前来就要抱起宋爱戎。

"不行！"施彤抓住他的胳膊，用同样不容置疑的语气拒绝，"你这是置孕妇安危于不顾。外面是什么环境，到处都有细菌。只有这里才能保证她的安全。"

"可火就要过来了，这里成了最不安全的地方！"林松很恼火地看着她说。

"这房子是砖石结构的，不是木刻楞，也不是帐篷，火是烧不了这里的。反倒是外面，到处是树木，你能带着她躲到哪里去？万一被感染，可就是人命关天的大事。"施彤依旧坚持着自己的观点。

林松看了她一眼，不再说什么，时间已经来不及了。他弯腰把宋爱戎连同她身下的被褥一起抱起，大步走到门外，放置到推车上。刘大姐跟在身后，怀里抱着一堆医用器具。

他回过头来，见施彤正气鼓鼓地看着自己，人依旧站在原地。就在这时，屋内的灯突然灭了，窗外传来的大喇叭声也戛然而止。外面却亮如白昼，只有呼啸的风声占据了所有的空间。

宋爱戎痛苦地喊叫了一声。

推起推车就走的林松，对着施彤喊了一声："她就要生了，你不跟过来，只顾自己躲在安全的地方，你还是个医生吗？告诉你，我可不会接生！"

直到推出医务所，林松听到跟过来的施彤的脚步声，才放下了心来。

浓烈的烟雾中，火虽然未到，可滚滚的热浪已经先一步袭来。一行人跟跟跄跄，被狂风吹得东倒西歪。顾不得颠簸，林松用最快的速度向大河的方向赶去。

骤然间，天空中飞过无数的火星，其中夹杂着燃烧的火焰，掠过他们，在他们身旁布满火的世界。

火星已经将他们前方的道路两旁引燃了。

听着后面轰隆作响的火声，以及越来越热的空气，林松知道他们的时间不够用了，怎样跑都不会在大火来到之前跑到大河边了。

他想起前方不远处有个桥涵，那里能容得下人在里面低垂着腰。那个桥涵还是刚建局时搭建的，而眼下由于春季干旱，没有了水，正好可以让人躲避在里面。

这个主意最初他就想到了，后来又被否决了，原因是这般大的狂风，会带着火焰穿过桥涵，那里面的人无疑会变成"烤鸡"。如今没有了别的办法，只有到那里了。

紧赶慢赶地来到桥涵处，林松抱起宋爱戎，在另外两人惊呆的目光中，把孕妇放置到桥涵里，喊着两人，让他们马上躲到里面来。

刘大姐被眼前地狱般的景象吓得腿脚哆嗦不止，浑身不听使唤，跌倒在路基下，怎么也站不起来。施彤想要拽起她，可自己同样没有了力气。直到这时，她身上仅存的勇气都被漫天的火星、烤人的热浪驱赶得无影无踪了。

在医务所的屋里，感受不到眼前的景象，她还能保持住勇气，可如今……也许很快，她们的身躯也会变成千万个火星，随风飘散。

林松一手抓一个，将两人塞到桥涵里后，扯过两条被褥泡在桥涵附近的水坑里。

他看到头顶，一条火龙正穿过烟雾，向他这里砸过来。

火头来了。

他抓着浸湿的被褥，冲进了桥涵后，身后随着震耳欲聋的一声"轰隆"，几人眼前骤然变得刺眼般明亮，外面的世界全部变成了火的海洋。

火焰伸着长长的舌头，向桥涵里涌进来。他用一条被褥挡住桥涵口，暂时阻挡住了火舌的侵袭。

宋爱戎昏昏沉沉，神志有些不清。眼前的景象让她不敢相信会是真的，肯定是在梦里，对的，只有梦里才会有这种骇人心魄的景象。那就继续睡吧，等睡醒了，一切就都过去了。

看到林松用湿被褥挡住了火舌，暂时没有了危险，惊恐被驱散了一些，施彤才想起自己的职责，身旁还有个孕妇呢。

透过另一边传过来的光亮，施彤看到宋爱戎的脸色惨白，紧闭着眼睛，不由得一惊，连忙爬过去摸她的脉搏。

还好，事情没有想象的那么糟。

施彤拍打着宋爱戎的脸，高喊着，让自己的声音盖过桥涵外呼啸的风声和火的爆燃声："爱戎，千万别睡着了，你就要生了，羊水已经破了。"

宋爱戎睁大了眼睛，使劲地睁着，半响脑海里才恢复了一些理智，撕心裂肺的疼痛让她想起来，此时此地，皆非虚幻，她还要把孩子生下来，还要活下去。

她用尽了全身的力气后，身体已近虚脱，再次昏迷过去。

林松手里用来挡住火焰的被褥，没有挺多久就被热浪烤干，随后燃烧了起来，他不得不扔掉这条已经变成火焰的被褥。就在他用另一条湿透的被褥再次挡在涵口时，猝然间耳际传来一阵婴儿的啼哭声。

"生出来了!"施彤兴奋地高喊着,方才的惊恐已经一扫而光。

"这下好了。"一旁的刘大姐几乎要拍起巴掌,手忙脚乱地寻找,可怎么也找不到剪刀。她从急诊室里抱出来的用具,几乎有一大半都丢在了半路上。待她终于找到了一个可以剪断脐带的工具时,却见施彤已经不知用什么方法把脐带弄断了。

火势扑过去了,随后的风声就开始变得小了,只剩下到处燃烧产生的爆裂声。

直到林松手中举着的被褥再次燃烧起来,再次扔掉被褥后,他看到桥涵外虽然到处都是火焰,可没有了剧烈的狂风,也就没有了危险。

他弓腰走出桥涵,映入眼帘的是火的世界。整个北川局彻彻底底地变成了火的海洋。不远处火焰腾起到半空,燃烧得最猛烈的无疑就是北川局的贮木场,那里堆积着一冬天从山林中运下来的木材。

施彤与刘大姐出来后,两人的目光最先投向了医务所。医务所的房子此刻燃烧得正旺,从一扇扇窗户中,正喷出一丛丛的火舌。

刘大姐看了眼身旁的施彤,见她望着医务所的火光,神情迷离。两人都知道,若是守在医务所里,此刻的她们早就灰飞烟灭了。

第三十二章

弥漫着强烈灰烬味道的贮木场，一片断瓦残垣的景象。地面厚厚的灰烬，随风起舞着。

一个身影长久地在场内徘徊着。

谷云峰看着曾经一层层堆成山般的木材，如今都变成了灰烬，心里真是说不出什么滋味。短短的半个月时间，他只去了趟省城，回来就变成了这般模样。整个北川局变成了一片废墟，到处是残破的砖头，车辆变成了铁架子，没有一栋完整的房屋，凡是能烧掉的都变成了灰烬。

真是恍如梦一场啊！

那些被烧毁的房屋、木材……是全局职工用了多少时间、多少心血换来的呀。这其中就有自己在上个冬季里，不分昼夜、爬冰卧雪拉运下来的木材，也正是如此，才给自己带来了去省城开"劳模"大会的荣誉。如今都变成了烟尘，只剩下荣誉。

看着眼前被火烧得拱起来的铁道，让他想起那个夜里是怎样的恐怖。大火袭来的时刻，人们是怎样的无助。

他回来后，当宋爱戎说该给孩子取个名字时，他脱口而出："就叫'火生'吧！"

宋爱戎没有对这个显得土气的名字表示反对，那个夜里给她的印象太深了，以至于一直把它当成一场梦。只是在每次看到炉膛里的火焰时，她都会哆嗦几下。

北川局成立至今，已经有两个孩子在这里出生，一个叫"雪生"，一个叫"火生"。难怪很多人听到这个名字时，都会浮出一阵感慨，唏嘘不已。不知这两个孩子长大后，在这片山林中的命运会是怎样的？

重建工作在各方的支援下，有序展开了。首先要恢复的，也是重中之重的，就是职工们的住房问题。

在冬季来临前，让所有的职工都住进砖房中，这是地区革委会对各个援建队提出的期望。

在这段没日没夜劳作、重建北川的时间里，林松常常想起连海平那天对他说的话。

那是连海平被带走的那天，很多听到消息的职工们自发地来到北川局办公的帐篷外，为他送行。林松也夹杂在人群中。

知道会有这一天的连海平很平静，跟着办案人员走出帐篷。上车前，他先是回头看了眼北川局，即使是一片断瓦残垣，依旧让他留恋。附近一棵长出了树叶的白桦树，摇曳间让他想到了刚来到北川局址的第一天。现在想来，真有沧海桑田的感触。

人群中，他看到了林松正凝视着他。他走到林松面前，笑了笑，颇有点凄然的味道。随后，他向林松肃然地鞠了个躬，说："林松，我最后一次代表北川的父老乡亲们，感谢你在紧急关头提醒了大家，避免了更大的人员伤亡，也减轻了我的罪责。"

连海平停顿了片刻说道："那两只白熊……林松，你去把它们捕到。"

林松点了点头，答应下来。

再听到关于连海平的消息，是两个多月后，他因"玩忽职守"的罪名，被判入狱十年。

七月底的时候，再次传出了局址周边发现白熊的消息。

那是北川局的森调队在森林中勘察被火烧毁的森林面积时，与白熊发生了遭遇。幸亏他们人多，并且手里还有两杆枪，胡乱地放了几枪，熊被吓跑了。

北川局的人很诧异，这么大的山火居然没有把这两只熊烧死，可真是个奇迹。在这之前，大家一直以为这两只祸害人的熊，肯定已经被火烧死了。

林松觉得这是个很好的机会，他不能错过。在听到消息的第二天，他向组织请了假，简单带了些应急物品，背起枪进入了山林。

施彤得知他要进山猎熊的消息后，并没有阻止他，虽然这是一件很危险的事，他脸上的那道疤痕就是例证。她往林松的背包里塞了一些常用的治疗消炎、感冒之类的药品，彼此简简单单地说了两句话，就看着林松背着枪从她的视线里一点一点地消失。

前天，她接到了去省城医学院进修的通知书。林松走后，她也要走了。

正是那次山火，让她受到了关注。在火中接生的事迹，被一名前来采访火灾后重建事迹的记者报道后，引起了地区医疗系统的关注，把这宝贵的名额给了她。

来到山林中，找到队员们遭遇熊的地点后，林松把河沟、沟塘处都寻觅了一遍，却没有见到熊的踪影。看来它们受到了惊扰，已经远离了这片山林。

被火烧过的山林，到处都是灰烬，树干被火燎得黑漆漆的，很多树木再也没有发出叶子，孤零零地挺立于山林中。

翻过三座山后，他终于发现了熊的踪迹。一具已经只剩下骸骨的野猪，上面明显有熊啃过的痕迹。这让他很兴奋，曾经的猎人本性再次被唤醒。

在不眠不休地追寻了两天后，他终于在一片未被火烧过的落叶林里找到了它们。

繁茂的各种枝叶把视线遮挡得严严实实，听着远处林中传出枝干被踩断的声音，他很确定这就是熊，并且是两只。

眼下的局势并不利于他，他看不到熊的身影，可熊却有敏锐的嗅觉。

林松在心里把走过的路线和整个山形的特点想了一遍后，决定采用最稳妥的"守株待兔"的方法来猎杀这两只熊。

他悄悄地退下了山，来到最近的一条河沟附近，在逆风处找到一处较开阔的地势，将自己隐藏在草丛中。

从前和鄂伦春猎人们一起狩猎时，他知晓了熊的一些特性，每到黄昏时分，熊大多都会下到山林中的河沟处饮水。

静静地蜷伏在草丛中，任身边的蚊蝇哼哼唧唧，不停地寻找着他身上裸露的皮肤。但他让蚊蝇们失望了，他将身上包裹得很严密，除了脸部。

等待中，他用青草编织了一顶草帽，戴在头上，尽量让自己和周围的环境融为一体。

不管是从别人的口述中，还是他自己的判断，他都感觉自己要狩猎的那两只白熊，要比其他的熊更狡猾，更警觉。也许是因为这两只熊不仅受到过伤害，而且还和人类生活过一段时间，对人类的习性有了了解。

太阳高悬在头顶，燥热的气息充斥林间，即使是趴伏在林荫下，林松也觉得热力难当。而这正是他所需要的，越是燥热，熊越会来河沟边喝水。

黄昏时分，太阳西斜，燥热逐渐褪去，清爽的气息很快笼罩住了林间。

林子里传来声音，三头鹿急迫地跑了出来，来到河沟旁饮水。不一会儿，又惊慌地跑掉，五头野猪同样气喘吁吁地跑到河里，舒服地在河水中打着滚，畅快地饮着清凉的河水。

天快要黑下来时，他一直在等待的熊终于出现了。但在他看到这两只熊时，却是无比地失望：这是两只一大一小的黑熊，并不是他要找的那两只白熊。

林松失望地站起身来，向林子里走去。天快黑了，他要找个可以宿营的地方。

突然冒出一个人，让那只小熊惊慌失措，掉到河沟里扑腾着。那只大熊只是瞄了他的背影片刻后，安然地继续喝水。

在接下来的几天里，他又相继看见七八只熊，却没有一头是他要找的白熊。茫茫森林中，要想找到以森林为家的熊，的确有些大海捞针的感觉，即使他是个有经验的猎人。一个星期下来，他身上带着的干粮快要没了，此刻不想回去，也得回去了。

但事情就是这样巧合，在他向北川局走去时，却与那两头苦苦寻觅的熊不期而遇。一个很好的开枪机会，林松却错过了。

在他翻越四座山后，距离北川也就有两座山的距离时，他再次从地面的沼泽中发现了熊的踪迹。只是这些天来遇见过很多熊，都不是他要找的，因此警惕性已经降低了。但不管怎么说，这个踪迹他不能放过。

在附近的河流中捕到了五条鱼，烤了用来充饥后，他依旧采用守株待兔的方法，爬上了一棵枝繁叶茂的大树上，藏身其间。

天际处，几朵乌云正翻滚着，夹杂着隐隐的雷声，看来一场暴雨要来临了。

躺卧在大树上，微风习习地吹着，让他感到疲倦。他用一条绑带把自己和大树拴在一起，小憩了片刻。迷蒙中，他想起有一次在冬季时分，自己被雪狼围在树上时，却是那两只白熊为自己解围。

这件事让他很困惑。不知那一刻，那两只白熊是有意为之，还是无意为之，但在月光下，他清楚地看到其中一只白熊扬起头来注视着树上的自己。那一刻，林松相信那只熊肯定是发现了自己，它们的嗅觉灵敏得很。

那一刻，他看得很清楚，其中一只白熊只是嗅了嗅自己扔在雪地上的棉衣后就离开了，而离开时，还不时地回过头来望向树上的自己。

那只熊莫非从气味中嗅出了自己？如果真是这样，赶跑了雪狼，就是救了自己。

对于这个结论，林松不敢百分之百地肯定。可有一点，他的直觉告诉他，事情的本质就是这个样子的。那两只熊曾经救了自己一命。

换个角度来想，即使那两只熊没有认出自己，可仍旧是它们赶跑了雪狼，也是救了自己。

但此刻，他潜伏在这里，就在等着那两只曾经救过他性命的熊，等着它们出现，等着结束它们的生命。

这个想法让他一阵犹豫，此时若是那两只熊真的出现了，他该不该扣动扳机呢？

将子弹射向对自己有恩的熊，不论何种原因，都是一种罪恶，一种良心上的负累。

他将头埋在自己的双臂间，好好理清思绪。自己走了很多座山，都没有找到白熊，而其实它们就在北川局址的周边游荡着。这是一个不好的信号，说明这两只熊一直没有打算离开过这里，它们一直想要对这里的人们心怀不轨。它们一直对家园被占、母亲被杀心怀愤恨。

连海平殷切的目光，以及他的嘱托，再一次在林松的脑海中浮现。连海平对自己有恩，自己又怎能违背他的嘱托呢？

两边都是对自己有恩情在身的，难道要凭哪方的恩情多少来决定自己的行为吗？这明显是一种谬误。

就在他为两种想法混乱不堪时，林子里传出了声音。用不着仔细地去倾听，他已经知道这就是熊的走动声发出的。下午的这个时分，该是它们来饮水的时候了。

虽然没有确定自己是否应该开枪，但他还是悄无声息地把枪的保险打开了。

两只熊，一前一后，从茂密的灌木丛中走出来，径直走向川流不息的河边。

林松矛盾的心情顿时松弛下来，这两只熊都有漆黑的毛发，并不是他要找的那两只。但随后他却又有些失望，因为这两只熊的位置对于他来说，真是个绝佳的射击位置。以他的枪法，只要端起枪来，最多两秒钟，这两只熊都会倒下。

他想，他应该打死那两头白熊，不管它们是否对自己有恩。因为他很清楚，只要那两只熊不死，北川局里就不会有安生的一天。这片山林曾经是它们的家园，可现在不是了，如今这里是人类的家园。它们不应该威胁到人类。

这个想法让他如释重负，虽然有内疚的成分掺杂其中。

两只熊慢悠悠地走到河边，跳进了河水中。

这棵树上的枝丫生长得很合适，正好可以让他以一个舒服的姿势躺在上面。今天夜里，他就打算在这棵树上过夜。

那两只熊似乎在捕捉河里的鱼，沿着河道向下游走去。

有一瞬间，树干上的林松无意间望了几眼河里的熊，见它们正在河中扑腾，溅起的水花飞扬。渐渐地，他感觉出了其中的不妥之处。他连忙从背包中取出望远镜，望向已经走远的那两只熊。

望远镜里看得很清晰，方才还浑身漆黑的熊，此刻在河水的冲刷下，已经有大半部分变成了白色。林松苦笑了一下，他明白自己的失误在哪里了：山林中很多地方都被火烧过，熊在那里捕食猎物，身上的白毛已经被炭灰染黑了，经过河水的冲洗，才露出本来的颜色。

这两只熊就是自己想要寻找的熊。

可眼下，它们已经走远，走到了子弹射程之外。

林松不想放过这个千载难逢的机会，他溜下树，顺着河道旁的灌木丛，向熊的方向猫腰追寻。

第三十三章

太阳西斜时,一场暴雨来临了。噼里啪啦的大雨点急促地击打着树叶,发出的声音正好掩盖了林松前行的脚步声。瞬间,他的身上就湿透了,正好去除了一天来的燥热。

穿过灌木丛,又穿过一片一人多高的草丛后,全身湿透的林松感觉离熊的距离够近了时,他借着雨声的掩护,向河沿穿行过去。

河流中,一只白熊正欢快地在水中嬉戏着,但令林松感到失望的是,另一只熊却不知所踪。躲在树后,将枪架在树杈上,大雨滂沱中,他始终没有看见另一只熊的踪影。

而眼前的这只熊不知是嗅到了某种危险,还是要到河对岸去,正在离他越来越远。

这是最后的机会,虽然没有看见另外一只熊。林松犹豫了片刻,感觉自己的手指正在颤抖,内心激烈地斗争着。就在这只熊游到了对岸,正在向岸上树林里走去的最后机会,他终于扣动了扳机。

瓢泼大雨中,枪声依旧清脆。中了弹的熊猛然跃起,想要跑进林子里,但这只是最后的挣扎,刚跑出两步,就一头栽倒在繁茂的草地上。

雨渐渐地小了,河流中升起一团雾气,氤氤氲氲。

林松克制住湿透的寒意,在河边静静地等候。此时若是不能将另一只熊也一同击毙，以后将更加难以寻找。

那只熊却始终没有出现。

失望的林松只好往存放食物的地点走回去，眼下的他最需要的是一堆篝火。直至在林中穿行了很远后，他身后突然传来了一声熊的嚎叫，在黄昏的山岭间回响着。

他站在原地，心中满是懊悔，若是自己再多一些耐心，也许这时候就会守到另一只熊的来临。但此时，机会已经失去，即使回去再找，也是无益。他这一走，两者之间的明暗关系已经互换，他失去了先机。

烤干了衣服后，他再次爬上那棵树，躺卧在上面，隐隐约约的预感中，他想那只失去了兄弟的白熊，是不会善罢甘休的。燃起的篝火，肯定会把熊引来，只有树上才是安全的。

果然，当夜幕彻底笼罩住丛林之后，他听到林子中传来大型动物走动、把枝条踩断的声音。

也许这是一个好机会。

林松坐起来，闭上眼睛，仔细听着声音的方向，原来这只熊一直在围绕着他四周不停地走动。

熊的吼声响起，树叶震得簌簌抖动。

向声音响起处望去，却只有层叠的树干和看不透的黑暗。

他明白了熊的用意，这只熊在引诱着自己下到树下，而自己希望熊能来到树下。

熊在忌惮着自己手里的枪，自己也同样忌惮着黑夜。两个对手都在希望对方放弃自己的优势。

熊的叫声充满了愤怒与不甘，不时地在林子里响起。它失去了一名兄弟，而杀死它兄弟的人就在眼前的树上，它却无能为力。

当熊的叫声再次响起的时候，林松对着黑沉沉的夜空，报以同样的嚎叫。熊吼，他也吼。

寂静的山林，漆黑的夜里，这两种吼叫相互交替，你来我往。

熊，终于不再吼叫了。森林中恢复了原来的平静。一直到林松安然地睡去，熊没有发出一声吼叫，也没有围绕着他走动的声响。

清晨来到后，林子里充满了各种鸟类的鸣叫声，叽叽喳喳地欢迎着新一天的到来。林松吃完最后两条昨天烤好的鱼后，背包里已经空空，没有了干粮。犹豫了一阵后，他决定留下来，继续追踪剩下的白熊，否则经过死去兄弟的变故，以后恐怕更难追寻到它的踪迹。

在河边守候了两天，又在附近的山林中兜兜转转了两天，饿了就去河边捕些鱼，下两个套子猎到野兔来充饥。四天后，林松终于明白，四天前的那个夜里熊就走了，已经远远地离开了这一带的山林。

他只好回到了北川局。

新来的局长姓郑，叫郑强，和连海平的年龄相仿，戴着一副瓶底般的眼镜。原来的职务是地区革委会的秘书，来到北川局担任一把手，承担着重建和继续生产的重任，担子可谓不轻。

在听到林松猎熊回来的消息后，郑强在食堂里准备了一顿饭，把林松找了来。

如今的北川人，对那两只白熊的关心程度达到了顶点。关于北川局被烧毁的原因，大家传言都是白熊在一个风高的日子故意放火。传到后来，故事就有些走样，说是白熊用自己的皮毛沾上松树油，然后在树上不停地摩擦，直到熊身上燃起火来，将整片山林点着了，燃起大火，把北川局烧成了废墟。

它们要将占领了它们家园的人赶出去，并且不达目的誓不罢休。

传说中，这两只白熊已经具有了神明般的灵气。

对于这些传言，受唯物主义熏陶的郑强当然不会相信。但调查人员给出的起火原因，却和这两只熊有着不可分割的联系。这不能不让他对此心生忌惮。连海平的例子就摆在眼前，这也是他对林松进山猎白熊非常关心的原因。

"只打死了其中的一只白熊，另一只跑了。"林松接过郑强递过来的酒杯，直截了当地说出了结果。

郑强的心里有些失望，脸上却未露分毫，转念一想，打死一只熊，毕竟还是有成果的，总比空手而归强啊！

"好，好，好，"郑强连声称赞，"还得是你，出手就有成果。关于那两只熊，我听军代表陈忠国说起过，异常狡猾，很难对付。既然打死了一头，你也太抠门了，咋不把熊掌带来一个，也让我尝尝鲜嘛！"

林松笑了一下，听出了他的意思，这是怕自己撒谎，要见到已死白熊的物证。林松正色说道："这两只白熊对我有恩，既然它已经死了，我不能再糟蹋它的尸体了。"

"哦！还有这事？"郑强很好奇。

林松便把冬天时遇到雪狼群，而白熊最后帮他解了围的事情说了一遍。

郑强听后，半晌不语。他有些相信北川局里的那些传言了。

"林松，你对各种动物的习性比较了解，你说说这把烧毁北川局的大火，真的是那两只熊故意干的？"

林松摇摇头，表示并不认可这种说法。他说："这只是一个机缘巧合，熊由于饥饿，跑进了野外作业点的帐篷里找吃的，结果弄翻了还有余火的铁炉子，烧了帐篷，导致了火灾。"

"这么说来，法院判处那名做饭的厨师三年，还真的没有冤枉他。按照野外用火规定，早饭做完后，炉子里的火必须要完全熄灭。"郑强说道。

郑强的话，让林松想到了连海平，北川局里的很多人都认为他是被冤枉的。当时的火势，任他是谁，都是无能为力。可损失是巨大的，连同被烧死的十多条人命，都得有个说法，这口锅也只能由他来背了。

可若是细想起来，连海平的牢狱之灾，自己就没有责任了吗？若是自己早点去把这两只熊猎杀掉，也就不会有后来的灾难了。虽说这里面有很多难以诉说的机缘和困难，可怎么说，自己没有早一点猎杀掉白熊，这是事实。也正是这铁一样的事实，让林松心里充满了愧疚。在他将枪口对准那头对他有恩的白熊时，没有了犹豫。

"来，干了。"郑强再次把酒倒满后，说："我要代表北川局的父老乡亲们感谢你，感谢你为民除害。另外，从今天起，你就不用上班了，工资照发，还有野外工作补助。你的任务就是全心全意地进山捕猎另一只白熊。这只熊活着，对咱们北川局始终是个祸害，一定要斩草除根。我今天就在这里拍板了，若是你把另外一只白熊猎杀掉，下一批的知青转正，就有你的名额。"

不管情不情愿，林松没有推辞的余地，他只有接下了这个任务。

这年的北川局，变动很大，除了重新建起来的各种建筑，更让人心浮动的是另一个消息——那些当年下乡的知青们可以申请回城了。

最初，这个消息只是在一些小道消息中流传，从来没有下发正式的文件，很多的下乡知青都是在"据说"的猜测中，考虑着自己的去留。

这个消息，让林松陷入矛盾之中。

在他打算再次入山前，施彤在省城的进修还没有结束，没有回到北川局来，但这个消息相信她也会听到，只是不知她的内心打算是怎样的。

不管是走还是留，对林松都是一种折磨。

原本两人是等着北川局重建彻底完成后，有了住房，就准备商量着结婚的事。一切都在向着看似美好的结局发展。

深夜中独坐的林松，只能在嘴角露出一抹苦笑，来应对命运给他开的这个大玩笑。

往事一幕幕在心底滑过，他与施彤的所有交往过程中，自己始终有着一股惴惴不安的惶惑掺杂在其中。很多时候，他都以为是自己的过分敏感所致。今天,他明白了,从最开始的时候,他从心底不为自己所知的暗处,就已经知晓会有这么一天:施彤她们这一批人来到荒蛮的这里,只是命运之路偶尔拐了道弯,开了个小小的玩笑,迟早她们都会走上原本属于她们的命运之路。

几个夜深人静的暗夜之中,林松来到施彤居住的宿舍外,长久凝视着她的那扇窗户。虽然施彤并没有从省城回来,此刻屋中居住的是卫生所的一名护士。这名护士这辈子都不会想到,曾经有那么几个夜晚,她的窗外有个男人守候在那里,直到黎明时分才黯然离去。

抉择从来都是痛苦磨砺的一个过程。

既然命运之路无心在这里拐了道弯,那回到正轨,就是天经地义的。

在施彤从省城回来的前一天,林松离开了北川局,再次进入山林中。如果我们进入林松的内心就会发现,他的这一次进山,不像是履行对连海平和郑强的承诺,反倒更像是一种逃避。

第三十四章

再一次走进山林，林松是抱着一劳永逸解决问题的想法去的。这一次，不论是干粮还是弹药，他都准备得很充足。为了让他有更安全的措施，郑强特意去了一趟武装部的军火库，借来一把只有干部才能佩戴的五四式手枪，让他防身。林松拒绝了，他不习惯使用这种武器。

为了稳妥起见，林松用了两天的时间，把北川局周边先勘察了一遍，确认那只白熊并没有在局址周边活动后，才向深山里走去。眼下他最担忧的是，失去了兄弟的白熊若是更加疯狂地报复这里的人们，那才是最可怕的。

在寻找方向上，林松考虑了很久，毕竟茫茫山林，要去寻找一只已经对人类十分警惕的熊，无异于大海捞针。想到了最后一次和这只白熊遭遇的夜里，再结合那里山岭的地形地貌后，他有了大概的方向。于是，他沿着自己的判断，直接向北方的山林深处寻找过去。

八月的山林里，正是枝繁叶茂的季节。各种藤蔓植物布满了森林，而这个季节，也正是雨季，三天两头就会来场雨。森林中充满了潮湿的气息。

接连两天漫无目的地寻找，并没有丝毫的收获，即使看到了十来只熊，却没有一只是他想要找的。在各处的水源处蹲守了几夜，也没有一点收获。看来，除了向更远处的原始森林中去，林松没有别的办法。

一阵夜雨过后，清晨的天气显得湿冷，天空中仍被雨后的乌云笼罩着。翻过了两座山后，已是中午时分。捡拾了一些干柴后，他要先生起一堆篝火来，用来烤食猎到的野兔。火堆刚刚燃起来，林中突然传来了一阵"哼哼"声，这让他警觉起来。这声音绝不会是小动物发出来的。

他把子弹压上膛，打开保险，循着声音处慢慢走过去。走走停停中，"哼哼"声越来越近，也越来越微弱。

他看到了，是一只硕大的黑熊，趴卧在一棵白桦树下。他的脚步声惊到了那只黑熊，但黑熊只是扬了扬头，看了他一眼后，又无力地垂下，想要支撑起身子，却无能为力。林松放心了，他看出这是一只快要濒临死亡的熊，看来是和别的熊在争抢地盘时负了重伤。

无论如何，在要吃午饭时有顿熊肉可以吃，总是一件让人感到惬意的事。更何况，烤干的一堆熊肉又可以充当几天的伙食。

走到树旁，见这只熊躺在血泊中，已经奄奄一息，腹部被撕开的皮肉，已经可以看到露出的内脏。这只熊伤得确实不轻。

这只熊没有让林松多等，沉重的伤势让它没有半袋烟的工夫，就停止了呼吸。他将枪倚在旁边的树干上，掏出匕首，开始剥去熊腿上的皮毛。这只熊身上的伤，可不止腹部的这一处，脖子、四肢、脊梁骨，到处可见抓咬的痕迹，光是看到这些伤痕，就可以知晓它们的争斗是何等激烈。

一条后肢上的肉很快就被分解下来，想着以后还要走很远的路，不知多少天才能回到北川局，他又开始分解另一个后肢。

浓烈的血腥气味，很快就招引来了数不清的苍蝇、蚊虫，环绕着林松和熊的尸体，声音此起彼伏，嗡嗡不止。

人对周遭环境的变化，往往都会有一种感应，这种感应不论是人的本能，还是后天的培养，都会镌刻在神经深处。这种现象，很多人都称之为"第六感"，用来解释一些无法言说的现象。这种现象至今也没有人可以科学地解释。

但它的确存在着。

用锋利的匕首把骨肉连接处割开，林松吐出一口气，用袖子擦去额头上的汗，顺便赶走让人厌恶的蚊虫。他坐在草地上，想要休息一下后，把这些肉背回方才拢起篝火的地方，将肉烤干，用来做接下来几天的粮食。

刚坐下的林松怔住了。

看着眼前的熊尸，他一动不动，紧紧地握住手中的匕首。他很后悔，为什么在坐下前没有环视一下四周。

他感应到一股危险的气息，浓雾样地浸染、包裹住了他。眼角的余光看着五米远那把伫立在树干上的枪，这个距离太远了！身后传来的呼吸声让他意识到，自己的任何一个动作都会招来攻击。

蚊蝇仍旧嗡嗡不止，集结在血迹上，贪婪地吸食着。

林松慢慢地转回头去。

一只熊正在他身后的灌木丛中注视着他。

虽然这只熊的身上满是血迹、泥土，脏兮兮地掩盖着原本的毛发颜色，但林松第一眼还是认出了，这只熊正是他一直苦苦寻找的那只白熊。熊的脑袋上缺少了一只耳朵。

真是踏破铁鞋无觅处，得来全不费工夫。可眼下的境遇，究竟是谁"不费工夫"呢？

林松心底里责怪自己的大意，看着一只熊被另一只熊所伤，怎会就没有想到是被白熊所伤呢？怎会就没有想到这只熊就在附近转悠呢？一个微小的疏忽，对于猎人来说都将是致命的。

白熊直直地注视着眼前的林松。

该来的总会要来。

林松想起了从前和鄂伦春猎人们狩猎的日子，很多猎人都经历过生死的劫难，能够在狩猎这一行里得到善终的，终归是少数。这不但要有丰富的经验,可贵的运气也是其中很重要的一个因素。眼前的这一刻,他的运气实在是糟透了。要是来时从郑强手中接过那把手枪就好了,至少可以搏一搏,但眼下只有手中这把匕首,而它还没有熊的利爪长呢!

他没有采用鄂伦春猎人们的忠告:和熊狭路相逢时,不要去注视它的眼睛。他也和眼前的熊一样,直直地注视着它。若是以前,林松可以有足够的勇气和意志来和它对峙,但此刻不行,他的心里发虚,自从把它的兄弟枪杀后。

渐渐地,从蚊蝇的嗡嗡声中,他听到了自己的心跳声。他不敢肯定,这只白熊是否会知晓就是眼前的这个人杀了它的兄弟,相隔了这些年,它又是否能认出自己。

没有了枪,自己在它面前就是一只蚂蚁。紧握着匕首的手掌,已经满是汗水,直至额头上的汗滴缓缓滑过眼角时,他知道自己终于害怕了,终于感受到了恐惧。自从他走上狩猎这条路后,这是第一次。

熊终于动了,却不是向前,而是转过头来,向着北方,步履蹒跚地走着。林松看到它的后肢上也有一处伤口,在向外渗着血。看着白熊的背影,林松难以表述自己的心情,他不明白这只白熊对人类有着莫大仇恨,何以会放过自己?难道就因为自己在它幼年时曾经喂过它食物吗?

枪,孤零零地倚在树干上。

简单地吃了口饭后,林松背起枪,向着白熊走的方向跟寻了过去。这并不难,在白熊走过的草地上,零零落落地可见白熊留下的血迹。至于原因,他也说不明白。可以肯定的是,他绝不是去为了猎杀白熊。经过这一番变故,白熊在可以轻易杀死他的情况下,选择了放弃,再让他举起枪对着白熊开枪,那无疑是一种亵渎山神的行为。

黄昏时分,他看到了那只白熊,孤零零地向着森林中的北方行进。

林松不紧不慢地跟随着。

白熊几番停下,回过身来看着一直跟随的林松,却也不再管他,自行慢慢穿过一片片丛林。

天黑下来后,林松不再追寻,找了个避风的土坑,简单收拾一番,用枝条搭建了个窝棚,休息起来。

这一夜,他睡得很安静。经历过一次生死劫难的心,总会对往日的烦恼和担忧不屑一顾。

第二天的清晨,密集的鸟鸣声将他唤醒。他升起一堆篝火,把昨日烤得半熟的熊肉烤熟,填饱了肚子后,收拾起行囊,再次踏上追寻白熊的征程。

猎杀白熊的任务,他已经完成了。这让他的身心感到很轻松。至于今天还能否看到白熊的踪影,他并不放在心上。

向着昨日看到白熊的方向,他并没有走多远,那只白熊正闲散地觅食着地面上的浆果。看来昨天夜里,白熊也没有走远,就在这附近休息了。

林松坐在一块石头上,静静地看着白熊进食。

一条河流从两座山谷间蜿蜒而下,从他身边流过。天空蔚蓝,早晨的太阳暖洋洋地晒在身上,一种难以想象的慰藉,在心房中荡漾着。林松摘下身上的行囊和枪支,放在石头旁,又脱掉身上的衣服,赤条条地躺在溪流中。

多日来的奔波,风餐露宿的身上已经积了一层泥垢。

白熊仍旧在吃着浆果,偶尔向他这里看上一眼。

微风拂过绿油油的草地,从天边带来了两朵白云。

清凉的河水,让林松感到前所未有的惬意。生命就是这样,所有的苦恼,莫不来自郁结的心绪,春夏秋冬一晃而过,人生不也如此匆匆,能放下的,就不再是心事。

将身上擦洗干净后,他开始穿衣服。也许清凉的河水,让他的记忆从深处唤醒,他想起了昨夜做过的梦。清晨醒来时,他曾想了半天,也没有理清梦中的情境。此刻,却清晰无比。那是一辆火车,在白茫茫的大雪里飞驰而过,越过一道道山岭,他在火车后追赶着。雪花无边无尽地飞扬着,脚下的积雪越来越厚,而他奔跑的脚步也越来越沉重。终于,他跑不动了,看着火车消失在白茫茫的大雪中。

此刻,面对蓝天、白云、溪流,还有一只熊,他明白了,自己是追不上那辆火车的。有些人,注定是天上的白云,会消失在天际。

施彤,就是那朵白云。

白熊吃饱后,居然也来到溪流中,趴伏在水中片刻后,酣畅淋漓地甩干了身上的水,钻进了丛林,向着北方走去。

林松收拾了一番,背起枪,跟着白熊,一同走进了茂密的森林中。

第三十五章

林松的追悼会是在九月初的时候举行的。

北川局的局长郑强也是犹豫再三,考虑了一遍又一遍后才做出的决定。即使是这样,还是有很多人不同意举办这个追悼会的。

林松已经进山一个多月了,其间郑强曾派过四组民兵进山寻找,可附近的山岭都寻找了个遍,没有见到关于他的一丝踪迹。生不见人,死不见尸。

"他是为北川局'失踪'的,我们要为他办个追悼会。"郑强最先提出了这个提议。他很后悔,当初派林松去猎熊,就应该多派两个人去,这样进到山林中也好有个同伴,相互能照应些。要知道这无边无际的大森林里,暗伏着多少凶险啊!

其实一些不同意办这个追悼会的人,也在心底里认为林松是九死一生,否则不会一个多月的时间过去了,仍旧是一点消息都没有。茂密的丛林吞没一个人,是眨眼间的事情,连骨头都不会剩下。

施彤在林松进山十多天后,不安的情绪就笼罩了她。以往林松进山,很少有十多天还没有回来的时候,身上带的干粮应该早就吃没了。时间一天天地过去,她不安的情绪也越来越浓厚。在二十多天还没有他的消息时,她彻底崩溃了,心里已经感觉到,这次林松不会回来了。她很想跟随着寻找的人们一同进山，可她知道，自己跟着去，在茫茫的大森林中不但不会帮上忙，还会成为累赘。

进山寻找的人一拨拨地去，一拨一拨地回来，带回来的都是同样的消息：没有踪影。

在接连哭了两个夜晚后，施彤决定去林松父亲家里问一问。在去往林山东家的路上，她想起林松的外甥，那个叫林雪生的小孩子，于是便折返回来，在供销社买了一些糖果。

已经六岁的林雪生，怯生生地望着她递过来的糖果，想接却又不敢，歪着头看着母亲的脸色。

"这是施姨给你的，你就拿着吧！"林鹃说。她眼神疲惫，脸上明显有着不属于她这个年龄的沧桑。

看着蹦蹦跳跳跑到屋外品尝糖果的林雪生，施彤不由自主地想到了他出生的那个风雪之夜。现在想起来，仍旧是惊心动魄。那年的雪，好大啊！

"林叔，林松他以往进山狩猎时，有没有二十多天都没有回来的事例？"施彤开门见山地问道。

林山东抬头望着屋棚，犹豫了片刻，说道："这孩子倒是也有过，可那都是跟随着鄂伦春的猎人们一同进山，人多，往往一进山就要个把月的。自己一个人进山，可从来没有这种情况。"林山东眼眶红肿，看来也是内心同样伤感。

只有林鹃，她坚定地认为林松会没事的，只是始终没有找到白熊，没回来而已。

"能有什么事？林松以往常年在树林中狩猎，对林子里熟悉得很呢，更何况他身上还带着枪！"林鹃坚定的语气，不容人质疑。

林山东长叹一声，将目光从屋棚上收回。说："哎！那些鄂伦春猎人们遭遇不幸时，哪个身上没有枪？当初这孩子要去学狩猎，我就不同意，打过他三遍。这孩子拧得很，非要去学。老理说得好：淹死会水的，穷死种地的。"

林鹃瞪了父亲一眼："你老人家别口口声声'死、死'的，多不吉利。明明没有事，都被你说成有事了。"

说完，林鹃转换了口气，微笑着对施彤说："今个儿来了，中午就别走了，我就去弄饭，中午在这儿吃吧！"

面对这个邀请，最初施彤本想拒绝，但最终却答应了下来。她和林松的关系，他们家人都是知道的，而如今林松生死不明，应该留下来多待一刻的。

这很像一个仪式。一个很可能嫁入这家，而眼下却成了不可能的、彼此承认的一个仪式。

这顿饭吃得很落寞，三个大人彼此都在强颜欢笑，找着话题，生怕气氛显得太尴尬。只有年纪尚幼的林雪生，因为吃了糖果的关系，显得很兴奋，不停地问东问西。正是有了孩子的存在，这顿饭的气氛才活跃了一些。

吃完饭，林鹃出去送施彤的时候，施彤问她："你真的还要一直等下去？"

施彤的话有些突然，并没有先前的铺垫，只是她在听林松说了关于韩建国的事之后，这句话一直憋在心里，此刻说了出来。

林鹃错愕了片刻后，站住了。凝视着施彤的眼，淡淡地说："除了等，还能有别的法子吗？"

"可我听说，有好几个很不错的男人介绍给你，都被你拒绝了。"

林鹃摇摇头，苦笑了一声后，说："女人哪，一旦对一个男人用了情，心里就再也放不下别的人了。我就是这个命。"

施彤的心里只能发出一声叹息。对于韩建国，她也不感到愤恨，只是感到同情，只能怨造化弄人。

"我不像你们,"林鹃继续说,"你们是从外地来到这里的,根不在这里,就会有很大的自由。我们这些土生土长的,注定会永远留在这里。我知道很多当年下乡的知青们,都填写了回城的申请,听说你还没有写?回去吧,别犹豫了,从哪里来的,就回到哪里去。"

施彤沉默,不知该怎么说。她的内心也在左右挣扎,彷徨茫然,不知该怎么办。

"这是一个千载难逢的好机会,错过了就不会有了。"林鹃自顾自地劝道,"要是我哥没有失踪,这番话我是无论如何都不会说出来的。"

"可你方才还说,林松不会有事的。"施彤不解地说。

苦笑从林鹃的嘴角浮现:"我那只是劝慰我爹的,若不这样说,我爹还不得伤心死。只是自己安慰自己的话罢了,其实自己的心明镜似的知道结果。"

是啊!若是林松还在,自己留在这里还有意义,但如今这里已经成了一片伤心之地,还要留在这里吗?施彤这样问自己。

对于自己的去留,施彤一直难以决断,经过几个夜晚的思考,也没有考虑出个结果。眼看着最后的回城申请截止日期就要临近了,她决定去找靳红梅,也许能从她那里找出个答案来。

靳红梅仍旧担任着红星林场的场长,那场大火的责任都被连海平揽下了,她并没有受到影响,仍旧担任原职。在火灾后的重建任务中,她披星戴月,起早贪黑,没日没夜地带领着职工们苦干,第一个完成了灾后重建任务,修复了贮木场和职工住房,受到了地区的表彰。看到施彤前来,她并没有感到意外,虽然两人已经两个多月没有见面。她把施彤安排到自己的宿舍后,就继续忙自己的事去了,并告诉施彤自己会晚一些回来。

两人的谈话,是在林场的发电柴油机停息后,靳红梅在她的宿舍内点燃了一根蜡烛,把从食堂带回来的饭菜简单热了一下后,两人边吃边聊,才正式开始的。

"我听说林松失踪的消息了。"靳红梅直爽地说道,三个多月的风吹日晒,她的脸在烛光中黑黢黢的。

施彤点点头:"也许四到五天后,局里要给他开个追悼会。"

"那你是怎么想的?"靳红梅问道。

"我?我想他可能真的没了。"施彤费了很大的劲儿,才说出这句话。

"我没有问你这件事,我是问你关于以后,关于这次知青返城的事,你是怎么想的?我听说咱们这批来的知青中,就剩你和我没有递交返城申请了。难不成你舍不得离开我,也要陪着我吗?"靳红梅揶揄着她。

"那你能告诉我,你为什么不回去吗?"

施彤的提问,让她沉郁下来。有些话她本不想说的,有些事她也是不想让别人知道的,但现在,此刻都变得无所谓了。

"我要在这里等他回来。"靳红梅说。

施彤一时有些发蒙,不明白她口中的"他"是指何人,但稍一用心,她知晓了这个"他"是谁。施彤想起来以前北川局的一些流言,那是关于靳红梅和连海平的绯闻。今天听到她这样说,看来那些流言当年多多少少都带有真实的成分。

"那些流言都是真的?"施彤问道。

"没有他们说的那样龌龊,我们是精神上的恋爱。他和他老婆的婚姻本就是一个错误。要是没有这场火灾,一切还会是老样子。"

施彤默然,面对她的坦诚,不知说什么好。

"我也听说了,在他进监狱时,他老婆就跟他离了婚。我就在这里等他。"靳红梅自顾自地说着,仿佛是说给自己听。

施彤的心里一阵悸动,她想起了林鹃的话:"除了等,还能有别的法子吗?"林鹃是等,靳红梅也是等,为什么这世间的情爱,都是一个"等"字横亘在面前?

"十年!"施彤轻轻地吐出这个数字。

"很快的,"靳红梅麻利地收拾着桌子上的碗筷,"只要你不把时间当回事,时间也不会把你当回事。"

靳红梅的态度让她感到吃惊。来到这里这些年来,很多人都变了,就是自己也变了很多,但像靳红梅这样和当初来时简直是判若两人的,可就少了。她变得更……怎么说呢?变得更通达和干练了。看来这大兴安岭的寒冷和冰雪,已经彻彻底底地融入了她的血液中。

但自己呢?

靳红梅看出了她的犹豫,并没有等她询问,就给她说出了自己的判断。

"你和我不一样,你该回去的。这里已经没有了你要等的人。"

现在看来,若是有一个人值得等,未尝不是一种幸福。施彤心里想着。

"更何况你是学医的,一心想要在医学上做出些名堂,在这里环境落后,你的医术很难得到发展。在这里你一辈子只能给别人看看感冒发烧的小病,永远窥不见医学殿堂里的奥妙。听我的,回去吧!"靳红梅语重心长,语气好似一位久经沧桑的长者。

"更何况我在这里有等的人,而你呢?林松若是没有失踪,这番话我是不能说的,决定就要全靠你自己了。但现在不一样了,人走了就是走了,只留下一段回忆而已。"靳红梅依旧不停地说着,这些话是对施彤说的,但何尝不是说给自己听的?施彤的到来,让她有了倾诉的对象,而这些话她也只能对施彤说。

"前些日子张寒秋来找我,让我跟他一起回去,回去就结婚。我倒很感激他的这番情意,只是我不能。我就把等待连海平的事和他说了,他听后就不再提要我回去的话了。看着他伤心地离开,我也是很难过的。现在才知道,一个人对另一个人的感情是最可贵的,也是转瞬即逝的,错过了,就永远错过了。"

靳红梅的倾诉,施彤并不感到意外,她早就看出来张寒秋对靳红梅的爱意，并以为这两个人最后一定会走到一起的。但如今，一切都变了样，变得七拐八折，怎么努力都回不到原来的样子。

原来，这就是岁月留下的痕迹，貌似波澜不惊的样子。

"可我感觉，要是回城的话，总有一种'逃兵'的感觉，感觉对不起这里的每一个人，毕竟这里给了我很多。"施彤犹犹豫豫地说道。

"唉！"靳红梅叹了口气，"别让你的慈悲心作祟，而耽误了大事。如果你真有这份慈悲心，我倒是劝你更应该回去，把你的医学水平提高后再回来，为这里的人们消灾除病，那才是真正的慈悲心。你不觉得你留在这里会是一个痛苦的经历吗？与其时刻痛苦，还不如换个地方，好好地沉静下来。"

不得不说，靳红梅的话击中了施彤的内心深处，将她内心所有的顾虑和对未来的期望，都说得清晰透彻。

回到北川后，施彤就把回城的申请书交了上去。

林松的追悼会办得很平淡。特别是追悼会上，一些人提起了那头白熊，白熊一天没有被猎杀，就始终是个祸害，让北川局的人感到不安。眼下林松失踪了，大家提议实在不行，就向外局求助，找个鄂伦春的老猎民来猎杀白熊。大家对此的讨论，让原本的追悼会变成了如何猎杀白熊的讨论会，这让侯德海很不满意。在晚上喝了一瓶酒后，站在宿舍门外，对着空气骂了一个小时。

很快，施彤与那些先前申请的知青们，一同收到了批复函，她们将是第一批回城的知青，以后还会有第二批、第三批……而九月底，国庆节前，就是她们回城的日期。

第三十六章

跟随着白熊走了三天后,林松看到白熊走得越来越慢,一条后肢明显出现了瘸拐的迹象。看来它在和另一只熊的搏斗中,自己受的伤也不轻。他很想近距离观察一下伤口,可每当他走得急了,快要和白熊走在一起时,白熊就会加快步伐,尽管走得很吃力,也不想让他靠近。经过三次试探后,林松只好放弃了这个想法。夜间休息时,白熊也会待在距离他一百多米远的地方。

看着白熊后肢上的伤势,似乎一天比一天严重,这让他很担心,一直在想着一个办法,能仔细察看一下伤势。就在他绞尽脑汁地想着办法时,一个机会突然就来了。

在第五天的下午,一人一熊,一前一后正在一处山坳处行进。林松看见白熊停下了脚步,警觉地弓起了腰身。不远处的草丛中,有两头狍子正在悠闲地吃着草。

林松坐下来,取下水壶,喝了两口水,看来白熊是想狩猎,自己也正好借此休息一会儿。他看着白熊蹑手蹑脚向前走了一段路,就在狍子警觉地竖起耳朵,向着白熊的方向张望时,白熊一跃而起,径直向狍子扑去。白熊的动作很敏捷,可狍子的动作更加快速。看到草丛中窜出的熊,两只狍子立刻跳起来,一左一右,转身闪电般地分头逃了出去。白熊紧追着其中起步慢些的一只狍子。

林松知道，论跑的速度，熊是跑不过狍子的，但熊有耐力，可以紧追不舍；而狍子的耐力只有三分钟。若是一只熊紧跟着一个狍子，这个狍子基本上就会成为熊的晚餐了。

穿过一片丛林后，狍子的速度果然开始降了下来，但熊的速度也慢了下来，还明显开始落后，两者的距离也越拉越远。林松想起了白熊的腿伤，照这样下去，白熊是捕不到狍子的。

果然，狍子看到后面的熊已经越来越远，便放下心来，不再拼命般地奔跑，时不时地还要站在原地，仿佛嘲笑般地看着后面的熊，直到熊跑近了，才不慌不忙、蹦蹦跳跳地跑开了。

林松放下望远镜，他知道，白熊是捕不到这只狍子了。它还得靠去捡食浆果来填饱肚子，但浆果产生不了多少脂肪来维持过冬。

白熊却不放弃，它跑到狍子的另一头，兜兜转转地转了一个大圈，直到狍子向着林松所在的位置跑来时，他不能置之不理了。他觉得，自己有义务在这个时候帮助白熊一次。子弹上膛，打开保险，从准星中看着狍子跃过草丛，越来越近。就在蹦跳的狍子蓦然发现前方的林松，猛地停住，转身向另一个方向逃跑时，枪响了，狍子蹦到了半空中后，栽倒在草地上。随后赶来的白熊，生怕狍子再次起身跑开，扑过来咬住了狍子的脖颈。

林松很怀疑，把狍子赶到自己身边，是白熊故意为之的。若真是这样，只能说，他一直以来都低估了这只熊的智力。

看着正在进食的白熊，林松走了过去，蹲在它的旁边，看它狼吞虎咽地吃着狍子的内脏部分。其实，这是很危险的举动，任何动物都对食物有着天生的保护欲望，不会允许别人来分食杯羹。但白熊仿佛没有看见他，仍旧在自顾自地吃着食物。

这时，林松看到了它后肢上的伤，皮毛已经被撕扯开，露出的肌肉已经开始腐烂，引来一群蚊蝇围绕着伤口飞舞，不肯离去。

　　白熊吃饱后，有意无意地望了林松一眼，倒在旁边的草地上开始休息。他看了眼狍子的残骸，发现白熊所食的地方，大多是内脏和骨头，而四条腿却都完好无损。看来这头白熊也知晓口中食物的来历。林松用匕首分解下来的肉，放在火堆旁熏烤，这样可以让肉保存得更久一些。

　　林松想出了个主意，把一块熏烤好并涂抹上咸盐的肉块，拿到白熊的嘴边。已经吃饱的白熊，忍不住肉香的诱惑，吃了起来。看到白熊吃肉的模样，他不禁想起了这只熊年幼时吞吃食物的情景，往事历历在目，却已物是人非。林松借机察看起了白熊腿上的伤势，一番观察后，他看出若想要治好白熊的伤，就得把伤口上的腐肉刮去，才能治愈。沉思了半晌后，他决定冒这个险。他不去看白熊的眼睛，慢慢地掏出腰间的匕首，开始清理伤口上的腐肉。

　　白熊只是在开始时蹬了一下腿，而后便不再动弹，任由他在那里摆弄。当把它的伤口清理干净，用布条简单包扎后，天已经黑了下来。看来今晚，就得在这里露营了。

　　这一次，熊没有离开，而是和他一起卧在火堆旁，度过了一夜。

　　因为共同狩猎的缘故，林松知道，他与这只熊的关系又回到了熊年幼时和他在一起时的模样。他想：这只熊有着这样的智力，那它一直在向北走，就一定有它的目的。它和另一只熊的争斗。很可能是为了争夺领地，本来已经将那片领地抢夺来了，但自己的出现打破了白熊的想法，它还想把自己的领地向更远处迁徙。

　　林松不敢肯定自己的想法是否正确，眼下也只能走一步看一步了。

　　第二天的清晨，林松没有等白熊先走，而是自己先向北方前进了。他要验证一下自己的想法是否正确。

　　走出去百来米后，林松看到白熊跟了上来。不一会儿，白熊走到了他的身后。经过这次共同狩猎，他们不再相互隔着距离前进，而是走到了一起。一熊一人，一前一后，开始了新的跋涉。

走走停停间，三天过去了。这期间，他们又合伙狩猎到了一头驼鹿。有了第一次的经验，这次的配合简直棒极了，天衣无缝般的顺畅。

第四天的晌午时分，他们在穿过一片白桦林后，林松听到了隐隐的涛声。他抬头望向树梢，见上面的枝叶并没有被风吹动的迹象，他有些讶异。越向前走，耳中的涛声越大，隐隐地沉稳而宏大。他攀上一处高岗，眼前的景象让他豁然开朗：一条宽阔奔涌的大河横亘在面前，浪涛汹涌，裹挟着远古山林的气息，滚滚流过。这是他从来没有见过、却听闻过无数次的黑龙江。

经过多日的奔波，他们已经来到了国境的边缘。

林松想：也就是这里了，他们已经无法再向前走了，既然有了个开始，就一定会有个结束。这里人迹罕至，应该是白熊生活栖息的好地方。

来到江边，白熊望着涛声拍岸的黑龙江，竟有了胆怯，不敢随着林松继续向前走。直到林松在江边畅游了一会儿，呼喊着白熊时，它才犹犹豫豫地来到江边。并没有适应太长的时间，江水中不停游动的鱼儿引起了它的兴趣，熊的本性让它"噗通"一声跳进水中，抓起了鱼来。只是没有经验的白熊，在狡猾的鱼儿面前屡屡失手，半天也没有捕到一条鱼。林松看着在鱼面前显得笨拙的熊，不禁想起第一次看到白熊时的情景，那时年幼的白熊正在翻滚着自己下在河水中的地笼，企图吃到里面的鱼，却无从下嘴。

在这里远离人烟，鱼类丰富得超乎想象，白熊不会再为食物发愁了。林松对这里的环境很满意。

第二天，他在江边的林子里给自己搭建了一个简易的窝棚，他要先在这里住上一段时间，观察一下这里的环境。他最担心的就是这里的熊会很多，会对外来的白熊生存造成威胁。

果然，每天跑到江边来捕猎鱼儿的熊有很多，有独来独往的公熊，还有带着幼崽的母熊，黑龙江中络绎不绝的鱼儿成了它们稳定的食物来源。这些熊对白熊的出现，却没有显示出特别多的恶意。想来这里食物众多，并不需要费尽心力来抢夺地盘，这让江边成了熊类的公共狩猎场。这些熊类只是对和白熊一同来到的林松保持了一段时间的警惕。彼此相处了一段日子后，这些熊就对他放松了警惕。

很可能是每日有了鱼儿做食物，不必再饿着肚子，白熊后肢上的伤口很快就愈合了。

林松放心了，每日里去江边捕些鱼，除了吃的，剩下的就挂在树上晾晒，他要给自己准备一些回去时必不可少的食物。只是，他轻而易举钓上来的鱼，很少给白熊吃，他要让白熊彻底摆脱对他的依赖，能完完全全在这里生存下去。只是有天夜里，由于秋雨绵绵，导致江水暴涨，白熊没有捕到鱼，夜里竟冒着危险，爬上了树，把林松放置在上面的鱼干吃掉了一半。林松无奈，只好把再晒好的鱼干放到更高的树上，让白熊彻底断了念头。

几场秋雨过后，天气开始转凉，每天树叶随着风，不停地抛洒向大地。冬季快来了。

就剩下最后一件事没有做了。

经过两天的寻找，林松找到了一处朝阳的山坡，那里长满了高大的樟子松树。他把枪上的刺刀卸下来，绑上一根短木枝，在一根粗大的枯木根下开始掘土。

白熊好奇地注视着他的举动。

因为没有像样的工具，这项工作进行起来很不顺利，三天过去了，才挖掘出一个像模像样的洞口。

他要给白熊挖出一个可以用来冬眠的洞窟。

这只白熊从小失去了母亲，还没有学会自己来挖掘冬眠的场所，这其中的另一个原因，很可能是因为在年幼时，洞窟被人类毁掉，形成了心理阴影，再也不敢住到洞里。

三天下来，曾经锋利的刺刀变得无比钝挫，犹如一根铁棍。

接下来的五天，他除了前往江边捕鱼，就是不停地挖掘洞穴。挖好洞穴后，林松又在里面铺上一层厚厚的干草。完成这些后，林松呼唤白熊进到洞穴里来，白熊却不敢，只是在洞口处徘徊，无论如何，都不肯进到洞穴中来。无奈，林松只好自己先住了进来。

夜间，洞穴中很温暖，上方那个盘根错节的老树根，把周围的泥土也牢牢地束缚住。

第一夜，林松住在里面，白熊守在洞口附近。他并没有强迫或拉扯白熊进来，克服心理的恐惧是需要一些时间的，有些事情急迫了，很可能会收到相反的效果。他不急，对于时间，他有自己的掌控。

第二夜时，当林松看到白熊躺卧的地方距离洞口又近了些时，他微笑了片刻，知道自己的计谋快要成功了。

第三夜时，他看到白熊的爪子已经搭在洞口边缘时，他从背包里取出一条晒干的狗鱼干，放在洞里，吆喝着白熊进来吃。白熊望着洞内鱼干散发出的气味，犹犹豫豫，最后终于抵挡不住食物的诱惑，蹭着身体，慢慢进到洞穴中，一口咬住鱼干。就在林松舒心地松了口气时，白熊却叼着鱼干退出了洞穴，跑到洞穴外嚼了起来。这让林松很失望。看来白熊对洞穴的恐惧，已经印在了骨髓里。只有来日方长了。

事情的转机往往都是在无意中发生的。当夜，在失望中睡去的林松，夜半时分，一阵窸窸窣窣的声响让他醒过来。借着洞穴口照进来的月光，他惊喜地看到，白熊已经不知什么时候进到了洞穴内，卧在他的身边，就像前些日子和他一同躺卧在那个简易的窝棚中一样。

洞口的月光稀疏地洒落在山林中，就这样照耀了千年万年。

白熊很快就喜爱上了这个洞穴，每次出去后，回来时居然都会咬着些干茅草回来，不断加厚着洞穴里的草垫。

秋风终于吹尽了树枝上的叶子,夜晚的寒气开始让河流旁不知不觉地结上了一层冰凌。

该回去了,他想。只是,该有一个怎样的告别方式呢?

最初,他想用一个无声的告别方法,自己还是像每日来到江边捕鱼一样,悄悄离开,就此别过。但这种方法最后被自己否决了,他决定用最直截了当的方式告诉白熊自己要走了。

这天清晨,林松把准备好的背包收拾妥当,摸了摸白熊的头,拎着枪,钻出了洞穴,向着来时的方向大踏步走了回去。他今天怪异的动作,让白熊意识到了和往日的不同,看到他今日行走的方向和往日不同,白熊也钻出了洞穴,想要和他一同走。林松停下脚步,向白熊吆喝着,让它回到洞穴中去。走走停停间,当他第五次用严厉的口吻吆喝着白熊回去时,白熊终于懂得了他的举动,他从哪里来,还要回到哪里去。

走进树林后,林松回过头来,见熊没有跟上来,一片萧瑟的白桦林挡住了他们彼此的视线。就在这时,他听到白熊发出了两声长长的吼叫,声音在山岭间不绝地回响。

林松的眼泪掉了下来。

他知道自己这次回去时,施彤很可能已经走了,永远地走了。即使没有走,也可能把申请书交上去了。

还有一种可能,就是她决定在这里生活下去,不管有没有他。

有这种可能吗?

可自己若是不这样做,势必会牵绊她的心,让她难以做出自己的选择。她若是真的想在这片山林中生活下去,这里就不应该有自己的因素掺杂在里面。但若是因为自己的因素,让她留在这里,自己就是个自私自利的小人。

几番纠缠下来,林松真想抱住一棵桦树,痛痛快快地哭上一场。他只是再次回头,然后走向了回去的路途。

第三十七章

天色昏黄，北川局周边的山岭掩盖在沉沉的暮色中。秋末凌厉的寒风，已经把山岭上一个夏季的繁华收敛起来，换成了一派萧索的气象。乌云掩映中，似乎有一场雪要来了。

刚刚钻出山林的林松，步履缓慢，腹内空空。原本四天的行程，却由于迷路，多走了一天。

还好，一切都结束了，终于回来了。

一条略微偏僻的街道中，空无一人。这个小时，正是家家户户吃晚饭的时候。被火烧毁后又重新搭建起来的房屋，冒出炊烟，随即被秋风吹散，只留下熟悉的烟火味，散荡在风中。偶尔从某个院落中传出大人呵斥孩子的声音，这是真切的人间烟火气息。对于已经在野外生活了快两个月的林松来说，分外亲切，眼里所见的都是如此熟悉。

这次可真是最后一次进山狩猎了。他想。

车站的方向热闹非凡，一阵阵的锣鼓声紧密地传来。从激扬的大喇叭中传出的声音，让林松意识到，此刻应该是北川局在车站为要回城的知青们送行。

要回城的前一天，黄昏来临时，施彤在宿舍内自己用酒精炉简单做了口饭。吃完后，想起自己就要在明天回城了，手里的很多物品也不能带走，只好送人了。她把物品收拾了一番，一些衣服、用具，只简单地留了一些。剩下的包裹起来，送给了同在医院的一个同事。

随着离开的日子越来越近，将要离开的一些知青们相互和这里的人们告别，互诉着衷肠。人都是这样，只有在离开或失去时，才会发现平日里朝夕相处的风景，是有着别样的风采。每天夜晚，都有人在街道上喝得酩酊大醉，哇哇直吐，眼泪和鼻涕一起流。

施彤这几天一直把自己关在房间里，她没有什么人可以告别的。只有靳红梅来过一次，两人说了一番告别的话后，靳红梅把一封写给上海家里父母的信交给她，拜托她转交。剩下的时间，她就坐在床头上，凝望着窗外的远山，沉默不语。临行前，她很想再去一趟林松父亲的家里，可到了那里又能说些什么？除了徒惹起老人的一腔悲伤外，也就只能说一些无关痛痒的话，把心里的痛苦沟壑又加深而已。想想也就放弃了这种想法。

她常常在想一个问题：如果林松没有失踪，仍然在她的身边，她还能不能下定决心离开这里？这是个很缠人的问题，却又假设在虚无之上。但她在认真想了半个晚上后，知道了答案：自己是不能离开这里的。自己亏欠林松的太多，他为自己付出了那么多，自己无论如何都不能用"事业"二字为借口，离开这里。只是如今想这些已经没有任何意义，这世间也没有"如果"可以重来一遍。这片山林，留给她的只有回忆。她不像别的知青，只是带着些许留恋离开这里，她是带着痛苦的、沉甸甸的回忆，离开这片山林。

九月二十八日这天，一大早，北川局就召开了隆重的欢送大会，为这些即将返城的知青们送行。虽然天空阴沉，空气中寒意十足，一场初冬的大雪正在酝酿中，局里很多人早早就来到局里的大会堂，与这些曾经朝夕相处的知青们告别。

"……虽然你们离开了这里，但这里永远都是你们的第二个家，这里的人们不会忘记你们,这里的一草一木也不会忘记你们。你们为这片山林付出过汗水,付出过青春,这里能够取得今天的成就,离不开你们辛勤的劳动和付出,感谢你们……"

局长郑强用高昂的声调,向要离开的知青们倾诉着,讲到后来动情处,不禁抹去眼角欲滴下的泪水。

台下的很多人同样湿了眼眶。曾经朝夕相处的同事们,谁都知晓,离别后就是天各一方,再见面却是千难万难。

黄昏时随着人流,施彤拿着简单的行囊,向着车站走去。从会堂中出来时,天空开始飘起了雪花。刚开始稀稀疏疏,等到大家从住处取出行李,雪下得绵密了起来。初冬的第一场雪,就这样来临了。

北川局车站,从来没有像今天这样热闹过,几乎大半个林业局的人都来到了这里。

张寒秋看着走过来的施彤,彼此微笑了一下。当年他们坐着同一列火车来到这里,如今又要坐着同一列火车离开这里了。

天空的雪下得大了,远处的山岭都被笼罩在白茫茫的雪雾里。

施彤想起来了,她刚来到这里时,走下火车时,也是这个季节,天空同样飘着雪花。一切都没有走远,一切都近在眼前。

列车进站了,施彤回过头来,最后望了一眼白雪飘飞中的北川,踏进了车厢。

不远处,车站附近的一处松林中,林松站在里面,望着施彤朦胧的背影消失在车厢中,心内翻滚着,说不出来的滋味,好似有把钢锉正在那里来回无情地拉扯着。

他要让施彤没有一点负担地离开这里。从眼下来看,这倒有些"天遂人愿"的含义。他在山林中陪着白熊度过的日子,就是要让施彤跟随自己的内心,来决定自己的去留。这里,不应该有他的存在。若有,那就是一种道德上的"绑架"。

看着火车慢慢地启动，搭载着施彤和那些知青们驶进了大雪中，向着山外另一个世界疾驰而去，终于消失不见。

等到车站上的人群都散尽后，林松仍然站在那里，任雪花扑满了头。火车远去了，明天它还会来，但车厢里的人却换了一批。这种感受，让林松颇有物是人非之感。但不论如何，日子总归还要过下去。

他的归来，让父亲林山东喜出望外。吃饭时，父亲又告诉他一个好消息：韩建国给鹃子来信了，说是再过一个多月，他就可以回来了，但要带着那位牺牲战友的母亲一同来到这里，他想问问林鹃，能不能收留这位老人。

林山东感叹地对着林松说："你瞧这孩子，都这个情况了，居然还在问能不能收留老人！咋不收留啊？人家战友是为救你牺牲的，这傻孩子。"

一直在疯癫中纠缠着韩建国的那个战友的妻子，如今在韩建国的细心照料下，已经恢复了神志，并逐渐接受了韩建国不是她丈夫的现实。前一段时间，她嫁给了同村一个丧偶的男人，那个男人是她的小学同桌，有一身不错的木匠手艺，这些年一直在外面给人打家具，手头很宽裕，回乡盖了三间大瓦房。

林山东说完这件事后，忍不住又感叹道："这个韩建国的心地很善良，看来鹃子当年不糊涂，眼光不错。"

这是一个好消息，至少在眼下的沉闷中，有了个美好的开始。

林松替妹妹感到高兴。他瞥了一眼正在锅台前忙碌、非要给他添一盘炒鸡蛋的林鹃，心想：等韩建国回来了，一定要给他和妹妹张罗一场热热闹闹的婚礼，不能让妹妹再受委屈了，她这些年承受的已经够多了。

为了省电，厨房没有开灯，只是借着大屋的余光。但是红通通的炉火照在林鹃的脸上，林松看见妹妹的面色又恢复了从前的红润，还轻轻地哼唱着歌曲。

外甥林雪生眼巴巴地盯着锅里的鸡蛋，偷偷地咽下口水，说："妈妈，刚才舅舅说我爸是个解放军,这是真的吗?"

林鹃使劲儿点了一下头:"是的,你爸是个解放军。"

林松几乎把一盘炒鸡蛋都喂给了雪生。吃完饭,他顶着雪,向自己居住的宿舍走回去。他挺直了腰,任风雪吹打在脸上,掉落在脖子里,冰凉地肆虐着他。他想:明天要先去找局长把事情说清楚,然后开始上班。日子该怎样过,还是要怎样过。

是啊,日子还要继续。眼下一些政策上的风向变了,允许私人做买卖不说,还可以私人拉运木头,加工木材了。这是一个好迹象。

他想,自己总该做点什么,万一……万一有一天可以去上海了呢?

是的,那是上海,同是一个中国的上海,不是火星或者月球。

(完)

重生

邹凡是怀着一个阴郁的、不可告人的目的来到大兴安岭的。

是啊！如果想找一个遥远的、没人相识的地方，还有什么地方能比得上大兴安岭呢？这里山高林密，人烟稀少，入眼的除了无尽的树木，还是无尽的树木。

邹凡已经在这座百十来米长的大桥上走了两个来回，心里在思考着自己的计划是否还有什么遗漏之处。

他很怀疑，不远处桥头旁的一个白发苍苍的老婆婆，已经窥破了他的心事。自从他来到这座桥上，那个老婆婆就不知从哪里冒了出来，蹲在油油的青草中挖着某种野菜。天知道那里除了草，还能挖出什么来。这种想法让他感到尴尬，他不想让任何人知晓自己的心事，他只想一个人安安静静地离开这个世界，安静得好似自己从未来到过这个世界一样。

邹凡来到这个偏僻、荒凉的地方是准备自杀的。

事情是从什么时候开始变得糟糕，乱成一团麻似的呢？

先是资金短缺，工厂停工，然后是银行讨债，工人讨薪，再然后公司破产，老婆离婚。然后，就没有然后了。

这座桥看来建成有些岁月了，在水泥缝中已经长出了一簇簇的野草，蓬勃茂盛地生长着。邹凡在大学里学的是建筑专业，他一眼就看出来这座桥应该是上个世纪六七十年代的产物：桥墩厚重，桥面朴实，桥的每一处设计都是为了发挥桥的最大作用，简朴而耐用。

谁能想到，半年前他还是一位受人尊重的民营企业家，时常出入高档会所、酒楼，名字也常常出现在当地的报纸上。半年，才短短的半年啊！他就从高处狠狠地栽了下来，跌得这般狠。没了，一切都没了，让他引以为傲、辛辛苦苦创办的公司没了；汽车，没了；楼房，没了。一切好似一阵烟，睁开眼，都化成了灰烬。

那个老婆婆蹲在那里，没完没了，还时不时地向他这边看上两眼。

公司、房子、汽车、钱，没了就没了吧，都是身外之物。在他遭难的这段日子里，他已经体会到了人情冷暖、世态炎凉。平日里可以两肋插刀的朋友们相继离开，没有一人肯伸出援手帮扶，有的甚至还落井下石、趁火打劫，让他本就千疮百孔的心更加破碎。但这些，都还没能让他崩溃，他有继续活下去的理由。压死骆驼的最后一根稻草，来自他最心爱的人。

"我们离婚吧。"

当他的妻子用平静得出奇的口吻说出这句话时，他头上的天塌了，半年来苦苦支撑他的力量顷刻间崩溃了。

只剩下最后一条路可走了，他想。他清楚地知道这条路对于他意味着什么。

桥下的河水湍急，拍打在巨大的桥墩上，发出震耳欲聋的轰鸣声，巨大的漩涡翻滚着，翻腾起滚滚不息的泡沫。只要从这里跳下去，马上就会被波涛淹没。也许自己会挣扎几下，会吐出几口河水，但不要紧，几分钟，也就几分钟，就都结束了，河水又会恢复原来的样子，就像自己从未在这个世界上来过一样。

那个老婆婆已经将野菜采满了一篮子，却还是不肯离去，不时地用一种奇怪的眼神看着他。

邹凡是半个多小时前，坐着一辆客车来到这里的。远远地，他看见了这座桥，心里就对自己说，就是这里了。当司机用奇怪的眼神给他打开车门后，他才发现，离这座桥五百多米处的高岗上，稀稀落落地有着二十多户人家的院落。

这些稀疏的院落多少有些让他扫兴。一路走来，他就想找个安静的、无人知晓的地方，静静地让自己离去。他不想在自己纵身一跃时，引来周边的惊呼声，即使是成功地死去了，也会被那些好心的人们打捞起来，看着自己的狼狈样，发出一阵阵惋惜声、叹息声、窃窃私语声。而后，就是无尽的后事，报警、寻找家属、处理尸体，平白无故地给别人增添了麻烦。不，绝不能这样，这样的结果不是自己想要的，这也是他为什么会千里迢迢地来到荒山野岭中的原因。若是在这里还不能死得干净、静谧，那还不如就直接跳进黄浦江了呢！

他决定再等等，那个老婆婆不可能在那里采一天的野菜吧！想到此，邹凡向桥的另一头走去，自己走得远了，即使她窥破了自己的心事，离开了她的视线，她也就该走了。

他来到桥的另一头，神情恍惚地坐在路旁的土堆上。他感觉全身疲惫，心力交瘁。他有些恼恨自己，若是自己一来到桥上，就毫不犹豫地跳下去，此时一切就已经结束了。哎！真是人不顺，喝口水都塞牙。邹凡下意识地将手伸进衣兜里，想要拿支烟来吸，但随即他又放弃了，最后的一支烟已经在桥上吸没了，烟盒都扔进了涛涛的波浪中。他叹了口气，将摸到的皮夹子拿出来，扔到了土堆旁，里面还有一千多块钱，扔在这被人拾到，也算是自己人生中做的最后一件善事吧！

邹凡的嘴里阵阵发苦，眼前的落魄和半年前相比，有多大的差距啊！著名企业家、杰出青年、最具爱心慈善家……

镁光灯前，踌躇满志的自己怎么能想到会有这样的一天，连想要安安静静地死去都成了奢望。

阳光热烈得有些刺眼，将他的后背照射得发烫。

桥下的林荫道中，传来了一阵阵奇怪的声音，说是奇怪，是因为在一阵急促的"吱吱"声后，便传来"扑通"的一声，抑扬顿挫，错落有致。凭着直觉，他听出这"吱吱"声应该是某一种小型轮子缺少润滑油所致。

他将目光凝视在这条林荫小道上。

声音越来越近，直至一个满头白发、身形消瘦的老汉出现在小道上，邹凡才明白让他感到奇怪的声音是如何发出来的。这老汉拉着满满的一车枝条，费力地前行，而由于他的右腿有着某种痼疾，每迈出一步，都要努力地将右腿画成个大半圈，才能够笨拙地踏在地上，发出"扑通"的声响。

眼前的一幕让邹凡感慨，即使一个手脚都健全的年轻人，拉着满满的一车枝条，也会感到费力，更何况是一个满头白发、腿有疾患的老人呢！每一次重重的"扑通"声后，都会在脚下扬起一阵灰尘。

邹凡将头转向了另一边，他不想让已经生无可恋的自己再看到别人的窘状。

老汉步履蹒跚地将车拉到了桥头旁，停了下来，嘴里呢喃不知在说些什么。他摘下肩上已经失去本色的毛巾，将头和脖子上的晶莹汗珠擦拭掉后，嘴里又哼哼唧唧了起来。这次，邹凡听清楚了一些，这老头是在哼唱着某一种小调，只是已经没有了可被称为"调"的声音，完全是随意的，随着自己的呼吸在哼哼。

老汉将毛巾甩在肩上，看看眼前的陡坡，"嘿嘿"两声，给自己积蓄起了力量，打算一鼓作气冲上这陡坡。就在这时，老汉发现了一旁坐着的邹凡，"咦"的一声停止了哼唱。

而邹凡也从眼睛的余光中知道老汉发现了自己的存在，这让他感到更加尴尬，有心想要离去，内心又感到不安，犹豫了一下，他站了起来，径直走到老汉的车后，做出要帮他推车的动作。这个举动让老汉对他微微点头，示意道谢。

有了邹凡的帮助，车子被推到了平整的道路上。

"哎！年轻人。"老汉叫住推完车、转身就走的邹凡。"看你的模样，也不像是来这旮旯旅游的人嘛！能告诉我吗，咋跑到这荒山野岭来了？"

邹凡只好无奈地站了下来。唉，帮忙还帮出问题来了。不想让人看破自己的心事，就得敷衍一下。他脑海里急促地想了几个理由。

"我……我来看看这座桥。"邹凡说出了这个他自认为最妥当的理由，他可不想和这个老头说过多的话。言多必失。

"哦！"老汉的目光变得凝重起来，看着他，一字一字地说道："我知道你是什么人！也知道你来这里想干什么！"

邹凡一惊，这是怎么一回事？自己一来到桥上，就被桥那头的老婆婆看破了心事；如今只是帮这老汉推了一下车，就被不知是从哪里冒出来的老汉一眼就窥破了心事，难道自己的脑门上写着"我要自杀"四个大字吗？要不就是这里的人都有一种神奇的功能，能看懂别人的心思？

邹凡沉默不语，只希望这老汉赶紧走，不要阻碍自己的计划。

"其实死才是最容易的事儿，活着，且活得坦坦荡荡、问心无愧，才是最艰难的。"老汉似乎话里有话，用重重的语气说道。

邹凡无语。如果说前一句话还有些含糊、模棱两可，但这句话，无疑是真真切切、话有所指了，看来这里的人都有一种能看透别人心思的能力。也罢，这里不行，自己完全可以顺着河流向下游走，又何必非得在一棵树上吊死。

"哎！"老汉却不依不饶地喊道，"你的钱包落在那里了！"

邹凡站住，无奈地叹了口气，犹豫着自己究竟要不要回去将钱包捡回来。心头的一丝疑惑也在萌生：如果去提醒一个要自杀的人捡回钱包，应该不会有这样"好心"的人吧？

"你呀！也别太伤感了，看你的脸色很不好啊！他们死得很壮烈，我想也会很安心，用毛主席的话说，就是死得比泰山还重。"

邹凡愣了一下，随后苦笑了一声，内心开始嘲笑自己的多疑。因为他终于听明白了，这老汉话里所指的，根本和自己无关。

"这桥上有很多人跳下去过吗？"邹凡有些好奇。这荒山野岭的，难不成有很多人都有和自己相同的想法？

老汉神情肃穆，望着不远处的滔滔河水，面色凝重地说："当然，有六个人跳了下去，若不是及时拦阻，还不知道有多少人会跳下去呢！"

想不到这座毫不起眼的桥，居然已经有六个人在这里自杀了，真是令人想不到。在刚来到这座桥上时，邹凡理所当然地认为自己一定是第一个。

"你还没有看到他们的名字吧？"老汉问道。

邹凡机械地点点头，心里却是暗暗琢磨："谁会这么无聊，或是出于什么目的，居然要将在这里自杀的人名字都记下来，是为了警戒后人吗？"

老汉将肩上的绳索放了下来，一瘸一拐地费力向桥下走去。"我要是不说，你们这些人是不会知道的，也就白来一趟了，今儿个你幸亏遇到了我。"老汉走过土堆旁，侧着身子，将他扔下的皮夹子捡起来。"给，钱包都忘拿了，幸亏遇到我，否则你都回不去了。"

邹凡无奈，只好走下路去，接过自己已经放弃的皮夹子，跟着老汉走到了桥下。

"在那儿！"老汉手臂向上指着粗壮的桥墩。桥墩上，一块用水泥涂平的地方工整地铭刻着两行人名。虽然时间已经过去了很久，但字迹明显，常常有人来拂拭，六个人的名字清晰可见：张青春、陈景玉、张忠学、刘裕洲、刘忠烈、焦忠贤。在名字的右下角刻着日期：一九七〇年十月十九日。

"他们……他们都是同一天跳下去的吗？"邹凡指着上面的日期，奇怪地问道。这事儿确实有些不可思议。

"那当然！"老汉似乎很惊诧，惊诧他何以会问出这个问题。"你莫非不知道这座桥的来历？你方才不是说从远方来，就是来看这座桥的吗？"

"是的，我不知道这里曾经发生过什么事情。"邹凡老老实实地说道。现在他突然有了兴趣，想要知道这里究竟发生过什么事情，这个想法暂时压制住了他自杀的念头。

老汉感叹："是呀！时间已经过去太久了，很多人都不知道这里的细节，除了亲身经历的人，剩下的都忘了，即使还有人知道一些，也是记得稀里糊涂的。"老汉坐在身旁的石头上，然后示意他也坐下来，坐在对面的石头上。

"日期你也看到了。"老汉一边说,一边从裤腰上解下一个小布袋,卷起了旱烟。"那正是开发大兴安岭北坡'大会战'的第二年,铁道兵的一个团当年就负责修建这座桥梁。为了能够在规定时间内完工,让地方上的人员尽早进驻,战士们日夜都在开工建设。"

邹凡明白了,原来是刚开发这里时的事情啊!

"十月份时,这里已经是冰天雪地了,河水已经结上了一层薄冰,只有在个别水流湍急的地方还没有结冰,依旧波浪翻滚。十九日这天下午,天空飘着小雪,铁道兵的战士们在桥墩上紧张地浇灌着水泥,他们知道留给他们的时间已经不多了,因为再过半个月天气就彻底冷了下来,那时就无法浇灌水泥了。"

"那难道不能等来年吗?"邹凡接过老汉递过来的已经卷好的旱烟,不解地问道。

老汉摇摇头:"你应该也知道,那时候咱们与对面那个国家的关系交恶,那个国家在咱们边境陈兵百万,虎视眈眈,说不上什么时候就会打过来。早一天修成,就能早一天开发这里,使边疆更加稳固。军令如山,大家都在奋力地工作。有个刚入伍一年的战士,在扛着一块木板走过脚手架时,不小心脚下一滑,一头栽了下去,掉到了冰冷的河水中。"

老汉吐出一口烟,凝神注视着远处翻着浪花的河水。

"这个战士在冰冷的河水中奋力挣扎着,努力不让自己沉下去,但河水太急了,他随着翻滚的河水向结冰处漂去。桥上的战士们看在眼里,急在心上,他们知道,若是那个战士钻到了冰层下面,就彻底完了,没有任何救助的机会了。"

邹凡将自己的旱烟点燃,"噗"地又吐了出来,他突然觉得这烟好辣。

"有两个战士急忙脱掉棉袄,纵身跳了下去,他们想在那名战士还没有进入冰层前截住他。也许是水太凉了,也许是波浪太大,他们俩还没有抓住他,自己就先被浪涛卷了进去。其中一名战士很可能并不会游泳,竟直接沉了下去。见情况不对，紧接着又有三名战士跳了下去，他们想游到冰前，去抓住最先落水的战士。那名战士急迫中抓住了冰层的边缘，摇摇欲坠地漂浮在那里。但大家都低估了河水的冰凉，那些相继跳下去的战士们先后被卷入浪涛中，竟先于那名战士被卷入了冰下，转眼间就看不到了。"

邹凡感到一阵阵凉气侵袭着自己的身体。

"桥上和岸上的战士们见此情景，不知所措，五六个战士又都脱下了棉袄，想要跳下去。桥上的连长又是焦急，又是心疼，他猛地掏出枪来，对着天空开了一枪，大声喊道：'谁也不许再往下跳，这是命令！'"

邹凡默默在心里点点头，心里赞同这道命令。

"大家面面相觑，眼见五名战士跳了进去，顷刻间都被卷入了冰下，抓着冰层的那名战士也肯定坚持不了多久了，可是尽管如此，又怎么能见死不救呢？于是大家徒劳地向河里扔着一些木板。这时，一名已经脱掉了棉衣的战士又将棉裤脱了下来。连长看出了他的心思，用枪指着他：'不许跳下去！'这名战士看了眼连长……"

老汉说到这里突然哽咽了。过了半晌，他突然又道："哦，对了，这名战士就是上面名字里的刘裕洲。"

老汉再次将手臂指向桥墩上的名字。邹凡看着上面清晰的名字，心里想象着当时的情景。

"刘裕洲看了眼连长，径自走到脚手架旁，说了句：'他不能死，他还太年轻。'而这时，抓住冰层正在苦苦挣扎的那名战士也看出了刘裕洲的心思，使劲地摇着头，用最后的力气呼喊：'别下来，别下来！'就在刘裕洲刚要纵身跳下的时候，这名战士突然松开了紧紧抓住的冰层，让自己沉入了冰下。他的目的很明显，只有这样才能让大家彻底死了去营救他的心。桥上的战士们看得清清楚楚，那名战士在被冰层吞没的瞬间，冲着大家挥了挥手，似乎在做最后的告别。"

老汉的这番讲述，让方才还全身燥热的邹凡感受到了阵阵凉意，一阵悲怆涌上了心头。"那名战士是这里的哪一个名字？"他问道，能够在关键时刻舍身，值得在他的名字前肃穆怀念。

老汉却苦笑一声，抬着头，看着上面的名字。"这个刘裕洲是湖南人，水性是很好的，他见那名战士主动松开了手，便不顾一切地一个猛子扎了下去，向前面奋力地游去，在大家的惊呼声中直接钻进了冰层里。原来刘裕洲发现距离冰层十几米处就是缓水区，那里的冰面较厚，一个人若是趴在上面，完全可以承受得住，而且在那里还有一处半米多宽没有封冻的水面。如果在那里露出头，就可以抓住牢固的冰面，等候岸上的人用绳索来救援。他在冰下抓住了已经放弃挣扎的那名战士，借着河流的力量，向冰窟窿处游过去。一切照着他预想的一样，他游到了冰窟窿旁，用另一只手奋力抓住了冰层，将两人的头露了出来。桥上和岸上的战士们原本已经放弃了希望，见他们居然奇迹般地露出了头，连忙喊叫着奔向冰窟窿处投掷木板，企图用木板铺设一条能承受人重量的通道。"

邹凡听得惊心动魄，好似自己也在冰水中翻滚挣扎，他深切地感受到了那种在波涛中无助的心情。

"最先掉进去的那名战士已经昏迷了过去，刘裕洲想要将他托举到冰上，但由于窟窿太小，他只有先将自己的头缩到冰下，一遍没有成功，两遍也没有成功，第三次他松开了把住冰层的手，用最后的力气将这名战士托送到了冰面上。而他，再也没能从冰窟窿中露出头来。"

邹凡心内叹息，想说点什么，却说不出来。他沉默着。六个人，六个名字，无疑，那名冰面上的战士得救了。

"前些年，常常有铁道兵的后代来这里祭奠。"老汉看着他，"你能告诉我，你是哪一位官兵的后代吗？"

邹凡沉吟片刻，他不能对这位老人撒谎。"不是，我不是这些铁道兵的后代，我只是来看看这座桥。"

"是这样啊，也算你有心了。现在的年轻人啊，早忘了。走吧，跟我回家去，这里没有饭店，我那老婆子肯定在桥那头等得着急了。"

邹凡主动拉起了车，向桥的另一头走去。路过那片波涛翻滚的地方时，看着不尽的河水，他已经完全换了一个人。是呀，活着，毕竟就有希望。这个世界上，还有很多希望自己活下去的人，在等待着自己。

那个老婆婆依旧在桥头旁的草地上忙活着。

"大叔"，邹凡心有所感，"你是不是就是那名被救上来的战士？"

老汉停住了脚步，看着他的眼睛："你说我是我就是，你说我不是就不是。"

山林里的唢呐声

每当遇到雪花纷飞的天气，那唢呐声就从记忆深处升起，像漫天飞舞的雪花，从四面八方扑面而来。你躲不掉，也无处可躲，曾在生命里生根发芽的东西，已经顽固地凿刻在记忆里。

夏季，我因腿疾，向单位请假，一直赋闲在家。本想着借此机会轻松一阵，去河沿边钓钓鱼，却被一个电话打破了这种宁静。

那时正是午后，我倚在床上按揉了一会腿，把那种酸胀痛麻减轻后，靠在床上一阵一阵打起盹来。我的这条右腿，在二十年前的大兴安岭山林深处，曾被木头压折过。以前还好些，只是在阴雨天时开始酸胀，现在到了一定年龄后，后遗症开始不断显现，一日甚一日地折磨我。

我一直对人生中的那些机缘、奇遇，以及不可思议般的巧合事件，持怀疑态度。即使诉说的人指天发誓、信誓旦旦，我也从来不会深信，总会认为那不过是诉说者想要哗众取宠罢了。因为事情就是这样，你不说得天花乱坠，谁会对你说的话感兴趣。

但当电话铃声突然响起的时候，我蓦然惊醒，油然间从心底里泛起一个念头：这通电话，一定是来自大兴安岭那个偏远的千里沉湖般的盘山林场。

我会有这样的念头，是因为在电话铃声响起前，迷蒙中，我看到了飞扬的雪花，一望无际的山岭，以及山岭间数十栋房屋飘出的四分五裂的炊烟。我置身其中，就像二十年前，被寒冷裹挟着站在风雪中。

我拿起电话，那头传来的声音证实了我的想法。

"六子吗！我是老二。"

这声音再次将我裹挟在风雪中。

……

放下电话，一时之间有些发呆。老二是我的拜把子兄弟，一向粗犷豪爽，说起话来直来直去，干起活来也是雷厉风行。只是这次的通话中，话语间却没有了往日的风雨雷电，只是缓缓地、慢条斯理地跟我说了一些分别后的家常。这让我很不习惯。

但他最后说出的话,却让我呆住了,他说:"张大喇叭快要不行了!"

有一些人,注定存在于我的记忆里。张大喇叭就是其中最深刻的一个。有一些人,出现在你的生命里,让你在那一段生命旅程中感受着不一样的风景。只是,当时年幼,还不晓得这一段相逢,是可以用"荣幸"来形容的。

老二在电话中絮絮叨叨地说了一堆,讲了一些从前的事。从头至尾,他没有说出一句让我回去的话,但他所说的每一个字,每一处停顿的沉默间,都透露出让我回去的意思。

第二天,我踏上了去往盘山林场的火车。

火车行驶在山岭间,窗外是连绵不绝的树木,一晃而过,却又无穷无尽。一如二十多年前。

大兴安岭开发"大会战"的后期,整个大兴安岭地的铁路已经被打通,公路犹如人体血管般绵延到各处,只有一些极为偏僻的山林等着人们去开发。盘山林场就是其中一个。

名如其意。盘山林场位于兴安岭北坡,亚勒山的北面,那里山高林密,罕有人迹,高耸绵长的山峰挡住了通往那里道路,只好在山岭间盘旋着修建一条公路。

我被分配到那里时,盘山林场已经修建了一年多,人们已经从帐篷中住进了砖瓦结构的房屋中。当我坐着一辆运输原木的卡车,拎着行李站在林场的入口处,看着陌生的山林时,我怎么也不会想到,就在这里,远离城市喧嚣的偏远地方,竟能触摸到夜空中的星辰。

是的,此刻我急于见到张大喇叭,想要握着他的手,真诚地说一声:"认识你,是我的荣幸。"

我很羞愧自己的迟钝。这些年来,东奔西走,各种磨砺早应该教会我这个意识:让你领会到人世间一瞬间灿烂花火,是你的荣幸。

而这句话，在二十年前就应该说，在他还是身强体壮、精力充沛时。而不是在一个电话中告诉你"他快不行了"时。

　　我很羞愧自己的迟钝。

　　也是这条铁道，二十年前我坐着火车来到这里。我确信，眼前车窗外掠过的一棵棵树木，就是二十年前矗立在那里的树木，它们没有变，山岭也没有变，甚至那两只惊飞的鸟儿，依旧一如二十年前般矫健，划过记忆深处。

　　我住的那间宿舍里，有六个人，都是如我一般，先后来到这里。只有老二，是最先来到这里的。他说，他来时这里还没有一栋房屋，就连第一栋帐篷，都是他亲手建成的。宿舍里，为了省事，我们不叫彼此的名字，只是根据六人年龄的大小，依次排开。我最小。而被称为老大的，比我们要年长三十岁。我们五人本应该叫他"叔"或"大爷"的。

　　后来在一个夜里，我们六人跪在雪地上，庄严地向夜空磕着头时，谁也没有想到年龄的问题。直到第二天，老大挠着头，看着我们五人时，连连地喊着："亏了！亏了！"

　　第一次知道张大喇叭这个人，是在到这里的第四天，是从声音中先认识了这个人。

　　办理接收手续时，所有的证明材料都在，唯有那张《边防证》不见了。可我明明记得走下火车时，迎面走来两名警察让我出示证件时，我还把《边防证》掏出来给他们看，天知道从那以后丢到哪里去了。好在这里的接收人员没有为难我，没有让我再坐车回去办一张。（后来我才知道，没有了《边防证》，我哪里也去不了）后来通过刚刚架好的电话线，用三天的时间，证明了我的身份，补办了《边防证》。

　　我跟着宿舍里的人，一起去食堂打饭。就在端着饭菜往回走的时候，一阵唢呐声伴着夕阳的余晖，悠悠响起，溢满村子里的每个角落。

　　我停下脚步，惊奇地喊道："呀！快听，有人在吹喇叭呢！"

其余的人看着我,他们的眼神中明显写着"少见多怪"。

老二"嘿嘿"地笑了一声,告诉我:"你是才来,过一段时间你就不会惊讶了!"

"是谁在吹喇叭?"我好奇地问。

"那还能有谁,当然是张大喇叭啦!"

喇叭声悠扬、平和,像夏季黄昏中的一阵晚风,不悲不喜。

直到两年以后,我坐火车回家探亲,在列车上遇到一位须眉皆白的老者。他坐在我对面,身旁的行囊袋中露出半截二胡。几位同车的旅客怂恿老者拉段二胡,以解路途寂寞。老者并未推辞,拿出二胡拉了起来,整个车厢里的人停止了讲话,屏息静气地听老者的演奏。演奏了三首曲子后,怂恿者与我都拿出带来的酒菜,摆上桌,请老者喝一口。闲谈中,我提到盘山林场里有个人会吹大喇叭,吹得高亢嘹亮。那老者看了我一眼后,说:"就是唢呐吧!"

从那以后,我才知道,那个大喇叭,有个很正式的名字,叫"唢呐"。

当我探亲回来后,告诉宿舍的同伴们,大喇叭不应该叫"大喇叭",而是应该叫"唢呐"时,老二轻蔑地撇着嘴说:"啥'唢呐',多难听的名字,还是叫'大喇叭'好听。"

"就是、就是,难不成我们还管他叫'张唢呐',不好听、不好听,还是叫'张大喇叭'好听。"

其余的人也反感我提出的"唢呐"名字。

我第一次看见张大喇叭,是在来到盘山林场的第五天。

我被分到营林队里,每天早晨坐车进到山林里干活,晚上坐车回来。当我笨拙地刚爬上车厢,就听到身后老二喊着:"张大喇叭,昨天又吹喇叭啦!"

我连忙回头,看见一个身强体壮的中年男人也在攀着车厢,肩上背着一台油锯,他口鼻阔大,浓眉大眼,一双手显得出奇的大。原来他就是昨晚吹大喇叭的人，我顿时心生好感，连忙伸手想要取过他肩上的油锯，减轻攀车的负担，却被他阻止，他用一只手抓住车厢，轻轻地向上一跃，人已经站在了我身边。

行驶的路途中，我注视着张大喇叭，实在不敢相信昨天的喇叭声，是从他的口中发出来的。这和我臆想中的完全不一样。

昨天我一边吃饭，一边听着窗外的喇叭声，心里也在勾画着此人的长相。从声音中，我断定此人一定是高高瘦瘦，面容憔悴，眼神中布满忧郁。

此刻我看到的，是一名五大三粗的关中汉子。

"你是新来的？"张大喇叭看着我问。他肯定是想感谢我方才的相助之情。

我点点头。我想不到他竟然会是营林队的油锯手，而不是机关里穿着中山装的那些干部。这很出乎我的预料。

"张大喇叭，今天下工回家，给大伙吹个'娶媳妇儿'呗！让俺们也乐和乐和。"老二高声嚷嚷着。

一车的人，哄然大笑。

张大喇叭看着老二说："我怕吹完了，你一夜睡不着觉。"

"这请你放心，进山抬一天原木，就是有俩媳妇儿，也是沾枕头就睡着。"

满车的人，再次哄笑起来。

我是第一天进山，对营林的业务不熟悉，大家把我分到张大喇叭的手下，拿着一根四米长的木杆给他"量杆"。这份工作原本都是一个叫于红娟的姑娘来干的，在我接替了她之后，她就和那些大姑娘小媳妇儿一起去扛小杆。

这份工作很轻松，只需要我拿着杆子，在伐倒的树木上，用量杆比画好距离，让油锯手从中截断。

我像一位指挥家，拿着长长的杆子，指挥着张大喇叭东跑西窜，片刻间，弄得他满身大汗，气喘吁吁。一旁抬原木的老二实在看不下去了，走过来，虎着脸夺过我手中的木杆，喊了声："小六子，看着，这'量杆'是怎么量的！"他拿着木杆开始给张大喇叭量杆。

油锯轰鸣，冒出浓浓青烟，盘积在密林中久久不散。

张大喇叭在老二的量杆下，很快就变得轻松，油锯声也清亮了许多。我观察了片刻，才看明白干"量杆"活的窍门：拿着量杆要给油锯手指示最近的木头，而不是像我那样，拿着量杆一会儿东、一会儿西，害得油锯手拿着油锯来回奔跑。

我接过量杆，难为情地对张大喇叭说："对不起啊！害得你挨累了。"

他毫不在意，只是笑了笑，安慰我："没事的。谁第一天来干，都是这样，熟悉熟悉就好。"

下午快下山回去的时候，老二对着我发了一通火。我看得出来，他是在压抑着心里的怨气，对我喊叫着：他们四人抬着一根比脸盆还粗大的木头，抬到山底下时，才发现这根原木截短了，作废了，白抬了。很明显，这是量杆人的责任。

我无言以对，惭愧不已，害得四人白白出了一身汗。

于红娟冲上来，对着老二怒斥："谁还没有出错的时候，你干吗冲着人家发火？你小时候没尿过炕啊！"

于红娟的这几句话怼得老二再也说不出话来，只是使劲拍了下自己的大腿，悻悻地走开了。

那一刻，我对于红娟的感激，无与伦比。特别是她怒斥老二的神态，正义凛然，很像《红灯记》里的铁梅。

下了火车后，我来到汽车站，打听了一下，知道一个半小时后，会有一趟大客车去往盘山林场，我放下心来。在大街上随意逛了起来。

来的时候，我想着给老二打个电话，告诉他我来了。但在拨出四个号码后，我放下了电话。既然已经决定去了，这个电话就毫无意义了。

望着大街上的建筑，我感到了一阵阵的陌生感。只有在一些不起眼的地方，还保留着原来的模样。我在记忆里费力地拼凑着这里原来的样子，却也只记得那片簇新的居民楼，原本是商业科的仓库。就在那里，有一年夏季，我和老五来到这里玩耍，却没有找到回盘山林场的汽车，无奈之下，只能在仓库旁的墙角处蹲了一宿。

我俩坐在墙角处，翻遍了全身上下的兜，只凑齐了够一个人住旅店的费用。

"别翻了，费那劲干啥！"老五说完，索性躺下来，舒舒服服地找了半块砖头当枕头。我照着他的样子也躺了下来。

就在这时，物资科的大院内，传来一阵吹喇叭的声音。只是声音时断时续，呜呜呀呀的，像极了一个五天没吃饭的人在吹，让人听得直憋火。

老五随手把头枕的半块砖头抛到了院子里，气恼地说："这吹的啥玩意儿！比杀猪还难听。"

就是，就是。吹的啥玩意儿！怎么能比得上张大喇叭呢！我们哥俩儿是曾经沧海，是除却巫山。

宿舍里住着我们六个人，平日里虽然都是"老大""老二"地叫着，却也是平常的同事关系。只是在那一宿之后，我们六人的关系彻底变了。我记得很清楚，那是一个冬夜，宿舍外的火炉烧得通红，屋内却丝毫没有感到温暖。

我们六人穿着棉袄棉裤，蜷缩在被窝里，侃着大山。每日里都是这样，即使再劳累，也要等到十点整，林场里的柴油发电机没了动静，电灯熄灭后才会睡去。对这种现象起初我很不解，吃完晚饭拖着疲乏的身子钻进被窝，就想早早休息，却从来没有睡着过。刚开始我把这种原因，归咎于不远处柴油发电机的轰鸣声，但我知道那不是，我曾经在山林中油锯的轰鸣声中照样酣然睡去，微弱的柴油机声又怎能挡住劳累的躯体？直到半年后，在我看着头顶的电灯一点点暗下去，直至最后的红丝消失时，一股浓重的眷恋涌上心头。那时我才明白，大家都不肯睡去，是在心底里对电灯都有着如我一般的眷恋。这灯泡明亮刺眼，是和某种被称为"现代"的东西可以连在一起的媒介。当灯光熄灭，整个村庄重新笼罩在黑夜中，那种连接消失了。

只是，我不知道这种感觉，其余的人是否感知到了。

那天，我们六人正掰扯着究竟是野猪厉害，还是黑熊厉害时，窗外一阵高亢的大喇叭声蓦然传来，刺得整个寒夜战栗了一下。我们不再去管野猪和黑熊，支棱起耳朵听起来。

高亢嘹亮声过后，一声长调，喇叭声开始变得清爽素净，一如窗外寒夜天穹中的星辰，触手可及。

我相信此刻，整个村子里的人，都在倾听着喇叭声，听着它时而高昂、时而平和。

多年以后，我在一本书中看到这样一句话：音乐能升华人类的灵魂。我击掌叫绝，我拱首加额，为这句神来之笔。

一个多小时后，喇叭声袅袅散去，只留下一屋的清凉。我们都沉浸在某种情绪中难以自拔。

老二缓缓说："想一想啊！我们六人可真是有缘分，彼此都千里迢迢地来到这里，又住到一间宿舍内，这需要多大的缘分，前生很可能就是一家人。"

老三点头称是，说："那我们干脆就结拜为兄弟，不枉了这一段缘分。"

大家伙儿没有一个人提出异议，就连年长我们三十岁的老大，也没有。我们当即从被窝里爬起来，来到屋外。从大到小，一行人跪在雪地上，对着夜空中的星辰一起说了一遍："我们六人自愿结为兄弟，有福同享，有难同当。谁要是违背誓言，就让熊瞎子祸害他。"

那一刻，我们心思纯净得如同白雪，语调铿锵有力，九死而无悔的气概。老二拿出床下藏了不知多久的一瓶白酒，打开瓶盖，递给老大。我们就这样跪在雪地上，每人喝了一大口酒。

第二天，当我们醒来，彼此打量着，昨夜的那一幕，相互间都有些难堪。大家都是老大不小的人了，咋还没个正形，居然拜上"把子"了？

屋外跪拜留下的痕迹仍然很清晰，誓言已经发出去了，谁也无法反悔。

我想，如果时间可以重来一次，即使没有那夜激情四溢的喇叭声，我还是会和他们跪在雪地上，喊出那些可笑的誓言。

一个半小时后，去往盘山林场的客车出发了。我坐在上面，偌大的客车车厢里寥寥五人。再有两个半小时的路途，我就可以见到张大喇叭和老二他们了。

来到盘山林场干了两个月营林后，我终于领到了人生中第一笔工资，十九元六角八分。我以近乎朝拜的心情在工资单上按下自己的手印时，看到在我名单上面有个陌生的人名：张子期。这个人名我从未听说过。

我好奇地问工资员："这个人是谁？怎么从来没见过。"

工资员看看我，提高了语调说："你还没见过？你天天看见他。他不就是张大喇叭嘛！"

我恍然大悟。以我当年有限的学识来判断，张子期可真是一个好名字，比那些叫"建国""建军"的有内涵多了。但村子里的每一个人，包括小孩，从来都叫他"张大喇叭"。

我从最早来到这里的老二口中，陆陆续续地知道一些关于张大喇叭的事情。他以前在部队里当过兵，好像当的是侦察兵。有一次在公路旁，我们四人往汽车上装原木，火辣的太阳当头，空气中没有一丝微风，人人热得汗流浃背，皮肤上好像要烤出油来。我们脱光了上衣，光着膀子抬原木。我看到张大喇叭身上穿着一件已经破得露出几个窟窿的背心，虽然被水洗得已经失去了本色，但依稀能看到上面印着"侦察兵三连"几个字。

老二说："张大喇叭会武功。"

这一点我相信。

有一次在路旁装车，装到三米多高，也就是最后两根时，走在前面的老五在跳板最陡峭处脚滑了，肩上沉重的压力让他趔趄一下，跌到车下，趴在地上。正抬着的原木瞬间失控，向下跌去。后面跟着的我在那一瞬间吓傻了，这般粗大的木头砸到老五的身上，他就废了。我无能为力，只能呆呆地站在跳板上，看着悲剧的发生。

具体的事情是怎么发生的，即使事情过后，我仍然想不起来，想不起来在那一瞬间究竟发生了什么。

在我定下神来的时候，我只看到那根原木斜着悬在半空，一头的木头距离地上的老五只有二十多厘米的距离。

张大喇叭站在两根跳板之间，站姿是一个很标准的扎马步。用膝盖支顶着原木，把原木卡在跳板之间。

后来有个电影很出名，叫《少林寺》，其中有个镜头是少林寺中的和尚们练习扎马步，我看到这一幕时，不由得想起张大喇叭来。我觉得，那些和尚们扎的马步，根本就没有他的稳如泰山。

那一刻，我看他扎在跳板上的姿势，威风凛凛。

我把这件事讲给老二听。老二不屑地把嘴里的烟屁股吐出老远，说："那都是小意思啦！"

老二说，他们刚来这里时，先是住的帐篷，后来建筑砖瓦的房屋时，从外地来了一伙建筑队。其中有个叫李二赖子的，常常调戏这里的女知青。

"那家伙会铁砂掌。"老二说。"两块砖头摆在一起，一掌就砍断。我看于红娟受了欺辱，就去找他。但刚动起手来，就被他两掌打在胸口，喘不上气来。"

老二指了指自己的胸口位置。很为自己当年的失败感到羞愧。

老二回去后，召集了二十多人的知青，拿着铁锹、斧头，一起浩浩荡荡地向施工队驻地赶去。施工队的人看到一群人来者不善，也团结起来拿着工具对峙。

李二赖子叫嚣着："仗着人多不是好汉，有能耐咱们单挑。"

大伙儿都见识过李二赖子单手劈砖的狠劲儿，自忖着这里谁也不会是他的对手。

张大喇叭站出来走过去的时候，老二很吃惊。他在召集人时，并没有喊张大喇叭。他是什么时候跟来的？

张大喇叭要和李二赖子单挑。

两人之间是怎么打斗的？我没眼福，没有亲眼看见，很多人都跟我提起过这件事，但每个人的说法都不一样。有人说张大喇叭用的是"岳家拳"打败了李二赖子，有人说是用"太极八卦掌"打败了李二赖子。

老二说："别听他们瞎扯。我问过张大喇叭了，人家就是用'军体拳'，三次把那家伙打趴下，晚饭都给打出来了。"

那种场面，我常常自己去幻想。幻想着李二赖子一次次被打趴下，又一次次凶狠地爬起来，叫嚣着要拼命。直至最后一次，再也爬不起来，承认自己输了。

我想那一刻的张大喇叭，肯定也是像蹲在跳板上的那一刻，威风凛凛，豪气干云。也就是在这种想象下，我萌生了一个想法，去向张大喇叭学吹大喇叭。

宿舍里的人都笑疯了，当我郑重其事地说出自己的想法时。就连一向严肃的老大也嘬着嘴，"扑哧、扑哧"地直笑。

"这有什么好笑的？张大喇叭是人，我也是人，我也能吹得像他那样。"我很不服气。

老五止住了笑。说："说实话，我真的想听听你吹的大喇叭声，能不能比杀猪声好听些。"

那时候，张大喇叭的媳妇还没有来，还在很远的老家里办着调动。他一个人住在家属房里。我忐忑地走进他家时，屋内给我的第一印象就是素净。屋内的墙壁粉刷得如一张白纸，连个凹凸不平的瑕疵都找不到。两个自己用木板做的箱子，拼接得没有一丝缝隙，整齐地摆放在墙壁一角。他的行李叠放在炕上，像块砖头，被一块绣着鸳鸯戏水的白布巾遮盖住。

我说明了来意。他倒是很意外，看了我一会儿，确定我不是在说笑。他抓起我的手，看了看，斟酌着说："你的手指有些短，吹起来很可能会有些忙乱。但这些也不是大问题，我就见过一个手指短的人，照样吹得很好。"

就这样，我收工回来后，常常来到他这里，向他讨教吹喇叭的技巧。

有一次，在我"滴答答"地吹了一会他教的《靠山调》后，我想起了一首曲调，就是那首让我们六人情不自禁"拜把子"时听的曲子。我把时间告诉他，他沉思了一会儿后，想了起来，然后微微一笑，说："你说的是那天啊！那天是我胡乱吹的。那时候你也知道，咱们村里来了一伙铁道兵嘛！那里做饭的是我老乡，遇上了，在我这里喝了顿酒。他回去后，我就尽兴吹了起来。"

"那你还能再吹一遍吗？"

他摇摇头，说："那是需要心境的，也需要灵感。即使现在能照葫芦画瓢吹出来，也不会有那时的神韵。"

他说的有些玄妙，我听得一知半解、似懂非懂。

后来的那几次"惊天地、泣鬼神"的吹奏中，我相信也如他所说，都是心境所造化出来的。因为在那之后，我再也没有听他吹过相似的曲子，我买来一堆唢呐演奏磁带中，也没有听过类似的曲子。那声音，已经成为绝唱。

第二年九月底的时候，下了一场雪。这是我有生以来见过的最大的一场雪。

雪花纷纷扬扬，不是一片一片的雪花，而是不知多少片雪花粘在一起，成团飘落不止。老大称呼这种雪叫"棉花套"雪。这个词可真是形象又贴切。

一场寒流过后，天气又变得暖和起来，积了半米深的雪开始融化。白天溪水横流，夜晚又都冻结成冰。

一进入冬季，天便黑得早。六月的时候，天黑下来要十点多钟，而十月，五点就黑天了。老二说他最喜欢这时候了，每天可以少干三四个小时。我们营林队的人坐车回来时，天已经昏暗，空气中的寒意正在笼罩开来。

经过一天在山林里奔走，每个人的棉鞋都已湿透，凉意顺着小腿蔓延到全身。就在我正想着跑回宿舍换双鞋时，已经走远的张大喇叭被调度室的老赵头喊住："大喇叭，张大喇叭，你老婆来电话了，让我告诉你，她的调令已经办完了，这两天就过来。"

我看到张大喇叭原本被寒意摧残得苍白的脸，突然变得红润起来，很像春季山野里漫山遍野的杜鹃花。

相比于他兴奋、开心的心情，我却感到一阵阵的遗憾。他老婆来了，我就再不能随随便便地去他那里学吹喇叭了。在这种遗憾背后，自有我的一份私心。我在他那里学了一段时间的吹喇叭后，已经意识到，这辈子我根本就学不到他的那种熟练程度。一个简单的音调，我竟反反复复地吹来吹去，也不会吹出令我满意的声音。每当我在他家练习吹喇叭时，第二天总会招来人们的嘲笑，甚至有人求我不要再去学了，让他们的耳朵好好清静清静。

我知道，我的能力撑不起我的愿望。但我仍然一有机会就去他那里学吹喇叭。至于其中真实的原因，只有我自己知道。

张大喇叭吹喇叭吹得好，做的饭菜也好吃得不得了，比食堂做的、老五称为"猪食"的饭菜不知要强上多少倍。同样是土豆炖海带,他做出来的,就能让人垂涎欲滴。夏季里,我常常趁着夜色,摸进不知谁家的菜地,摘把豆角、抠几个土豆,或者捧走个角瓜,拿到他那里,告诉他我是在老张家或老李家买来的,来他这里打打牙祭。啊!我永远忘不了那一顿饭。有一次发工资当天,我跑去供销社买了一盒猪肉罐头,又去谁家的菜地里摸走一个角瓜,让他精心烹饪了一顿饭菜。那顿饭撑得我一夜没睡着。

但现在他老婆要来了,我的那些小心思无法实现了。

当晚在食堂吃完饭,天就已经完全黑了下来。但东山处一轮升起的圆月,伴着地面的霜雪,将盘山林场笼罩在一片清辉中。

老大比我们年长很多,看事情也比我们看得深透。吃饭时,我把张大喇叭的老婆要来的消息告诉他们时,老大就意味深长地说了一句:"今晚哪!张大喇叭肯定要吹喇叭了。"

盘山林场的人们都说,盘山林场少了谁都行,就是不能少了张大喇叭。我认可这句话,在我来到这里两年后。

在我刚来到这里的时候,调度室的老赵家里有个不知哪年产的收音机,木头做成的罩子,方方正正,由于年代久远,早已斑驳不堪。每到晚上,半个林场的人都会簇拥到他家里,听木匣子里播放《杨家将》。我来到这里的第九天,跟随老二去老赵家里,在人堆里找到个角落,听起了匣子里播放的《杨家将》。很多年以后,我仍清晰地记得,匣子里激情讲述杨再兴枪挑铁滑车那一段,在挑起第四辆时,木匣子中突然传来一阵"呜呜"声,然后就没了声响。老赵连忙翻抽屉找出电池,换上,可木匣子不顾我们焦急的感受,依旧毫无反应,像个真正的木匣子。

老赵拍了拍,老二也去拍,木匣子不声不响。老赵举起来想要摔了它,却还是轻轻地放下来。从此,它就开始成了摆设,在那里吃灰。从此,张大喇叭的喇叭声成了盘山林场所有人唯一的消遣之处。

每当盘山林场来了新的住户，张大喇叭吹的，必然是那首欢快的《喜洋洋》。

每当有人家的老人去世，随着夜幕一起降临的，是一首抑郁悲伤的《大悲调》。

盘山林场获得林业局生产标兵称号时，场长老韩把他喊上主席台，给大伙吹奏了一曲《喜相逢》。

……

盘山林场的家长里短、大事小情都和张大喇叭的喇叭声联系在一起。

那晚，老大预测今晚张大喇叭肯定会吹喇叭时，我们早早地就开始期待，看着月光一点点铺满整座山林。喇叭声在期待中终于响了。几个音节过后，我像个行家似的品评着："这是一首《欢聚一堂》。"

大伙儿好像没有听到我的话，沉浸在喇叭声中。

这确实是一首《欢聚一堂》，节奏明快，调子清爽，只可惜我从未学会过。

喇叭声伴着清冷月光，一点一点浸润着我的心。风无形，带来了雪。月无声，翻涌出波浪。

我想听得更真切一些，来到了屋外。月色中的清冷，才适合聆听。在阵阵喇叭的欢快声中，我像个哲人般行走在盘山林场的街道上。

《欢聚一堂》吹过后，换上了另一首曲子，是我所不知的，却比上一首更动听，欢快中伴随着缱绻。我望着远处群山上的皑皑白雪，在月光下宛如仙境，唤醒着心底里苏醒过来的渴望。一种莽撞的新奇感知，盘桓在心头。就在这时，我看见了于红娟。

她在月光下向我走来。

我想，莫非这就是人们常说的心有灵犀？正在我想着她的时候，她就来了。

我激动得眼含热泪，心头的千言万语哽在喉咙，不知说什么好。在我们相互打过招呼的第三句话后，我脱口而出："我喜欢你。"

月光下的她先是很惊讶，渐渐地，眼神中竟也溢满了柔和的月光。她点点头说："我知道。"

我激动得语无伦次，结结巴巴地说："那……那你……是同意了呗？"

她郑重其事地点点头。

人们常说，越是甜蜜的梦，破碎得就越快。我相信说这句话的人，可能和我有着相同的遭遇。这段甜蜜的梦境，只存在了短短的一夜，就变成了房檐上的雪，融化掉了。

第二天进山上工时，于红娟喊我。我兴冲冲地赶过去。在一片树叶落尽的白桦林里，她告诉我，昨夜她考虑了半宿，觉得和我不合适。她说，她很抱歉。

我心有不甘，问她昨夜怎么不这样说。

她说了一句让我震惊的话。她说："其实，昨夜我是去找老二的，想把你那番话说给他听的。但你突然跟我说了，我这脑袋当时也不知咋的了，我竟无法拒绝。"

客车沿着陡峭的山路缓慢爬行。一边是迎面而来的山崖，另一边是陡峭的崖坡。盘山林场的名字，就来自这座山上盘绕的公路。

驾驶客车的，明显是个开车多年的老司机。他降低车速，双手牢牢把住方向盘，只是用目光盯住前方的公路，而不去瞧一旁的深渊。这个方法，是多年前跑这趟公路的司机总结出来的经验。

盘上这座山，再一路盘下去，就到了盘山林场。

其实，二十年前我到盘山林场很长一段时间后才发现，我们"拜把子"的六人中，老三和张大喇叭的关系才是最好的。或者可以说，整个盘山林场中，和张大喇叭能说得来的，就是老三。这一点，当时我们并不知道。现在再回想起来，我想，他们俩应该就是传说中的"神交"。

我在这个时候想起老三来，客车正慢腾腾地爬山时，一名年龄略大些的乘客自言自语地嘟囔了一声："第六拐过去了。"

这句话猛地唤醒了我的记忆，老三原本已经模糊的面容一下清晰起来。清晰得一如二十年前，悲怆的喇叭声响起。

老三是从浙江来的，属于来到大兴安岭第四批上山下乡的知青。在1975年以后，很多来到这里的知青陆陆续续地返城，只有少数还留在这里，老三就是其中的一个。

老三只比老二小了半个月。

在我的印象里，老三一向不苟言笑，眼神中总有一丝忧郁的神色。

老二知道一些他的事情，私下里对我说："老三是个热心人，心肠好。虽然是个外乡人，但比咱们东北人还讲义气。"

我问："怎么个讲义气法？"

老二叹了口气，说当年他原本是可以回到城里的，回城名单上都有他的名字。只是他刚处了一个对象，也是浙江那一带的，但回城的知青名单上却没有他对象的名字。他那对象就找到他哭诉，他一心软，就私自去找管事的，把自己的名额让给了那个女的。而自己留了下来。

"那很好啊！"我说。"这不正显得情意深重吗？"

"好个屁！"老二气愤地说。"那女的刚一回去，就向他提出了分手，跟他们一起来的一个知青好上了。老三气迷糊了心窍，再有返城的机会也不回去了。"

我也为老三愤愤不平。

两个人的关系好，并不体现在整日在一起有说不完的话，喝不完的酒这一点上，从两人相处间的细节上就体现出来。早晨出工时，我们大伙儿看到背着油锯走来的张大喇叭，纷纷笑侃起他昨夜里的喇叭声。

"你不能多吹一会儿啊！"老二喊着。"我这刚听出点感觉，你咋就停了？逗我们玩呢！"

张大喇叭连忙搭着笑脸说："昨天太冷，手指头都冻僵了！"

老三说了一句："张子期，昨夜的曲子你吹得'悲而不怨，喜而不扬'，真是好手艺。"

我听老三这句话，似懂非懂。但张大喇叭却很郑重地看了看老三。我想，他们俩的交情，也许就是从那时开始的。

老三去找林场里的杨猎户，用两瓶高粱酒从他手里换来两张兔子皮，又从食堂要来些面碱和盐。每日收工后，就用盐和碱来回地搓弄兔皮，把它变得柔软。我知道，这叫"熟皮"，把僵硬的动物毛皮变得松软。我曾看见杨猎户将黑熊的皮就是这样一番折腾，变成了一件褥子，躺上去，暖和极了。

我问他这是要干啥？是不是想要做个毛皮坎肩？

老三只是笑笑，告诉我们："等做成了你们就知道了。"

兔子皮搓软后，老三又从老大的床铺下翻出剪刀和针线，把兔子皮裁剪一番后，缝合成一个筒状。我打量了半天，也看不出它能有什么用。说它是护膝吧，太长了些；说它是帽子吧，还套不上脑袋。

老四聪明些，拿过来套进自己的胳膊里，向我们示意："瞧见没！就是保暖胳膊肘的。"

老二不服气地说："你家人身上就一个胳膊肘哇！另一个呢？"

老三从老四的胳膊上取下套筒，打量一番，又拿出针线缝补一下。确定一切都合适后，说了句："我给张子期送去。"

那天的夜晚，外面正飘着雪花，一阵密，一阵疏。

好奇心让我跟着老三一起去了张大喇叭家。那时我想，老四的判断是对的，张大喇叭曾经说过，他的胳膊肘有寒气病，一冻着就发麻。

张大喇叭接过老三手中的兔皮套筒，感激地看了看老三，却没有套在胳膊肘上，而是转身取过他的大喇叭，套了上去。

直到这一刻，我才明白老三缝制的兔皮套筒的用途，它是用来给张大喇叭冬天吹喇叭时暖手的。

张大喇叭拿着套上兔皮套筒的大喇叭，来到屋外，对着清冷的雪夜，吹了起来。他的手指在套筒内灵活转换，毫无滞涩。

老三站在他身旁，用脚打着拍子，两人应和着。我站在门口，躲避着外面的风雪。看着两人的身上，渐渐披上了一层雪衣。

喇叭声袅袅地停息后，只闻雪落声。两人都没有动，似乎还沉浸在喇叭声中。老三转身拿起一根木棍，在雪上写了一行字。

张大喇叭看后笑了笑，没有言语。

告别时，我走到那行字前，用手电照了照，认出已经有些模糊的字迹："风肃秋叶痴，当逢雪落时。"

后来，我翻过很多关于唐诗宋词的书籍，都没有从中看见过这两句诗。我想，肯定是在当时的那种心境下，老三有感而发的两句感慨。

后来，在我调离盘山林场的时候，我把一些用不上的衣物送给了老五，只有他的体型和我相似。从中翻出来的一件衬衣，我不知该拿它怎么办。白色的衬衣并不旧，扣子上仍然显现着簇新时的光泽。但整件衬衣上，浸染着一种污渍。我曾用水洗过一回，但它很顽固，执意不肯消失，就像某些记忆一样。透过已经淡化的污渍，在我的眼里，依旧是一片鲜红。

那是老三的血。

当我背着老三向山林外奔跑的时候，他的脑袋搭在我肩上，随着我的起伏不停地晃动，让我以为他还清醒着。滚烫的血液顺着脖子流进我衣服里，火一样地烧灼着皮肤。

我疯了似的跑到山下，把他交给正在装车的老二。老二抱着他坐到车里，催促着司机赶紧向局里赶。我最后看到的是老三那张苍白伴着殷红血迹的脸庞，紧闭着眼睛。

……

我们回到宿舍后，又一同来到调度室，焦急地等着局里医院传来的消息。场长大老韩摇了一通又一通电话,终于确定了,老三没有抢救过来。

老二回来后,对我们说:"其实,在六道拐的时候,老三就没了。当时他睁开了眼,看到了我,我还以为他好过来了,但他马上身体抖了两下,又闭上了眼,我就知道完了。就是到北京的大医院,也是没希望了!"

那天夜幕来临时,张大喇叭的喇叭声响了起来。当时我的脑海里很混乱,记不得他究竟吹了几首曲子,只记得悲戚哀伤的曲调,一直环绕在耳边。当哀戚声散去,一阵平和得让人不敢相信的曲调再次响起。很慢,很重。

我知道,这是他在用喇叭声为老三送行。

这种悲戚得让人心碎的曲子,我第一次听到。我承认,曲子每一声低沉,都在心底里划上一道印痕。但在三年后,当我再次听到他吹奏的哀伤时,那不是一刀刀地在心底划上印痕,而是呼啸而来的石头,击碎了心脏。

老三是被一棵弯弓树反弹回来,打中了额头。

我调离的那天,老二帮我扛着行李,坐车到了林业局,一直送我到火车站。我在嘱咐他回去时,他迟疑了一下告诉我说:"老三在六拐临终前跟我说了一句话,我是把耳朵贴在老三的嘴边才听清,是'容容'两个字。那是背叛了老三的女朋友的名字。"

"不值得。"老二说。"根本不值得。我就没有告诉你们。"

客车驶进盘山林场,映入眼帘的景象和我想象的一样。当年的房屋依旧,只是外墙上重新涂上一层红黄相间的颜料,在黄昏中伫立着。青山依旧,仿佛我从未离开。

离开这里后,有一段时间在我生命里与它隔绝开,相互间没有了讯息。后来电话、手机发达了以后,我试着拨通了盘山林场调度室的电话,联系上了老五,算是又和这里有了联系。

老五闲暇时就给我打电话，絮絮叨叨地谈论一些盘山林场的变化。

我拎起包裹，下了客车，径直向老二家的方向走去。

老二家的位置在盘山林场的西南一隅，位置偏僻，是盘山林场最后建筑的三栋房屋之一。因为老二结婚成家的时间比较晚，被分到这片房屋。来到院门前，看到那两扇大门依旧是从前的样子，只是岁月的沧桑让它有些歪斜。我还记得这两扇大门是我和老五耗费了三个夜晚才鼓捣出来的。

走进院子里，几只小鸡正在啄着几片白菜叶子。屋内也是静悄悄的，没有话语声。我想，老二他们很可能没在家，或许是出外干活还没有收工，或许在张大喇叭家里。在我来时，老二就告诉我，张大喇叭快要不行了。

推开屋门，一阵酒菜的气味最先涌入鼻腔，让我意识到这里也许刚刚有过一顿酒席。看向屋内，映入眼帘的，是我不敢相信的一幕。张大喇叭斜身倚靠在炕上，在他面前摆放着一桌子的酒菜，依次坐着的是老二、于红娟、老四、老五和另外一个我不认识的人。挨着老五的位置放着一个空位。

他们一起看着我，我也在看着他们。

老二抬头看了眼墙上挂着的钟表，对我说："我们还能等你半个小时，再有半个小时不来，我们就开始吃了。"

我一句话也说不出来，只能放下包裹，用熟悉的步伐走到老五身旁，坐下来。就像二十年前那样随意。

虽然我一眼就认出张大喇叭，但他的变化却让我伤感不已，和我记忆中的印象已经有了天壤之别，可以用"换了一个人"来形容。身体枯槁、面容憔悴，仿佛他的身体支撑不住硕大的头颅，总是歪在一旁。他对着我笑了一笑，叫了一声："小六子！"

老四端起一杯酒，看着我说："知小六子的，莫如二哥，我认输了，这杯酒我喝得心甘情愿、喝得兴高采烈。"

说完，老四扬脖将一杯酒喝了下去。

老五告诉我，老二认定我今天这个小时会来，早早地张罗了一桌子酒菜，把大家伙儿找来，在这儿等着我，为我接风。

我压抑着心头的激荡，用二十年前的语气戏谑着说："早知这样，我就不在局里吃面条了。"

张大喇叭执意也要喝一口酒，为了故人的重逢。这时我才知道，那个我不认识的人，是我走后调来的医务室医生。他点了点头，示意张大喇叭可以少喝些酒。

于红娟连忙找来一个杯子，给他倒上一口酒。

我和张大喇叭碰杯，和老二碰杯，和老四碰杯，和老五碰杯，又和那名医生碰杯后，和于红娟碰了杯。

二十多年的风霜，印记在于红娟的脸上。看到她，就看到了我自己。我一饮而尽，连同这些年的风霜。

老二和于红娟结婚那天，是初夏。山林中的映山红刚刚褪去，换上满山的青翠。老二把我们费尽心思搭建的院落栅栏拆掉，在里面摆放了十来张桌子，招待来贺喜的人们。快要开酒席的时候，老二悄悄地把老大、老四、老五和我叫到一块，给我们下达了一个任务："今天，你们哥几个，每人必须要和张大喇叭喝一杯酒。"

我急了，反对他的主意："那怎么能行！张大喇叭的酒量我知道，我们这些人每人和他喝一杯，他肯定喝醉。喝醉了，还怎么吹大喇叭？"

老二瞪了我一眼，说："我就是要让他吹不上大喇叭。"

老大善解人意，说："就是嘛！想人家张大喇叭这些年谁家有事都要吹，也该休息休息了。就这么办。"

就这样，我们揣着心思，轮番的和张大喇叭喝酒，直到他瘫软在椅子上，站立不起来。我扶着他回到他家里，看着他倒在炕上，马上就"呼呼"睡去，才放心离开。

宿舍里，走了两个人，显得空荡荡的，这让我们余下的四人感到一阵落寞。我知道，老大也快要走了，他正在向林场领导申请自己的住房。他的老婆再有个一年半载，就退休了，会来到这里和他团聚。

那天，我们都喝了不少酒，更失望的，是听不到张大喇叭的喇叭声了。前些天，我就在幻想着这一天，张大喇叭会用怎样的激情来为老二的新婚贺喜。那喇叭声该是怎样的喜庆啊！现在，却成了空。我相信，此刻在盘山林场的很多人心中，都会与我同样的失落。

我沉沉地睡去。再醒来时，已是午夜。一阵欢快的喇叭声正在耳边萦绕。我以为自己产生了错觉，连忙坐起来，看到老大他们也被喇叭声唤醒，坐了起来。张大喇叭的酒劲终于醒了。

夜色中，整个村子里都飘荡着喇叭声。欢快、悠扬，不由让人想到溪水奔腾、鲜花怒放。那夜，张大喇叭一首接着一首地吹奏，先是《凤求凰》，又是一首《喜相逢》，喇叭声伴着融融夏夜的微风，四下里花开蝶舞。

就在我们沉浸在喇叭声中，想着各自心头的心事时，喇叭声却戛然而止。很突然，就像一辆飞驰的汽车突然来个急刹车，让人很不自在。

这是从来没有的事。

错愕中，老大对我说："小六子，你穿上衣服去张大喇叭家瞧瞧。记住，如果他已经回去睡觉了，就不要打扰人家。另外要是张大喇叭家两口子在拌嘴，你也别打扰，悄摸地回来。"

老大的话，透着忧虑，也引起了我心底的不安。大喇叭能不能吹着喇叭晕倒了？毕竟他被我们灌进去那么多酒。学过吹喇叭的我可知道，吹那东西可是需要气力的。

我飞快地穿上衣服，跑出宿舍，向张大喇叭家的方向跑去。引起村落里一只只狗吠叫起来。快到他家时，我放慢了脚步，因为我看到，在他家的院落里，隐隐有马灯亮着，还有说话声传出来。我悄悄地走过去，趴在栅栏处向里看去，看到新婚的老二两口子和张大喇叭两口子，正在院落里的木墩上喝酒吃菜。他们一边谈笑着，一边挥打着扑上来的蚊子。

我明白了，肯定是老二两口子被喇叭声弄醒，跑来感谢张大喇叭了。

挂在栅栏上的马灯，随风摇晃着。看不到张大喇叭和老二的脸，他们背对着我，只看到那两个女人，笑靥如花，嘻嘻地笑着，陪着两个男人在深夜里喝酒。

我悄悄地退了回去，抑制住想要前去蹭两杯酒的念头。这样和煦温润的夏夜时光，是属于他们的。

张大喇叭得的是肺癌。这是我回到盘山林场的第二天，老二告诉我的。他说，刚开始的时候，张大喇叭只是觉得胸口有些发闷，干点力气活就喘不上气来，还常常眼前发黑，却也没当回事。林场照顾他，把他安排到管护站里上班。林场里一户人家的孩子考上了名牌大学，这家人把张大喇叭请来，在升学宴上吹两首曲子热闹热闹。在他刚刚吹奏完两首曲子后，老二他们就发现他的声音不对劲，常听的曲子竟断断续续。看向他时，才发现张大喇叭的脸色竟铁一般的青。老二陪着他去了趟省城医院，那里直接确定了他的病情，而且是晚期。

"他说什么也不治了，我拉都拉不住他。"老二伤感地说。

除了叹息，我什么也说不出来。多年前，我曾听一位老人说过一句关乎人生的名言：情深者不寿。我想，这句话放到张大喇叭身上，也许是从开始就决定了后来的结局。

老二郑重地对我说："把你喊回来，是有一件事。我代表盘山林场的父老乡亲求你一件事。"

老二很严肃，目光中闪烁着某种决断的力量。我惊讶了一下，心头盘算片刻，却也猜不到盘山林场的父老乡亲有什么事情能求到我身上。我已经离开这里很多年了，目前这里的一大半人都是我不熟识的。

老二说："自打有了这个盘山林场，张大喇叭就来到这里，林场里的每件大事小情，都少不了张大喇叭的喇叭声。可以说，他的喇叭声已经和盘山林场联系在了一起。现在他不行了，就这么让他悄无声息地走了，林场里的每个人都过意不去，要为他做点什么。可我们这些人又能做什么呢？大伙为他捐钱去看病，他不接受，又给退了回来。我左思右想，想起来老大病逝前，我去看他，老大对我说，说他一点也不害怕死，他知道张大喇叭会为他吹奏送行的大喇叭声。只是不知道张大喇叭有这一天时，谁会为他吹一首喇叭曲？"

我瞬间明白了老二的意思。只是这份责任太重大了，我这种"半拉子"的吹奏技术，又怎能担任？我连连拒绝：

"这怎么能行？我这两下子你是最清楚的。虽然和张大喇叭学过一段时间，却也是硬把狗皮往貂皮上贴。老五总说我吹的喇叭声像杀猪。"

对于我的拒绝，老二并没有感到意外，只是看了我一眼。随后从裤兜里掏出个铁皮做的烟盒子，慢慢地卷起了旱烟，不再理会我。

我感到心里有愧，懊悔自己当初怎么不好好跟张大喇叭学学，否则也不会落到今天这种尴尬的境地。我出了个主意："咱们林场里没有会吹大喇叭的，可外面有啊！这事就交给我了，我负责去找，一切费用都由我来出，也算是弥补了我的惭愧。"

老二对我的提议没有表现出任何态度，只是点燃了烟卷，狠狠吸了一口，吐出的浓烟很快就在萧瑟的秋风中飘散。我顺着他的目光望去，是盘山林场附近最高的一座山岭，山岭上的树叶已经落尽，尽显凋零。只有冬日的大雪才能掩盖，才能在寒意中孕育下一个灿烂的春天。

老二开口说："你的这个主意，我们都讨论过了。不是不可办，只是不管找来的师傅吹喇叭技术多么高明，总让人觉得心里咯咯愣愣的，不舒服。师傅吹完，走了。盘山林场依旧是盘山林场，盘山林场的事，就应该由盘山林场的人来完成。否则，这种咯咯愣愣的感觉却永远留在这里人的心里。不妥，很不妥。"

看到我仍然没有松口，老二接着说："其实，我也想过，吹大喇叭有什么难处？不就是一张嘴，八个手指头嘛！我私下里把张大喇叭的喇叭拿过来，偷偷地练了练。可不行，那玩意儿看着简单，真正吹起来就不是那么回事了。老五说你吹的像杀猪，可听我吹的，说是像用石头砸猪。那一刻，我就放弃了，我就知道这个事儿，必须要由你来完成了。"

我想象着老二吹喇叭的情景，想象着他憋得满脸通红的模样，我知道，我要是再拒绝下去，我这辈子都愧对这片山岭。说句心里话，我也不能认可送别张大喇叭的喇叭声，由一个外来不相干的人来完成。

"好。我同意。这件事就交给我吧！"我下定了决心。

老二站起来，拍了拍屁股上的灰尘，说："喇叭在老五手里，我们就去取回来，让老五用车拉着你去野外练习，不能让张大喇叭听到，等你练得差不多了，再告诉他。"

当我拿到张大喇叭的喇叭时，看着这个二十年前我曾吹过的喇叭，上面斑驳的痕迹，有的是我在盘山林场时就有的，有的是后来才有的。每块斑驳，都承载着一个人的悲欢离合。在喇叭的开口处，有条最长的皱纹，虽然被耐心地修整过，可还是显露出来，提醒着我关于这条皱纹的记忆。这就像有些事，发生了就是发生了，已经在心底留下了印痕，你的若无其事，并不代表它不存在过。

张大喇叭的媳妇从外地来盘山林场时，让我们这些人很是惊诧。

对于女人，我们只知道这个人好不好看，招不招人喜欢。但自从看见了张大喇叭的媳妇，我们知道了这个世界上的女人，除了好看外，还有一种叫作气质的东西。

那天，我们营林队在山里卖力地干着活，争取早一点把汽车装满木头，好让张大喇叭坐着汽车下山到林业局接媳妇。电话里说他媳妇今天中午就坐火车到局里，让他去接一下。老五急匆匆、气喘吁吁，顾头不顾尾地来回奔跑着，一个脚滑，跪在地上，石头把他的膝盖磕破，渗出血迹来。老二呵斥他："瞧你那熊样，不知道的，还以为是你媳妇来了呢！"老二嘴上呵斥着，手上却忙着，自己把一根细些的木头扛到车上。

我们把木头装满汽车后，看着张大喇叭脱去油渍斑斑的工作服，换上一身干净整洁的新衣服，把工作服塞到我手里后，喜气洋洋地跟着汽车下山了。

我们都替他感到高兴。

我们收工回到林场时，在林场停车的地方，正看到张大喇叭扛着个袋子，手上拎着包裹，从另一辆车上下来。我们的目光全都看向他身边的女人。张大喇叭的媳妇穿着件白蓝相间的衬衫，蓝色的裤子，胳膊上搭着件浅棕色的风衣，脸上带着一抹洁净的笑意。怎么说呢？可以说她是我见过最会穿衣搭配的人，让全身上下每一寸衣服和裤子都与身体完美地契合在一起。这种感觉，很像在满山遍野的杜鹃花中看到一束光彩夺目的山菊，出现在一个不属于她的地方。

接下来的半年多时间里，张大喇叭的喇叭声，总是充满了欢快、愉悦，让我们这些人也受到了感染，感受着他的喜悦。但这种喜悦中却有一种隐忧盘桓在我心头。这种隐忧只有我自己一个人知道，从来没有对别人说起过。这样的环境是不适合山菊生长的。

在我调离盘山林场时，我没有告诉任何人，只想一个人悄悄地离开。离开这里，我有一种灰溜溜的感觉，就像一个逃兵，逃离战场的感觉。这让我惭愧。

第一个逃离这里的就是张大喇叭的媳妇。

后来我想，我对她的第一印象是正确的，她并不适合这片山林。不适合这里的枯寂，不适合这里的寒冷。

张大喇叭肯定也有这种感觉。有一次他找到我，让我帮他找一种不同粗细的钢丝。我问他要做什么时，他没有说，只是比画着要让我找什么样的钢丝。我凑齐了他要的钢丝后，给他送过去，才明白他的心思。他用桦木板做了个琴托，再用我找来的钢丝当成琴弦，做成了一个既可以称为"筝"，又可以称为"琵琶"，也可以称为"七弦琴"的"四不像"。

我跟着他一起调试琴弦，校正音律，一遍遍地矫正。他媳妇在一旁饶有兴致地观看。

这是一件很费力的工作，我需要不停地去找他需要的钢丝，一遍遍地试音。第五天的时候，我拿着刚找来的钢丝来到他家的时候，他对我摆摆手，示意让我先坐下来。然后他用个拨片弹奏起来。我惊奇地听到，《花儿为什么这样红》这首曲子，就奇迹般地从"四不像"上流水一般地呈现出来。我惊讶得说不出话来。我看到在这架"琴"的桦木板上，用纸条贴着每个音阶的位置，我照着纸条上的 123 数字拨弄三下，哆来咪三个音调清晰地蹦出来。

从此，夜晚清静的时候，常常能听到琴声传出来，在空寂的林场上空回荡着。只是弹琴的手法很是笨拙，音与音之间相隔得太长，弄得我们听的人闹心巴拉的。我知道，这是张大喇叭的媳妇在练习弹琴。渐渐地，弹琴的手法越来越熟练，十余天后，那首《花儿为什么这样红》终于连贯起来，能让我们大家听到完整的一首曲子。

有一晚，月亮水洗般明亮，照得山间的林木都可以看得清楚。张大喇叭吹着喇叭，他媳妇弹奏着"四不像"，竟也配合得相得益彰，让月光和这千里沉湖般的山林里有了不一样的韵味。

只是这样的时光，并没有持续多久。渐渐地，弹奏"四不像"的琴声少了，只有张大喇叭的喇叭声执拗地在夜里熨帖着我们的心。我去他们家时，见到"四不像"放置在屋里的角落里，上面已经有了灰迹。

老二结婚后的第二个月，张大喇叭的邻居，听到了他们两口子传来的争吵声。就像这世界上的所有事情一样，有了第一次，就会有第二次、第三次……张大喇叭的喇叭声响起的次数明显少了，也没有了往日的欢快。"嘀嘀呜呜"的，很像一个人的愁闷无语。整个盘山林场的人都知道是怎么回事，却也无可奈何。

那天早晨，张大喇叭陪着媳妇一起去局里。上工去的我们，看着他们两口子坐上去往局里的汽车，谁都以为他们只是去局里购买生活物品，不知道他们此番前去是办理离婚手续的。当时的我们只觉得张大喇叭的神色有些低沉，而他媳妇的穿着有些太正式了。直到当天下午，张大喇叭一个人回来，失魂落魄般，我们才得知，他们是去办理离婚手续，并且他媳妇在办完手续后没有回到盘山林场，直接坐火车离开了这片山林。

我想，肯定是张大喇叭孤身一人回到家里后，就把那个心爱的喇叭扔到了地上，很可能还会踩上一脚，在喇叭上留下一道印痕。我不知道他是在怎样的心境下，又修复好了喇叭。那一定是心痛的，哀伤的，只是心还未死，否则一定会把喇叭扔进火炉中，让它万劫不复。在夜色来临时，喇叭声再次响了起来。

我想，那一晚，会有很多人像我一样，眼角里噙着泪，听着哀伤欲绝的喇叭声。那晚的喇叭声，让我对这种乐器有了更新的认识：它能把一个人的哀伤，用声音传递出来。传递得这般真切，让听的人也感同身受。除了它，没有第二种乐器可以和它相比。它的声音，是从吹奏的人心里发出，没有折扣地传到听者心里。我看到，老大、老四和老五，都在沉闷地低着头，像我一样，生怕别人看到自己眼角的泪水。

听了三年张大喇叭的喇叭声，每次我都希望他能吹奏的时间长一些，再长一些，让我沉浸在一种幻象中整理自己的心事。但这是第一次，我第一次想要跑到他身前，告诉他不要吹了，不要用这种犹如砂砾撒在心上、时刻磨砺着的感觉。就在我下定决心准备付诸实施时，喇叭声突然停息了。整个世界顿时变得空空荡荡。

我们几人相互看了看，眼里有着狐疑，也有着如释重负的轻松。

这种空荡并没有弥漫多久，就在我们准备躺下休息时，猛然一声喇叭声再次惊醒了夜空，而后就是一连串的急促高亢音调，让夜空上的星星抖动起来。我一时惊呆了,不敢相信自己的耳朵。这首曲子的起调我很熟悉,这不就是那首欢快的、用来在婚礼上吹奏的《喜相逢》吗!

屋子里的人你看看我,我看看你,都被这突如其来的变故弄懵了。片刻后,老大突然猛地一拍大腿,连连说道:"糟了!糟了!张大喇叭这是疯了,这是精神失常了!"

老大的话提醒了我们,也只有这个解释,能诠释眼下的变故。是啊!极度的哀伤,很容易让人心智迷糊,失去本性。我再也按捺不住,下床就向外走,我不能眼睁睁地看着张大喇叭变成神志不清的人,我要去唤醒他。

只是我刚要推门时,老大喝住了我:"回来!"

老大说:"你去起不了任何作用,很可能还会起反作用。"

我说:"那我们就眼睁睁地看着他走火入魔?"

老大说:"这是他自己的一道坎儿,就让他自己去渡吧!我们都没办法,帮不上任何忙。"

那一夜,我心惊胆战,听着原本欢快的曲子变得面目狰狞。直到夜半时分,那欢快的曲子才停止了它的折磨,留下忐忑不安的我们。那夜我昏昏睡去,在梦境里看见张大喇叭蓬头垢面地蹲在墙角里,看见我只是"嘻嘻"傻笑着,用喇叭掘着地上的土砾。他彻底疯了。

我被自己的梦境吓住了。醒来后还心有余悸。不晓得梦境和现实有多大差别。来到食堂打饭时,我多打了一份,拿着去了张大喇叭家。

看到他时,他正在把做好的饭菜往桌子上摆。听到推门声,他看向我。眼神中没有出现我预想的癫狂,反而是平静。只是面容相比于昨日,明显苍老了很多。

我俩坐在一起吃饭,谁也没有说话。快吃完时,我说:"今天进山就别去了,我给你请假。"

他停住收拾碗筷的手,沉静了片刻,嘴角渗出一丝很难看的笑意。他说:"用不着的。我想明白了,一个人不能用自己的活法去要求另一个人。那样,太自私了。"

他的话,驱散了我心头满天的乌云,看见豁亮的大太阳挂在蓝天上。老大说得对,他自己的心,需要他自己来渡。

我很高兴,他渡过去了。

张大喇叭以可见的速度在消瘦下去。每一次前去看望,都觉得他的身体比昨日更消瘦。我和老二他们在他面前,从来不提关于病情的事情,生怕引起他心里的忧虑。我们嘻嘻哈哈,我们谈天说地,强颜欢笑地在他面前无忧无虑。我们不提,他也不说,我们这些老朋友,就像还拥有无数个明天一样,打理着时光。

这些天,每天我都要去野外练习吹喇叭。二十多年没有吹过,以前的底子早就忘光了,只有那份责任催促着我不能放弃。第一天练习的时候,吹出的声音简直无法形容,连我自己都不忍卒听,好似猫爪挠铁皮一般。第二天的时候,我静下心来,回忆了一番当年张大喇叭的教导,总算找回来一些感觉,"嘟嘟嘀嘀"地吹出了曲调。五天后,我终于顺利地吹出一首完整的曲子后,我看见老五一直锁紧的眉头松开了。

我从老二家拎来饭菜,递给张大喇叭,看着他一口一口地吃下去。我知道他此时的身心一定在忍受着疼痛,却不想让我看出来。我在屋内看了一圈,没见到那把"四不像"。又去外屋看了看,还是没有发现。我有心想要问一问,却怕勾起他心头的伤感,只好作罢。

他抬起头,已经看穿了我的心事,说:"六子,你是在找当年的那个'四不像'琴吧?"

我只好点点头,懊恼自己的莽撞。那是一个能勾起很多伤心往事的物件,他又岂能留着?早就扔灶坑里烧了吧!

他缓缓地说:"那把琴在你走后,我送给老刘家的二丫头了。那丫头有悟性,对音乐非常有'心感'。我听老刘说,她去年考上了省城里的音乐学校。现如今那把琴在村里哪个孩子手上，我就不知道了。"

末了，他看着我，加重了语气强调说："那是把好琴。"

我说："当然是把好琴，托板是大桦木的，琴弦是钢丝的，真材实料，就是弹个一百年都不会坏的。"

他看着我，"嘿嘿"地笑了起来，笑声越来越响亮。我跟着他的笑声，也大声笑了起来。

随后，一阵剧烈的咳嗽，挡住了他的笑声。猛烈的咳嗽，让他几乎喘不上气来。我连忙拍打他的后心，缓解这阵要命的咳嗽。片刻后，他才缓过来。这时，我才知道，对于一个肺癌患者来说，笑，也是可以致命的。

他说："小六子，有件事我想麻烦你一下，希望你能帮我。"

我拍着胸脯，夸张地告诉他，让他放心，就是上刀山、下火海我都不会皱一下眉头的。

他伸出手，在炕上的被褥下摸索了一下，掏出一个布包。他迟疑了一下才说："这是我这些年攒下的一些钱，我想拜托你在我死后，把这些钱送给亚云，也算是我对这一生的一个交代。布包里有她的地址。"

亚云是他前妻的名字。

我没有想到他会委托我办这件事情。一时之间，头脑有些混乱。我没有伸手去接，执拗地问了一句："这么多年，你难道一点都不恨她吗？"

他凄凉地笑了一笑，摇摇头，说："是我误了她，我又怎能去恨她。包里没有多少钱，就是一个交代，一个迟来的抱歉。原本我想着让老二去办这件事，但你来了，你在山外，去她那里方便些。"

我接过布包。很轻，也很重。

十月底的时候，张大喇叭走了。那一天，阴云密布，一场寒流袭击了这片山林。

十月的天，黑得格外早。我和老二、老四、老五一同来到张大喇叭的家门前。我的手里紧紧攥着那个喇叭。冰冷的天气，让喇叭分外凉。老五进到屋里，不知从哪个角落里翻出那个兔皮的套筒，递给我。

老二对我摆了摆手。

我把当年老三做的套筒套在喇叭上，深吸一口气，骤然间，让冰冷的喇叭吐出一串悲音。伴随着纷扬的雪花，呜呜咽咽，洒满整个村庄。

喇叭声响起来不久，几个村里的男人闻声赶来。看到伫立在雪中的我们，没有说话，静静地站在那里。

人越来越多，男人、女人、孩子。

我卖力地吹奏着，把这里的每一个冬天、每一场雪，都化作音调飘向夜空。

吹奏完三首哀伤的曲子后，我按照之前的想法，把调门一转，换上了那首欢快的《喜相逢》。我用这首曲子，向张大喇叭致敬，致敬他这些年来带给盘山林场的欢乐。

没有人对此表现出异议。大雪纷飞，模糊了视线，我好似看见张大喇叭就站在人群中，看着我吹奏。

一张火车票

老程头"疯"了。"疯"得不可理喻,"疯"得莫名其妙,"疯"得简直就不是我以前认识的那个人。

当然,我这么说,有些语无伦次,倒显得我有点精神失常。我想说的是,老程头并不是精神疾病上的"疯",而是他向我提出的要求,很"疯"。有些事情若是想要说得清楚,就得沿着时间的轴线向前推一推。

我认识老程头已经五年了。五年前,我来到双峰林场担任材料员,而他是林场里的拖拉机司机。一名材料员,一名拖拉机司机,从工作方面的联系,自然少不了交集,而且是经常性的交集。

在我印象里,老程头性格有些孤僻,平日里沉默寡言。五十多岁的年纪,就已经是满头白发。每次来我这里取拖拉机的零件时,他只是沉闷地说上一句:"磁电机坏了,修不了,换个新的。"或者干脆一句话也不说,径自将手上满是黑油污的零件往我桌子上一放,然后自顾自地看着屋内的某个角落,等着我回复。当我问他这个零件哪里坏了时,他会沉闷地回复一句:"自己看。"

说实话,刚认识时,我对他是很不满意的。他是一名拖拉机老司机,听林场里的人说,他已经驾驶拖拉机三十多年了,而我却是个刚刚走上岗位的年轻人,别说是看出机械零件哪里坏了,就连拖拉机上的各种零件我都认不全。他这样做,分明是有些瞧不起人的意思。我心里有气,自然对他"礼"尚往来。每次更换拖拉机零件时,我都要他仔细地说出更换零件的具体原因,具体到零件究竟是哪里坏了,坏到何等程度,对付一下使用还可不可以。

我的这种"细致"程度,很让老程头恼火。终于有一次,他拍着桌子呵斥我:

"你是不是没长眼睛啊!那凸轮轴都磨成圆形的了,还怎么使?去当打狼的铁棒子使吗?"

这次冲突,弄得不欢而散不说,还弄得彼此的心里都有了些芥蒂。接下来的一段时间里,我常常从别人口中听到,老程头私下里说我的坏话,说我不懂业务,心眼小,不像个真正的林区爷们。弄得我很气恼。

气恼归气恼,老程头的集材业务水平,却让我不得不佩服。每年的木材生产名单上,排在第一名的基本是他;每年召开的"劳模"表彰大会上,胸戴大红花,坐在第一排的,也永远是他。我私下里问过林场里的老人,得知自打1975年成立双峰林场时,老程头就来了。当然,那时他还是一个比我还要年轻的青年。自从他接手拖拉机后,只有一年,他没有获得木材生产的第一名,是被一个叫吴为国的拖拉机驾驶员超过了。

"老程的集材经验,林场里的三个拖拉机手绑在一起,都赶不上他。"给我们做饭的老人说。

对于这种说法,我是认同的。双峰林场地处大兴安岭的最北端,也是开发大兴安岭最困难的三个林业局之一。这里山高林密,环境恶劣。尤其是进入冬季的三九天后,气温可以降到零下四五十度,人只要一走出屋子,不管你穿得有多厚,都像浸在冰水里,浑身颤抖。这样的低温环境,别说是人,就连拖拉机的钢铁,也变得异常脆弱。每年到了这个时候,我这个材料员就要忙得脚打后脑勺,每日里不停地穿梭在林业局和山场作业场地,为山场集材的拖拉机提供因严寒而折损的材料。而这个时候,山场工队的十多台拖拉机,只有老程头驾驶的拖拉机材料费用得最少,集材却又最多。这两者明显是矛盾的,让人难以理解,但事实就摆在那里,我只能说,老程头确实是很有"两下子"。

老程头的名字叫程焕民,他是1975年来到大兴安岭,整整比我早来了34年。我想,肯定是他在漫长的冬季集材作业中,掌握了一套应对极寒天气的办法,才让他的拖拉机能够在钢铁被冻得脆弱时游刃有余,很少折损零件。

但那种极寒的天气,即使是经验丰富的老司机,也会有疏忽的时候。也正是他的这个疏忽,让我们二人心中存在了两年多的芥蒂,瞬间消失了。

  2011年的那个冬天，我记得刚刚进入11月，天气就变得异常寒冷，一场又一场的寒流不断地袭击着这片山林；一场又一场的大雪，几乎和人的腰间齐平。这让山间的采伐集材作业变得异常艰难。到了三九天时，彻骨的寒冷彻底笼罩住了这里，空气由于寒冷凝结成了冰晶，让天空变得灰蒙蒙的。

  我在食堂刚刚吃完饭，裹着棉大衣走出食堂时，调度室的小张喊住我，说山场工队的拖拉机坏了，司机老程头正在电台里喊我。

  我来到调度室，抓起电台，询问是什么情况。里面传来了老程头的声音：

  "小韩，俺那拖拉机的平衡轴断了，你能不能今晚捎上来？"

  我皱了皱眉头。天色已经昏暗下来，看着窗外呼啸的寒风，刮起地上的积雪，形成一阵阵的涡流，拍打着窗户，发出"噼噼啪啪"的响声。

  我问道："山场工队的材料库里，不是有备用的平衡轴吗！我要是记得不错的话，还应该有三个才对呀！"

  电台里沉默了片刻后，才传出老程头的声音：

  "今天早上就全部被他们用完了。这种鬼天气，你也是知道的，专爱折平衡轴。"

  是呀！这种鬼天气，谁不想窝在炕头上呢？谁又想在冰天雪地里来回跑呢？谁愿意去给他送平衡轴呢？

  我劝说道："现在天已经黑了，你能不能用电焊把平衡轴暂时焊上，对付一天，明天我就给你送上去。"

  电台里传来一声无奈的叹息："焊不上了，这个平衡轴已经焊了三次了，更何况这次是从轴根处断开的，根本焊不了。"

  我沉默了，很久没有说话，我想让他知难而退。

  电台里的声音却不依不饶。

"小韩，俺知道这要求有些过分。明天局里要来八个车次，如果俺这拖拉机没修好，就会有车次空返，那可就丢脸丢大了。俺这工队可从来没有车次空返的记录啊！"

听到老程头的话，我的心不由一动；这老程头性格一向倔强，几乎没有跟我说过好话。背地里我都叫他"老犟头"，这次的口气却没了倔强，满是期盼的语气。

我沉吟一下，果断地告诉他："你等着，我这就去申请调车，把平衡轴给你送过去。"

去往山场工队的路途，比我想象的还要艰难。狂风卷起的雪花，将道路与路旁的积雪融为一体，即使汽车司机瞪大了眼睛，在灯光中努力分辨道路，还是在距工队三公里的地方滑下了道路，栽到了雪沟里。看着汽车司机一边用锹铲雪，一边咒骂着这鬼天气时，我做了个"愚蠢"的决定：我将平衡轴卸下来，绑上两根粗木棍，当作爬犁，向着山场工队的方向走了过去。

不得不说，我的这个举动很让老程头吃惊。

当我披着一身的雪花，拽扯着平衡轴，满身大汗地出现在工队的帐篷外时，老程头不知说什么才好，只是不停地吩咐工队食堂："快！快！赶紧做两个热菜，熬碗姜汤，让他喝上一杯酒，不然非得感冒不可。"

就这样，当我举起酒杯，与老程头一饮而尽后，我俩之间以往的所有不快，都随着酒杯中的酒，没有了踪影。

老程头是2014年6月退休的。跟他一起退休的，还有林场里使用的拖拉机、油锯、运材车。

那一年的4月1日，大兴安岭正式开始停止所有采伐，进入天然林保护工程。

我看着老程头驾驶着拖拉机，将它封存在库中时，他望着拖拉机，久久不愿意离开。

我笑着说:"咋的?你老程头还没有开够拖拉机呀?开了一辈子,还舍不得哩!"

老程头没有说话,只是在和我一起将厚重的库门关上后,才闷声闷气地说了一句:

"这片森林啊!和俺一样,都该休息休息了。"

这老程头,说起话来还带着哲理呢!

我叹息了一口气,说:"唉!你老程头退休了,当然没有顾虑,开着退休金,旱涝保收。我们就不行了,还不知道局里咋安排呢,不让采伐木头,我们吃啥喝啥去?"

老程头依旧用他沉闷的语气回复我:"怕啥!车到山前必有路,活人还能让尿憋死!"

停伐分流后,我被分到了管护队,开始对这片采伐了四十年的山林进行管护。只是让我没有想到的是,停伐后,山林中原本无人问津的蘑菇、黄芪、红豆和蓝莓居然成了"香饽饽",每年靠着采集这些山产品,小日子倒也过得有滋有味。冬季闲暇时,我常常去往老程头的家里,坐在他家烧得直烫屁股的炕头上,喝上两盅。

也就是在这时,老程头"疯"了。

我很清楚地记得,那天是一个下午。刚刚一场寒流过后,天气开始变得暖和起来,正午阳光正盛时,还从屋檐上滴落几滴融化的雪水,只是转瞬间就变成了冰柱,悬挂在屋檐上。我把从林场里各家各户收集来的蘑菇分类拣装,封存在真空包装袋里。这些蘑菇是外地的客商向我预定的。

老程头走进屋子,看见我正手忙脚乱地忙活着,他没有作声,只是帮我打着下手,捡拾着蘑菇中的草棍和木屑。

待到彻底忙完,天色已经昏暗了下来。我忙活着要炒两个菜,喝一盅,感谢他的帮忙。

老程头制止了我。

老程头开口说道:"小韩哪,咱这林场里的人都管你叫'大能人',什么难事到你手里都能办妥,俺求求你,你看能不能帮俺一个忙?"

老程头说这番话时,一本正经,表情严肃,尤其是额头上的"川"字纹,几乎要挤在一起。

我笑了,这老程头,啥时候变得这么见外了?居然跟我还客气起来了,这分明就是没有把我这个"酒友"当成朋友嘛!我用略带责备的语气说道:

"你这老头,尽说些见外的话。就凭这几年没少喝你的酒,你什么忙我都得责无旁贷地去帮,还用你用'求'字吗?说吧!是要我帮你卖黄芪还是卖蘑菇?"

说完这句话,我拍了拍胸脯,示意他有什么事尽管说,我都会帮他办到。

"帮俺买一张去北京的火车票。"老程头说。

我吁出一口气,心里很失望。说实话,这几年来,我可没少喝他家的酒,吃他家的饭。每年到了八、九月份,我和媳妇就会日日进到山林里,采集山产品。劳累了一天回到家时,往往老程头已经做好了饭,在等着我们。这一份情谊,我一直想找个机会报答,可这老程头从来没有麻烦过我。即使我想帮他劈些过冬用的烧柴,也没有机会,每年他早早地就将家里的烧柴劈好、码牢,根本不给我机会。如今终于有了机会,却只是让我帮忙买张火车票,这么简单的事,还能称作"帮忙"吗?

我说:"行。你打算什么时候走?"

"你什么时候买到,俺就什么时候走。"

我诧异了一下,想了想说:"那就后天吧!火车站我有认识的人,我让他给你留一张下铺。你老人家好不容易出趟门,怎么着也得坐舒服些。"

"不是我要买!"老程头皱着眉头说。

我又诧异了一下,继而拍着胸脯说:"谁的都行。只要你老人家开口了，我一定都帮你办到。到时候你把那个人的身份证给我就行。"

"没有身份证。"

原来问题出在这里，不消说，肯定是身份证丢失了，无法购买到火车票，这才想要我帮忙的。

"没问题！你把这个人的户口本给我，我去给他补办一个临时身份证，就能买到火车票了。"我信心十足地保证。

"也没有户口本。"

"工作证呢？"

"没有。"

"退休证呢？"

"也没有。"

我有些发蒙。没有身份证，也没有户口本，那就是"黑户"了。不过这也难不住我，我告诉老程头，我们可以去当地的派出所开张证明，有了这个证明，就可以办张临时身份证，购买火车票。

老程头再次摇头，否决了我的提议。他的话简洁干脆："去不了派出所。"

"不会是个逃犯吧？"我灵光一闪说。我倒吸一口凉气。这老程头，一把年纪了，可别干违法的事啊！我可不能眼睁睁地看着他跳进火坑里。

老程头白了我一眼，似乎对我用"逃犯"这个词感到很不满意。

"你想哪里去了！我是说这个人……这个人……他……他是死人。"

这句话没有让我感到诧异，而是让我感到震惊。带给我的第一反应就是：老程头疯了。

我摊开双手，明确地表示，这件事，我实在是办不到，无能为力。

老程头很失望，额头上的"川"字纹已经挤到了一起，变成了个"1"字。

临走时，老程头看着我，语气失望而气馁，说道："林场里的人都还说你是'大能人'哩！俺看你是驴粪蛋子表面光，绣花枕头一包糠，竟然连这点小事都办不了。"

我张了张嘴，想要反驳，却一个字也说不出来。只能在心里感到一阵阵难受，平日里好好的老程头，咋还疯了呢？居然要给死人买张火车票。直到他走进昏暗中时，心有不甘，才对着他喊道：

"不是我不能帮你办，而是你老程头提出的条件太苛刻了，哪有死人要买火车票的啊？"

老程头头也不回地回了我一句："国家哪条法律规定死去的人就不能坐火车了？"

瞧瞧，他居然还说得理直气壮，说得义正词严，这不是疯了，又是啥？

第二天，我去林业局，把包装好的蘑菇按照客商给的地址邮寄过去。待把这一切都忙完，时间已近中午，请司机李大宝吃了碗面，我们二人就往双峰林场赶。

李大宝原来是林场工队的油锯手，伐了二十多年的树木。长年累月的风吹日晒、霜侵雪打，才四十多岁的他，看起来像是已经年近五十的人。封山育林后，他就买了辆汽车，干起了个体运输。

回去的路上，我想起了昨天的事情，就把老程头要给死人买火车票的事告诉他。

"你说说，这老程头是不是'疯'了？"

李大宝听后，半晌没有说话。就在我以为他并没有对这件事情感兴趣时，李大宝突然一拍大腿，高声喊了起来：

"哎呀！我想起来了！他肯定是要给一个叫吴为国的买票。"

吴为国？一时之间，我没有想起来这个名字是谁，但只是觉得自己对这个名字并不陌生，似乎在哪里看到或听到过。

李大宝解释说："你到双峰林场比较晚，自然不知道这个人。我算来得够早吧！我也没有见过这个人，只是听工队里的工友们说起过。"

我陡然来了兴趣，让他仔细说说这里的事情。李大宝有些为难，挠挠头说："我对这里的事情了解得也不多，只是听年纪大些的工友谈起过。很多年前，老程头曾经和这个吴为国有个约定，要一起去北京一趟。结果还没等去北京，吴为国就在一起架杆倒塌的事故中牺牲了。至于其中的细节，我也不知道。"李大宝说完，感叹不已地补充道："想不到这么多年过去了，老程头还记得这件事哩！"

李大宝的话让我对这件事也有了兴趣。当即决定，待回到双峰林场后，拎上两瓶酒去找老程头。

我的叙述很可能会不完整，甚至有些地方还会有所遗漏。因为当天晚上，在老程头的絮絮叨叨中，我喝的酒有些多。至于有些事情，是我的主观臆想猜测出来的，因为我深信，这些事情在那时一定会出现。

我也深信，如果将一个人的生平一一摊开，完全展现出来，他的过往就是那个时代的过往。

1975年5月，程焕民与一百多号人、男男女女，乘坐着两节铁皮罐车来到了北岭林业局。北岭林业局刚刚成立不到五年，到处都在繁忙的建设中。即使他们乘坐的火车，也仅仅是刚通车一年。

程焕民他们这一拨人，是从内蒙古和小兴安岭抽调来的，加入刚刚成立的双峰林场。在他们下了火车，又坐上来迎接他们的汽车时，程焕民还在想着，他们要去的双峰林场，肯定要比他在内蒙古时的嘎拉河林场大很多，也会气派很多。很显然，有这种想法的肯定不止他一个。坐在他身旁的一名年龄相仿的年轻人，经过一番短暂的交流后，就算认识了。这个人就是吴为国。在得知程焕民比自己大三个月后，吴为国便称呼他"程哥"。

"程哥，到了双峰林场后，我和你住一个宿舍。"吴为国提议道。

"那当然！你是小兴安岭的，俺是内蒙古的，这得多大的缘分，才凑到这里认识了。"程焕民很高兴自己刚来到这里，就认识了一个新朋友。

经过两个小时的颠簸,他们终于来到了目的地——双峰林场。只是眼前的景象,让他们有些措手不及,所谓的双峰林场,只有十来栋刚刚建成的帐篷在等候着他们。

"这就是双峰林场?"吴为国惊讶地问道。眼前的景象和他想象的确实有很大的区别。

经过短暂的惊讶,程焕民点了点头。他的心思细腻了些,他将双峰林场的东山处指给吴为国看:"瞧,那里不正好有两座尖尖的山峰嘛!"

山峦挺拔,陡然而起的两座山峰孤傲地挺立在群岭之间。

一切都是从头开始。就像在一张白纸上,他们的到来画上了第一笔。

双峰林场的建立,是本着当年建场、当年生产木材的初衷。时间紧、任务重,整个夏秋季节,所有的人都是一边基建,一边抓紧从事木材生产的准备工作。因为程焕民与吴为国之前都当过拖拉机的助手,来到这里,直接升为师傅。在来到这里的第二个月,每个人接手了一台拖拉机,进驻到山林中的生产工队里。

第一年,工队里连电都没有,收工回来后,大家就在帐篷里燃起自己用铁盒子做的柴油灯。那东西亮堂倒是很亮堂,就是不断地向帐篷里散布黑烟,每天早上醒来时,大伙儿的鼻孔都变得漆黑。漫长的冬夜,程焕民与吴为国两人铺挨着铺,听着外面的寒风呼啸,每天有着说不完的话;相互探讨一天来的集材工作经验,聊聊彼此不知从哪里听来的奇闻怪谈。也就是在那时,两人在无数个寒夜里凝聚起来的友情越来越厚。

第二年的冬季木材生产,工队里的工友们不仅用上了柴油机发电,林业局里还为他们配备了一台收音机。这台小小的会发出声音的匣子,成了工友们每晚躺在床铺上娱乐活动的载体。只是由于白天的劳累,往往在他们刚刚收听了一半的《杨家将》时,帐篷里的呼噜声就已经此起彼伏。

就是这收音机,伴随着他们度过了七年的时光。七年的光阴里,他们不知听坏了多少台收音机。直到1982年的那个冬天,林业局为了给山场作业的小工队改善生活条件，不但配备了小型省油的发电机，还配备了黑白电视机。

电视机让他们在山里的夜晚不再枯燥、无聊。只是山林里信号不好，常常在看得紧要处没了信号，屏幕上只留下密集的雪花。说来也怪，工友们谁出去摆弄那根高高的信号杆子，都摆弄不好，常常将还有点信号的电视机弄得一点信号都没有，搞得帐篷里的人急得直跺脚。只有吴为国出去，三下五除二地晃动晃动信号杆，电视立即就有了信号。

程焕民称呼他为"信号指导员"。

一次临近元旦，工友们吃完饭，围坐在电视前，看着每天七点都会准时出现的《新闻联播》。看着电视中伴随着雄壮国歌的乐曲，出现在大家眼前的天安门图像时，吴为国纳闷地说了一句话：

"这天安门城楼的颜色，到底是什么颜色的？"

"那还用说，当然是红颜色的了！"

"不对，好像是棕色的。"有人提出异议。

"那里是当年皇帝住的地方，肯定是黄色的。"

"怎么可能！我看我儿子画的天安门，上面就是棕色的。"

"我看过一张年画，那上面明明就是红色的。"

程焕民咳嗽了一声，说道："要想知道究竟是什么颜色的，依俺看来，还不如亲自去一趟。咱们这里也通了火车，去北京也不远哩！"

程焕民的话，换来众人的一通大笑。虽然大兴安岭的深山里通了火车，可北京依旧是很遥远的存在。可这番话，却在吴为国的心里，像一颗石头扔在湖水里，激起了涟漪。

"对呀！我们可以去一趟嘛！"吴为国神情激动。"长了这么大，还没有去过北京，还没有看过天安门哩！程哥，咱俩一起去。"

程焕民犹豫了一下，看着他激动难耐的神情，立即答应了下来。

计划就这样定下来了，甚至当晚，两人躺在被窝里，半宿没有睡觉，小声地讨论着去北京的计划，甚至连一路上要带些什么吃的都计划好了。

在以后的整个冬天里，两人不断地修补着这个宏伟的计划，憧憬着这一天的到来。这个计划，成了两人之间永远说不完的话题，每次讨论一番，都会发现新的疏漏。

冬季生产结束后，两人的计划还未得以成行，就又投入到紧张的夏季生产任务中。而后就是维修机械、采伐楞场，直到下一个冬季来临，两人的去北京计划都没有时间去实施。

无奈，两人只好约定来年春天再去北京。

只是这个冬天，成了程焕民心底永远的痛：小工队装车场的架杆倒了，带着一车的原木砸在吴为国驾驶的拖拉机上……

自此，程焕民再也不提去北京的事。但不提并不等于忘却，他把这件事埋在了心底。直到退休后，终于有了时间，他要完成这件埋藏心底多年的心愿，他要带着小吴的照片一同去趟北京，去完成他们两人年轻时定下的约定。

我看了吴为国的照片：一名朝气蓬勃的年轻人，站在一片白桦林前，开心地咧嘴笑着。即使是一张黑白照片，并且经过了岁月的沉淀，已经开始泛黄，我还是看出他身后的天空是如此的清澈、蔚蓝。如今，岁月已经催白了老程头的满头黑发，却没有撼动埋藏在心底的这个愿望。如今，他要和那个正在咧着嘴笑的年轻人一同去赴一场多年前的约定。

我没有把自己的想法说出来。我是想用我的身份证买张火车票，然后在上面写上"吴为国"的名字。这个做法并不好，就连我这个局外人都觉得很"虚"，无法满足老程头的心意。我想到的是另外一个主意。

我说："老程头，你等我三四天，我有一个好主意，这回，肯定会让你满意。"

第二天，我去林业局里找一个老同学，他在档案室上班。

在档案室里，我俩费了一上午的时间，才在密密麻麻堆叠的资料中找到了吴为国的档案和事迹。在档案中,我看到吴为国的妻子叫冯娟,有个儿子叫吴兵。冯娟在吴为国死去三年后,带着儿子改嫁到了另外一个林业局。

我这位老同学听完我的一番诉说后,大为感动,他说:

"这可比俞伯牙摔琴还感人哩!"

老同学立即用他的关系,用手机联系到了那个林业局的劳资科,向那头打听吴兵这个人。

半个小时后,那头来了消息,说这里确实有个叫吴兵的人,现在在林业局防火办上班。在确定他的母亲叫冯娟后,我再也等不了了,立即唤来李大宝的车,赶往那里。在路上,我把自己的想法说给李大宝听,连他听了都不停地喊好,并告诉我,这几天的用车,他绝不会收一分钱。

"这事儿要是再收你的钱,我都不是在这片林子里长大的。"李大宝感慨万分。

待我看到吴兵的时候,我确信看到了年轻时的吴为国。尤其是初见时嘴角的笑意,与那张照片上的笑容,穿透了时间,重叠在一起。

我向他说明了来意,并将这件事情的来龙去脉大略说了一遍。小伙子的眼圈红了。

我说:"我希望能借用你的身份证,买一趟来回北京的火车票。只有这样,才能彻底地安慰老程头那颗'较真'的心。"

听完我的要求,吴兵却没有回应,反而陷入深深的思虑之中。这让我很不解;这件事很明显,并没有触及一些违反法律的地方,不会给他带来某些麻烦。更何况,买火车票的钱也不会让他来出。于情于理,他都没有拒绝的理由啊!

我很不解,我很疑惑。

一阵深深的沉默后,就在我筹措着词语,想要说服这个年轻人时,吴兵抬起了头,看着我说道:

"谢谢韩叔你为这件事所出的力,我想好了,我决定亲自陪程大爷去一趟北京。"

这一刻,我的眼圈也红了,为老程头,为吴为国。

三天后,我亲自送老程头和吴兵踏上了去往北京的火车。他们要先在哈尔滨换一次车,才能坐上去往北京的列车。老程头对我这次想出的办法很满意,他重重地拍了拍我的肩膀说:

"还是你小子有办法,难怪林场里的人,都管你叫'大能人'。"老程头夸奖了我一番。只是,这份夸奖,我却受之有愧。

我依稀记得,认识老程头这么些年,除了那次风雪中给他送平衡轴夸奖了我一次外,就是这一次了。站在站台上,看着火车慢慢驶出站台,速度越来越快,最后消失在群山之间,我想:能得到这老头儿的夸奖,可是真不容易啊!

一个打火机

一

当这个念头猛地在脑海里出现的瞬间,程文林的脑袋"嗡"的一声,瞬间感觉脑袋变大了。脑海里千百种念头纷至沓来,乱成一锅粥。甚至让他自己都不知道在想什么!

事情是从什么时候开始的呢?他想。但各种念头和由此引起的后果,都争相在脑海里述说,疾风骤雨般地让他静不下心来。他努力地想让自己镇静下来,恢复理智,好从头捋一捋,自己究竟走到哪里来了。

树林里宁静得一如往昔,几只鸟儿"叽叽喳喳"地从一株树上飞跃到另一株树上,不时地高亢鸣叫,彼此呼唤着。黄昏已经来到,鸟儿快要回巢了。西沉的落日,并未带走白日的燥热,树林里依旧闷热难耐。程文林伸出袖子抹去额头上的汗水,随即又被新涌出来的汗水覆盖。此刻,他沿着想象中的方向,已经在林子里走了两个小时后,并没有看到本应该出现的公路,依旧是漫无边际的白桦林。他先是静耳细听,想要听到汽车或摩托车的轰鸣声,可入耳的,只有一阵阵微风拂过树叶发出的"沙沙"声。

也就是在这时,他才意识到自己"迷山"了。

今天早晨太阳刚刚露头的时候,程文林早早吃完饭,带上采山用的攮子、塑料桶以及午餐,骑上摩托车来到同事赵二宝的家中时,看到他已经在摩托车上捆绑好了采山该带的工具,正在等着自己。两人相视笑了笑,闲谈了两句，发动摩托车，沿着公路，向山里驶去。此时天色尚早，但公路上的摩托车、面包车，甚至骑着自行车的人，已经络绎不绝地出现在公路上。这两天的蓝莓收购价格已经涨到八元钱一斤，这让很多人起早贪黑地进入山林，采摘蓝莓，好趁着这段采摘季节多赚些钱。

轰鸣声、喊叫声唤醒了山林里寂静的清晨。

程文林看了眼赵二宝，两人不约而同加快了速度，超过一辆辆摩托车。清晨的凉气扑打在身上，带来一阵阵寒意，两人浑然不觉。昨天在大黑山的一条沟塘里，两人发现了一片蓝莓；墨蓝的蓝莓个个手指盖那般大，一串串压弯了枝条，几乎低垂到地面。兴奋的两人一直将带来的三个塑料桶装满，还没有把这片蓝莓采尽，留下一片山凹处未采，等着他们再次光顾。回到家后，他们把蓝莓卖掉，每人换来了七百多元钱。这让他们俩很是兴奋，认定在那里的山林深处，还会有更多的蓝莓。两人商议后决定，明天多带两个桶，争取赚到一千元钱。

第二天，二人来到山口处，把摩托车放置在路旁的树丛中后，背起桶拿着撮子进到山林里。经过半个小时行走，七拐八绕找到昨日还未采尽的蓝莓处，奋力采起来。这片蓝莓长得个大密实，蓝汪汪地汇聚成片，和绿意盎然的枝叶交相辉映。待到太阳升起在半空中，热辣的光芒犹如火焰般炙烤着林子时，二人已经采满了两桶。劳累加上燥热，二人的衣裳已经被汗水浸透，引来林子里的小咬疯狂地飞绕在他们身前身后，企图喝上一口血，满足它们的口腹之欲。

程文林直起发酸的腰身，看了看不远处的赵二宝，见他正在全神贯注采摘着蓝莓，看到自己身边的蓝莓已经所剩无几，便喊了一声："我去山林深处走一走，看看里面还有没有。"

二

天很快黑了下来，树林里能望出去的视线，也在一米一米地变短。程文林心里的恐慌，也随着黑暗的降临，变得更加强烈。在一阵忙乱地奔走后，他已经彻底失去了对方向的把控，只想赶紧走出这片密集的森林。只是，在他穿过一片森林后，迎接他的还是无穷无尽的森林，记忆中的那条公路，始终没有出现。

直到黑暗彻底笼罩住山林，看不清眼前的树木时，他才停下疲惫不堪的脚步，靠在一株粗大的白桦树下，蹲伏下来，将头伏在双膝间。一下午拼命奔走，心理上的恐慌，让他感受不到劳累和饥饿。但此刻歇息下来，他顿时感到口干舌燥、饥饿难忍。尤其是喉咙中，几乎要冒出火来，想要从口腔中积攒些唾液来缓解一下，却无能为力。他将头低垂，强迫自己冷静下来，面对现实。闭上眼睛，让脑海里翻腾不止的各种杂念停息下来。待到理智恢复了一些后，他才意识到自己犯了一个大错误。

他懊恼地连敲了自己脑袋两下。

如果自己在刚发觉"迷山"后，就待在原地不动，而那时自己应该距离赵二宝并不太远，即使赵二宝找不到自己，回家去找些人来，也会找到自己。而自己犹如无头苍蝇般在森林里一顿乱走，若是方向对了还好些，若是错了，就离归路越来越远了。他在心里默默盘算了一下，一个下午，近六个小时不停歇地奔走，自己最少已走出二十里地的距离。

悔恨与恐慌再一次攫取了全部心思。

程文林从小就在林区里长大，这些年来，他不知听说过多少回"迷山"的事故。有的人活着回来了，有的人再也没了踪影，彻底地消失在深山之中。有一次一个采蘑菇的中年男人"迷山"后，林业局出动全部防火队员进山寻找，可在三天后，他们只在一片茂密的落叶林中找到了他的尸骸。他在抬着尸骸向山下运送时，从来没有想到，自己有一天也会"迷山"。

不知过了多久，他才再次平静下来。他想：事已至此，想那些已经没有用处，还是想办法怎样让自己活着走出这片森林吧！

他抬起头，凝视着眼前黑黢黢的森林。透过茂密的枝叶，天空中几颗星星眨着眼，对他的惶恐无动于衷。沉积的落叶下，不知是老鼠还是别的动物，发出"沙拉沙拉"的声响。远处的山林中，传来一声低沉的吼叫声，让他的心脏不由自主地战栗一下。

饥渴让他难以忍受。看着身后的桦树，雪白的树皮在星光下泛着浅晕的光泽。他想起春天时，单位里组织防火队员进到白桦林里采集桦树汁，他们只用电钻在桦树上钻进浅浅的一个洞，放根细管进去，桦树汁就会源源不断地流出来。喝上一口，甘甜的滋味就会溢满口腔。这两年，除了采摘蓝莓和越橘成为大家致富的手段外，林业局又开发出桦树汁这个产业，让大伙又多出一个赚钱的渠道。

虽然没有什么希望，但他决定还是试一试。他从身边摸索着找到根拇指粗的木棍，狠劲戳向桦树皮。两下、三下……桦树皮很快被戳开个口子，露出里面浅黄色的树干。模糊间，他看到有液体从戳破处流出。他将嘴凑上去，迫不及待地吸吮起来。顿时，一阵涩苦充溢了口腔，让他几乎要吐出来。看来，只能在春天采集桦树汁，是有道理的。

他颓然地重新坐下来，忍受着饥渴带来的烦躁。他很想睡上一觉，恢复一下体力。但不远处林子里不知什么动物走过发出的窸窣声，让他不得不忍受着阵阵袭来的困意。自从2014年大兴安岭封山育林后，山林里的各种动物数量明显得到了恢复，黑熊成了森林里的常客。他生怕自己睡着后，会被走动的黑熊发现。

没过多久，一个惊喜出现了：他在企图爬上大桦树粗大的枝丫上歇息时，裤腰上的一个小口袋里，一件硬物硌了他一下，他掏出来，发现竟是个打火机。这时他才想起来，自己穿的是扑火队员的工作服，为了工作上的需要，每个队员都要在身上带个打火机。

程文林长长舒出一口气，这个打火机的出现，让他看到了生的希望。

一天的劳累，让他再也难以支撑。他将身体摊开在树杈上，用手抓住一根枝条，迷迷糊糊地闭上了眼睛。也不知过了多久，他听到林子中传来赵二宝的呼喊声。声音似乎离他很近，都能听到赵二宝走动时踩碎枝条的声音；却又似乎离他很远，远到他只能模模糊糊地听到微弱的呼喊。他涌起一阵惊喜。他就知道赵二宝肯定也在满山地搜寻着。他急忙对着声音处高喊着："我在这里！我在这里！"循声过来的赵二宝带着一群人，看见了树上的他，急忙奔过来，喊着让他从树上跳下来。程文林心里一阵愧疚，想着由于自己的疏忽，竟害得大伙儿夜半时分进山来找他。他想赶紧跳下树去，拥抱这些来寻找他的同事们，却发现身体被卡在树杈中，怎么扭动也无法挣脱。赵二宝他们见他不肯从树上下来，竟生气转身走了。这下可把程文林急坏了，他奋力猛地一扭，终于挣脱了树杈的束缚，径直向树下坠落。

程文林猛地惊醒过来，才知道自己做了个梦。睁开眼，见东边的天空已经微微地泛起白光，林子里已经显现出了模糊的轮廓。而身体已经滑落到树杈外。他叹了口气，真希望刚才做的不是梦。他将目光不由自主地望向树下，多希望赵二宝他们此刻就站在树下。但这一望，吓得他一激灵，险些掉落下来：朦胧中竟看见一个庞然大物正在好奇地望着树上的自己，两只凸起的大眼睛泛着光泽。他惊得心脏"怦怦"直跳，想要抱着树干继续向上爬，可两只腿已经被硌麻，完全不听他的使唤。正在不知所措间，那个庞然大物低下头去啃食地面上的苔藓，他这才看清是一头犴，头上长着如枝丫般嶙峋的犴角。

三

  天色完全亮了，程文林爬下了树。只感到后脖子上阵阵奇痒，摸上一把，才发现那里已经肿胀，十来个肿包连成一片。昨夜睡觉时他将全身都包裹好，唯独那里露了出来，成了蚊子们的饕餮盛宴。此时腹内空空，饥渴难耐。他知道，要想走出这片森林，当下要紧的，就是保持体力，去找些水喝。

  天空中没有一片云彩，蓝得近乎无限透明，只有太阳持续地散发着热量，炙烤着山林。由于半个多月没有降雨，持续高温已经让很多树木的枝叶开始打蔫。这样的高温环境里，若是身体缺了水，走不了多久，就会中暑，那才是最致命的。找到水，才是今天最重要的任务。

  这一点，难不住常年与山林打交道的程文林，作为一名扑火队员，如何在山林里找到水源，是最基本的求生技能。经过一夜的休息，他的理智完全恢复过来，要想在山林里求生，就决不能犯错误，哪怕一个微小的失误，也是致命的。昨天惊慌中犯了太多可笑的错误，简直让人难以理解。他决心从现在开始，决不再犯错误。

  他向山下走去，边走边折断身旁的枝条，不但为自己留下印记，也为寻找他的人留下印记。

  自从 2014 年大兴安岭全面停伐后，程文林放下油锯，由一名采伐工人变成扑火队员以来,已经参与过六七次进山搜寻走失人员的工作。几乎每一年在采摘蓝莓、红豆或蘑菇的季节,都发生过进山人员走丢的事件。依照惯例,他知道林业局领导得知自己走丢的消息后,第一时间就会派出防火办全部扑火队员进山搜寻,也就是说,昨夜里自己的那些同事们,已经不眠不休地穿梭在森林中一整夜。一想到这些,他的心里浮上一阵愧疚之情。

他清晰地记得第一次参加搜寻进山丢失人员的情景。

走丢的人员叫王家富,进入山林中去采蘑菇,直到天黑家里人也没有见到他回来。他与程文林居住的平房只隔了一条街,两人虽然不在同一个单位上班,却也相识,见面时都会闲聊上几句。在林业局领导得知有人员走失后,立即把全部扑火队员集结起来,赶往王家富走失的地点。当他们到达时,黑暗中只看见王家富的摩托车孤零零地停放在路旁,上面挂着还未吃掉的包子和咸菜。林业局派来的一辆救护车在那里时刻鸣响着警报声,将这片山林里的宁静彻底打破。程文林和同事们排成三五十米间隔的队伍,拿着强光手电,进入山林中,一边走一边呼喊着王家富的名字。但他们一百多人用了一夜的时间,将整座山拉网似的排查了一遍后,也没有见到走失人员的踪影,只是有个队员在繁密的枝条间发现了丢失的蘑菇筐,满满的一筐蘑菇仍旧很新鲜。这让大伙儿很是兴奋,虽然没有找到,但可以据此判断出走失人员大致的行走方向。第二天,队员们分散成三人一组,进入到更广阔的山林里搜寻。在接连翻过了两座山后,程文林从电台里听到了防火瞭望员的汇报:附近山林里发现了一处起火点。这一刻他们明白了,肯定是王家富为了让人们找到他,燃起了火。待他们气喘吁吁地赶到起火点时,果然看见王家富气息奄奄地躺靠在树干上,面前的树林里,燃起了一片野火。好在那段时间时常下雨,林子里潮湿温润,在大伙儿的合力扑救下,才将山火扑灭。事后他嘲笑王家富太笨,怎么会在林子里迷失方向?那些随处可见的标识都可以让人辨别出方向:太阳从东方升起,树冠密的一方必然朝向南方,晚上北斗星也会在北方……

王家富不服气地辩解说:"你说得可倒轻巧,换作是你'迷山'试试,看你能不能找到方向?"

当时的程文林笑而不语,在他心里,从来不认为自己会有"迷山"的那一天,即使有,也只是短暂的,因为自己很快就可以根据自然界的现象找出正确的方向。只是一语成谶啊!直到自己真的"迷山"了,他才意识到:在森林里知道东南西北是简单的,可首先你要知道你自己在哪里,那才是最重要的。否则,所有的判断,都是徒劳。

还未走到山脚下,流水的"淙淙"声已经在林子里欢唱起来。饥渴让他不由地加快了脚步,不断拨开挡在面前的枝条。当他拨开繁密的一堆映山红后,眼前的一幕,让他真是又是惊喜,又是惆怅:一条细小的河流,从山底乱石堆缝中不断涌出,清澈透明,而在溪流的另一边,整整一个山坡上,竟也有一片深邃的蓝色——繁茂的蓝莓染蓝了整个山坡。采摘了二十多年蓝莓的程文林,还从未见过如此密集繁茂的蓝莓。他深深地吸了一口气,把心底的惆怅压下去——待到自己走出了山林后,一定领着同事们来到这里采摘。

他先是俯下身子,急促地喝起水来。泉水沁凉,带着些许的泥土气息,很快消除了他身体的燥热。而后,他坐在蓝莓圈里,一把把薅起浆果,塞进嘴里。采摘了这么多年的蓝莓,这还是头一次这般肆无忌惮地去吃。平日采摘到的蓝莓,他只是品尝几粒,尝一尝它特有的甜中蕴着微微酸、仿若有着远古气息的口味,主要还是卖了换钱。他大口吞咽着,连同摘下来的蓝莓叶一同塞进嘴里……

望着布满山坡的蓝莓,程文林泛起一阵遗憾:自己得救后,和别人说起来看见这么大面积的蓝莓,恐怕没有人会相信。要是随身带着手机就好了,拍下几张照片,岂不有了令人信服的证据。他叹了一口气。那手机是女儿毕业工作后,用第一个月的工资给他买的,他舍不得带到山里,生怕不小心弄丢了。想到女儿,又想到媳妇,不知她们在得知自己"迷山"后,是怎样的焦急,这一夜又是如何在惊恐担忧中度过。

今天一定要走出山去!

四

正午的太阳悬在头顶,整片山林都被笼罩在热浪之中。不时鼓荡起来的一阵风,也带着热气扑人脸面。

程文林手中摩挲着打火机,看着眼前自己堆积起来的干柴,一时难以决断。这几年林业局为了防止森林火灾,加大了投入,在高山处建成了防火瞭望塔,将施业区内的所有森林,都置身于瞭望员的监控之中。只要自己在这里燃起一把火,填上些鲜草,立即就会冒出滚滚浓烟,立即就会被看守瞭望塔的人员发现,而自己,只要待在原地,用不了多久,就会被赶过来的扑火队员发现而得救。

这个打火机,揣在他的裤兜里,已经有了些时间,贴在上面的商标,已经变得模糊不清。他看着打火机,看着里面依旧满满的燃烧液,知道只要自己大拇指轻轻地按下去,"咔"的一声轻响后,就会冒出黄灿灿的火苗。

对于火,他是刻在骨子里的印记。

都说人不会记得七八岁以前的事情,那些事情都会随着年岁的增长,湮没在记忆的最深处。关于七八岁以前的事情,他也同样记不起来,只是一如眼前密密麻麻的树叶,一片一片汇聚成绿色海洋,没有尽头和细节。但关于火的记忆,却在他五岁那年,永远地留在记忆里。

一个打火机

　　1987年5月6日那天深夜，正在熟睡的他，被一阵浓烈的气味呛醒，正在他惶惑而不知所以的时候，听到屋外传来人们的呼喊声，也看到自家窗户上映出橘红色的光芒。他惊慌着唤醒因劳累正在熟睡的父母，把窗外的景象指给他们看。

　　而后的景象，像一幕幕电影胶片一样，长久地记录下来。

　　他先是看见父母惊慌地爬起来，胡乱地套上衣服后，母亲在父亲的催促中，翻箱倒柜，抱起一堆衣服，却都被父亲抢下扔掉，强拉着母亲跑到屋外。推开门的一刹那，眼前的世界以他从未想象过的画面出现在眼前：风声呼啸，夹杂着石子劈头盖脸砸过来，空气中的浓烟让人喘不上气，热浪滚滚中，整个天空都被染成了橘红色。他在父亲的怀中，眼也不眨地紧盯着西北方向，看着浓烟中的橘红色，转眼间变成清晰可辨的巨大火焰。

　　"往哪里跑啊？"母亲的哭腔才让他意识到事态的严重性。

　　"往最近的大河跑。"父亲的声音夹杂在一片哭喊和风的呼啸中。

　　只是在后来他才得知，他们前往大河的路线，已经被一股火线封住，剧烈燃烧的火焰吞噬着所有能燃起来的物件，发出震耳欲聋的呼啸声。他身上披着的衣服是什么时候燃起来的，他完全没有印象，只是在大家穿过烈焰，终于到了奔涌的大河边时，父亲才发现已经烧到他手臂的火焰。

　　他被抛到冰凉的河水中，才止住身上的火焰。

　　直到第二天天色大亮，他忍着屁股上被烧伤的疼痛，一瘸一拐地来到自家门前时，才彻底意识到昨夜里究竟发生了什么：自家的房屋已经只剩下漆黑的砖头瓦块，残留在原地。四下里浓烟遮天蔽日，充斥着呛人的灰烬，一些粗壮的房檐仍在燃烧着，不时地"噼啪"作响，腾起阵阵青烟。自己的家没了！

　　原来这普普通通、平日里用来取暖做饭的火，竟有着毁天灭地的力量。

　　在记忆的火焰中沉思了许久，他轻轻地把打火机放回衣兜里。他想到了一个更好的办法：四下里的高山之巅都有防火瞭望塔，自己只要爬到树上，看看哪座山上有瞭望塔，辛苦些走过去，不就得救了嘛！他为自己想到这个方法长出一口气，这要比放火稳妥得多。他爬上一棵长满枝丫的落叶松，直到攀爬了一大半时，才终于可以透过繁茂的枝叶，看清远方。只是由于多日的干旱，群山之间升腾起的地气氤氲，笼罩上一层雾气。经过一圈观看，终于在西北方向一座高山之巅看到一处凸起，隐约好似瞭望塔的模样。他估算了一番距离，也就是八九公里，自己顺山直线行走，两个小时就可以走到。也就是说，两个小时过后，他就可以得救了！

这个想法，无疑给了他很大的精神力量，他撇下已经堆积好的柴火堆，支起疲惫不堪的身躯，向那座高山之巅的方向走去。一边走，一边折些树枝，编织成一顶草帽，用来遮挡酷热的阳光和蚊虫的叮咬。

失之交臂是在一个小时后。一伙进山搜寻程文林的救援小组，看到了他留下堆积起来的柴火堆。只是这四人在一番商议后，一致认为走失的程文林肯定会沿着山脊向山下走，或去寻找水源，或去寻找公路，而不会沿着茂密的丛林，走向高山。那无疑是自寻死路一般的选择。

五

带着满心的憧憬，程文林爬上了高山之巅，山巅之上长满了高大粗壮的樟子松，迎着山巅之上涌动的气流，发出"呜呜"声。几乎耗尽了全身力气的他，躺在棉花一样的苔藓上，"呼呼"地喘着气，真想就此睡上一会儿。时间却在提醒着他，为了爬上这座高山，大半个下午已经过去了，远超他预想的时间。但很快就要得救的想法支撑起疲惫不堪的身体，他爬起来，沿着山脊行走，一边走，一边寻找着印象中高高的瞭望塔。

直至走了山脊的一半，眼看着就要向山下走去时，就要得救的想法，像被刺破的气球，瞬间消失了。这座山巅之上明显没有人类活动的痕迹，也没有什么瞭望塔。一时之间，他怀疑自己走错了方向，自己千辛万苦爬上来的这座山，并不是先前看到的那座山。他不甘心地找到一棵易于攀爬的树，向上爬了十来米后，他看到了让自己产生错误判断的原因：一株异常粗壮的樟松，在万木林中高昂地屹立，那浓密的枝叶在众林之上随风舞动。

沮丧、失望再次布满心胸，险些让他失手跌落树下。

他打起精神，又向上攀爬了四五米，想看看在群山中能否看到有明显的建筑或公路的影子。只是目之所及，群山一片苍绿，氤氲的地气让他看不到太远的距离。西沉的太阳，预示着下一个黑夜就要来到了。

有那么一会儿，他心情大乱，又有千百个纷杂的念头在脑海里翻滚，一个个声音嘈杂地指示着他，让他该如何去做。只是纷杂中，涌现出来的办法立即被另一个否定，在不断肯定否定的侵袭中，他感觉自己的脑袋快要裂开了。他再次强迫自己镇定下来。有了昨天走丢时的经验，他知道，这个时候，像个无头苍蝇似的，做出的每个判断，都是错误的。

他伸手摸了摸衣兜里的打火机，它仍然静静地待在那里。这让他恢复了些理智。这个打火机，就像定海神针一样，给他安慰和勇气。

是的，只要愿意，只要在林子里燃起火来，自己很快就能得救。这个念头给了他很大勇气，让他彻底镇静下来。他在心里暗暗决定：明天，如果明天还未走出大山，就燃起火来求救。

在向山下走的途中，饥饿让他口不择食，山林里的野葡萄、越橘，虽然还没有成熟，吃在嘴里全是酸涩的味道，他仍一把把塞进嘴里。山林里，最先成熟的就是蓝莓。他真想再回到生长着大片蓝莓的地方，只是理智告诉他，自己最迫切的，是要找到能够回到家里的公路，而那里，肯定是距公路最遥远的。来到山下，臆想中的溪流并没有出现，只留下当初水溪流过的痕迹。连日来的干旱已经让很多溪流干涸。他试着用木棍掘开泥土，看看能否渗出些水来。但在闷热的树林中，累出了一身汗，掘出了半米多深的土坑，也丝毫没有看到有水渗出的迹象。又累又渴的他失望至极，只能继续沿着山底走。

穿过一片浓密的白桦林时，他看出这座山势是横卧的，为了更省力省时间，他决定从半山腰间穿过去，从而避开山底难以行走、长满倒刺的荆棘丛。穿过白桦林，身体上的疲倦，已经让他两眼昏花，神经麻木，仅仅依靠着身体的本能，木然地在林间行走着。维系在心底里的信念，就是再爬过一座山，就会出现可以得救的公路。不知走了多久，直到太阳已经沉入西山中，树林里笼罩上一层暮色，就在目光迷离间，身旁一株折断的柳条枝引起了他的注意，那明显是被人折断的痕迹。他睁大眼睛，沿着被折断的柳条枝前后看了看，瞬时感到身体一阵冰凉；这柳条枝分明就是自己前不久走过时折断的。也就是说，自己这半个下午拼命地行走，居然始终在原地转圈。

关于这种现象，程文林听年长的老人说过，叫"鬼撞墙"，人一旦进入山林中，走来走去，都是在一个地方转圈行走，直至累死。至于原因，老人们都用神秘的语气告诉他："碰到山魈了呗！"至于"山魈"是什么东西，老人们却不肯告诉他。

程文林闭上眼睛，他怀疑是自己疲倦劳累导致了眼花，出现了幻觉。这种现象，在他刚刚放下油锯，加入扑火队伍里时，教导员用科学的理论也曾讲过这种现象发生的原因：人在行走时，往往右脚迈出的步伐，比左脚大一些，然后在足够长的距离后，行走的路线，就会形成一个圈。

"遇到这种情况，你就不要走了！每一步都是在浪费宝贵的力气。"教导员教导他们时这样说道。

程文林虽然不相信这山林中有鬼魅的存在，但眼前出现的迹象却也让他感到头皮发麻，后背一阵阵涌上凉气。睁开眼，当即决定趁着天空中尚存的一丝暮色，赶紧离开这里，向着相反的方向走。只是这一走，却遭遇了更大的凶险，险些丧命。

在穿过一片灌木丛林时，繁密的枝条牵绊着他，不得不慢下来，拨开挡在前面的藤蔓。就在这时，他分明嗅到了一股血腥气味，充溢着鼻孔。这让他怀疑自己是不是饿得发昏了，以至于出现了幻觉，居然会在山林里嗅到血腥的气味。就在他犹疑着拨开眼前的一丛枝条时，突然听到一声近在咫尺的低沉吼叫，惊得他一阵战栗。一头身体壮硕的黑熊，正趴伏在草丛里，啃食着一只血肉模糊的狍子，浓烈的血腥气散布在四周。面对突然的闯入者，黑熊站起身来，紧盯着他，露出血迹斑斑的大嘴，再次吼叫了一声。

程文林一时之间不知如何是好，只感到全身的血液变得冰凉。他想转身跑开，却发觉腿脚有些不听使唤。他想起人们说过的，关于山林遇到熊该如何应对的方法。他低下眉头，只是用眼角的余光瞥视着熊，慢慢地向后退。在他快要将身体再次隐在灌木丛中时，分明看见熊对他已经失去了耐心，加快了脚步，向他奔过来。

　　一阵大骇涌上心头，却也给了他难得的勇气，不再犹豫，他转身使出所有的力气，猛地奔跑起来。此刻，恐惧让所有的疲乏都离他而去，身体变得身轻如燕、眼光锐利。缠人的藤蔓闪身而过，一米多高的倒木，轻松地一跃而过。他不敢回头看那头黑熊是否在身后紧追不舍，生怕那样会让自己丧失了奔跑的勇气。跑过白桦林，跑过一片青草地，不知自己跑了多久，直到感觉胸膛被一阵阵热浪快要炸开的时候，他才停下来。向后看了看，没有见到黑熊追来的身影，才颓然倒在地上，大口喘着气，任蚊虫疯狂地叮咬也无动于衷。直到他恢复了些力气时，被一阵强烈的干呕刺激得直起了身，不由自主吐出几口酸水后，又吐出未消化的野果汁。他感到天旋地转，腹内五脏翻江倒海，在一阵昏迷袭来的时刻，他用残存的意识摸了摸兜里的打火机，发现它仍然在那里，才有了一丝最后的安慰。

六

夜枭的鸣叫声,悠长凄厉,在漆黑的夜里,有种瘆人的力量。程文林不知道自己睡过去多久,被一阵寒意惊醒时,耳旁正传来一阵阵夜枭的鸣声。但在经历了一场死里逃生的奔跑后,已经再没有什么事情能让他感到恐惧了。只是手背上的异样,让他不自觉地抚摸了一下,感到一股黏稠的液体覆盖在上面。这让他心头一惊,连忙坐起来,眼前的"嗡嗡"声不绝于耳,这才明白,自己昏睡时,裸露在外的手臂成了蚊虫们的一场盛宴,上面布满了大大小小的肿包。他连忙又去抚摸同样裸露在外的脸部,果然,上面已经开始肿胀,奇痒入心,却不敢去抓挠,生怕皮肤挠破后会发炎感染。

他将头部与手用衣服遮盖起来,身体呈现弓形卧了下来。即使睡过了一觉,他仍觉得全身疲乏得酸软,没有一处不觉得疼痛,也许再睡上一觉就会恢复过来。迷糊中,一个念头在心底深处若隐若现,那是他自从这次"迷山"后,第一次意识到这个问题——死亡。意识到在森林里一个人被吞噬掉,是静悄悄的,不会引起一丝的波澜。

再次醒来时,天已大亮。树枝上的鸟雀"叽喳"叫着,蹦来蹦去,似乎在催促着他赶紧起来。程文林感觉身体好受了些,不再像昨天那般酸软。他折来一根枝条,挥打着不断涌上来的蚊虫。他舔了舔已经变得肿胀起来的嘴唇，却没有一滴唾沫能缓解一下口渴。也许是睡了一觉的缘故，自己的头脑变得清晰了些，也想起在电视上看过的关于野外求生的节目。但沉思默想了好一会儿，发觉节目中介绍的那些求生方法，居然没有一样适合自己眼下的境遇。想来想去，眼下只有找到有水的地方，让自己不至于缺水中暑，才是目前最迫切的。

但放火引来扑火队员相救呢？不就可以解决掉一切难题了嘛！以前也有过"迷山"人员放火自救的例子，那是为了保护生命才采取的无奈之举，也没有受到法律的惩处，自己此刻又在坚持什么呢？

一涉及山林放火的选择，他原本清晰的头脑，又开始变得混沌，在两个选项中不停地争斗，每个选项中都有成百上千个理由在那里争辩，却谁也说服不了谁。只会让他更加混乱。

他决定先去找些水来喝，解决了口渴的问题，也许自己就会知道该怎样选择了。

升起的阳光，依旧酷热，这场持续了大半个月的干旱，还是没有看到一丝要降雨的迹象。昨天用树枝编织的草帽，已经在躲避熊的奔跑中，不知丢在哪里了，只好又重新编织了一个。眼下，他决定先放弃寻找公路的想法，先去寻找水源，要让自己有了应付酷热环境的体力才行。

好在向山下行走时，看到了一片稀疏的蓝莓，生长在桦树林边缘。虽然果实稀少，却也解决了他的燃眉之急，让快要冒出火来的喉咙得到了暂时的滋润。他正蹲伏在地上，贪婪地用两只手不停地采摘蓝莓、塞进嘴里时，一阵"嗡嗡"声从远处传来，他停了下来，一阵惊喜从心底泛起：作为一名扑火队员，他太熟悉这种"嗡嗡"声了，这是防火飞机发出来的。他扬起头，看向东南方向，果然在蔚蓝的天空中，一架直升机正徐徐向这个方向飞过来。

莫非这架飞机就是来寻找自己的？程文林的心里泛起了疑问。这个干旱的季节，森林中常常因为雷电或入山人员的疏忽，而导致出现火灾，防火飞机的出现,很可能是在寻找自己,也可能是在巡视山林。但不管如何,这都是个得救的机会,他不能放过。他快速脱下衣服,不停地摇摆着,期望能够得到飞机的注意。但在飞机就要接近他的上方时,他才想起来,自己所处的位置,树林太密,自己摇晃的衣服又同样是绿色,很难被飞机上的人员发现。他快速地在林子里奔跑,企图找到一处露天的空旷处,但他的这个举动,却在飞机飞临头顶时,钻进了一片更加茂密的丛林,眼看着飞机转瞬间从头顶一掠而过,飞向远处。

他懊恼地将衣服摔打在草地上。对着远去的飞机方向高喊着:"我在这里!"

片刻后,他拾起衣服,他不确定飞机还会不会再来。他在林子里行走了一会后,终于看到一处较为空旷的地方。偌大的场地,只有七八棵桦树伫立在那里。此时那架飞机再飞回来,一定会轻易地看到自己。可惜的是,飞机在远处兜了一圈后,居然从另一座山处飞了回去。这可真是希望有多大,失望就有多大。

他躺倒在一处树荫里一动不动,只是在蚊虫落在手上开始叮咬时,才懒散地抖动一下。

半晌后,他坐起来,犹疑着从兜里掏出打火机,看了又看,内心却如海啸一般,翻腾不息。

他知道,这样干旱的天气里,根本不用笼起一堆柴火,只要自己将燃起的打火机,触碰到地面干透的沉积树叶,马上就会引起山火,冒出高大的浓烟,让远处的飞机立即发现。

打火机静静地躺在他手掌中。在他目光的注视下,宛如一团团跳跃的火焰,将他带入到记忆里。

那是他在成为一名扑火队员后,扑打的最大、也最凶险的一场山火。那场火,他和队员们扑打了五天。

奥勒嘎山是局址内最高的一座山峰,由于受到山风常年的侵袭,别的树木很难在那样的环境中生存，只有低矮趴伏的偃松布满了山岗。一次雷击，将布满松油汁的偃松引燃。待程文林与同事们赶到那里时，火势已经燃起，烈焰升腾，冒出滚滚黑烟，在山风的助力下，火焰"呼呼"嘶吼着，正在向着更广阔的山林中一路燃去。

　　油锯手出身的程文林，抛下风力灭火机，从队友手上抢过油锯，企图在火头推进的方向，打开一条隔离带，用来阻隔火头。但已经被风旋起的火焰，燃烧的速度超过了他们的预期，一条隔离带还没有割完，火焰就已经推进到眼前。无奈的他们只能后退，重新去割打隔离带。

　　浓烈的烟雾遮蔽了视线，正在奋力割打隔离带的扑火队员们，没有注意到飞腾的火焰已经将他们的后面点燃。就在他们看着火焰吞没了还未完工的隔离带，正准备后撤时，才发现他们已经被火焰包围，无路可退。

　　这一刻，就连扑火队员里最有经验的组长老苏，也在惊慌失措中连连跺脚，不断地喊着他们后撤。滚滚热浪中，程文林与其余五名油锯手只能奋力拿起油锯，想要在火焰还未烧到的地方，割打出一块可以让他们容身的避难所。

　　看着越来越近的火焰，让他们意识到眼下所做的，都是徒劳。唯一的办法，就是找出围拢过来火线中的最窄处，捂住口鼻，用最快的速度穿过火焰，那样还有生还的可能。但滚滚浓烟中，人被呛得喘不上气来，根本无从分辨哪里才是火线的薄弱处，贸然跑进熊熊燃烧的火焰中，无疑是死路一条。

　　那一刻，六个人都不约而同地想到了死亡。六人经过一番短暂商议，组长老苏决定分为三人一组，从两个不同的方向分别向外突围，只盼着最少能有一组找对了方向。在浓烟与热浪的裹挟下，六人相互间看了一眼，用目光表达了珍重的含义。

　　在后来的火场巡视中，程文林发现，当时他们两组所选的突围方向，都是错误的，都将进入没有尽头的烈焰中。时至今日，想起当年的那个时刻，六人仍然会感到后怕。

救了他们的，是在外围的扑火队员们，发现他们被阻隔在火线里后，用十来台风力灭火机组成一道"风墙"，沿着火线薄弱处撕开一道口子，将他们营救出去。

这些年来，程文林与队友们不知扑灭了大大小小多少场山火，但那一次，却是他们距离死亡最近的一次。若不是队友们的舍命相救，他们那一次的突围，注定了有去无回。

七

向着东南方向，程文林翻越了一座山。那是飞机飞来的方向。

他的思路很清晰：飞机飞来的方向，必然是自己当初走失的地方。因为飞机进山去寻人，必然要从人员最初丢失的地方开始寻找。只要自己牢牢把控住这个方向，很大的可能性，会遇到进入山林寻找自己的队员们。

他的这番判断没错：在山脚下，一处尚未干涸的溪流，更让他坚定了自己的信心。只是他在痛饮了一顿后，赶紧离开了此地。这片山林中，少有的这处溪流，成了很多动物们前来喝水的地方。在水流旁边的泥地上，留下了大大小小各种动物的足迹。

打火机仍然在衣兜里静静地躺着。

飞机仍然在远山处来回巡视。

有了方向的程文林不再急躁，除了弄些树枝将草帽重新编织一下，又折了个木棍当手杖，以便在爬山时能更好地支撑住身体，节省体力。这一次行走，他走得不紧不慢，只要觉得身体疲乏时，就躺下来休息一会儿，始终让自己的头脑保持着清醒的状态，保持着东南方向的路径。

不知翻越了几座山，临近黄昏时，看到丛林中，出现了一条明显有人走过、树枝被折断的痕迹。他凑上去细看一番，确认出这些树枝并不是他折断的。这是一个很大的惊喜，也说明了他的判断是正确的，进山寻找他的人们，就是通过这里寻找的。而自己只要沿着这条路向往外走，无疑就能找到回家的路。

所有的疲乏，在这一瞬间一扫而空，看到希望的他眼泪几乎要流出来。虽然已经近三天没有吃饭，但眼前这个迹象，让他顿时精神百倍，沿着这条做出标记的山路，一路走下去。

有了希望，就会有了力量。密林好似无穷无尽，直到天色昏黄，让他再难以分辨出路径上做出的标记时，才停了下来。他把地上的枯枝残叶收拾一番，堆积在一起，要给自己做一张保暖防寒的"床"。收拾完毕躺了上去，将自己的腿脚用枝叶完全盖住，这样就可以防止可恶蚊虫的叮咬。躺在舒服的"床"上，他很恼恨自己以前怎么没有想到这个办法，真是人急无智啊！看来以后遇到什么样的紧急事情，都不能失去理智。

带着这番检讨，他望了望树隙间的夜空，正准备把脱下的衣服盖在头上时，他怔在那里。有一瞬间他怀疑自己的眼睛出了问题，看花了眼：就在方才，他分明看见一道光亮划破了夜空。只是在他定睛再看时，那道光亮却消失了。

他"腾"地坐起来，又快速地站起来。身上的枯叶"簌簌"地落下。他确信自己方才没有看错，那是他们扑火队员常用的强光手电才能有的亮度。

他睁大眼睛，盯着方才发出亮光的方向。可半晌过后，那里依旧漆黑，只有山风掠过树梢时带来的呼啸声。就在他已经失望，准备再次回到"床"上休息时，又有一道亮光从远处照向夜空。这次的光照时间比上次略长了些，可以让程文林看清这道光柱就来自于自己所处山林的下坡处。

这个发现，瞬间让他热血沸腾，激动难耐。他知道，那里肯定是搜寻他的同事们在那里露营呢，好方便明天继续寻找。他真想顺着山坡向那里跑去和他们汇合。但理智提醒着他，在漆黑的树林中，是很难把握住方向的，很可能会导致再一次"迷山"。他思索了片刻，想出了一个方法：捡来一根粗壮的木棍，持续地敲打起一棵大树。沉闷的敲击声在树林里扩散，穿透黑夜，送到远方。

这个方法，是他从一位老林区人那里学来的。在森林里，用木棒敲击大树，发出的声音会比人的喊声传出去的更远，也更省体力。

果然，在他停止了敲击，片刻后，从远方也传来了木棒敲击树木的声音。"邦邦邦"的声音，在静寂的夜里，听得极为分明。就在程文林再次敲击，配合着远处的敲击声时，六七道明亮的光柱瞬间亮起，直射着夜空。

程文林抛下木棒，拿起那根拐杖，拨打着前方的树枝，向着光亮处走去。